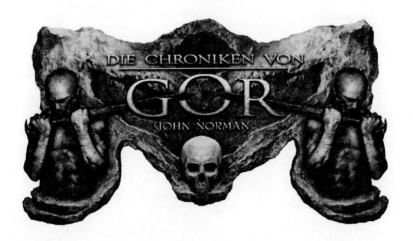

DIE CHRONIKEN VON
GOR
JOHN NORMAN

DER KRIEGER

DIE CHRONIKEN VON

GOR

JOHN NORMAN

DER KRIEGER

BASILISK

Titel der amerikanischen Originalausgabe
TARNSMAN OF GOR © by John Norman

Published in agreement with the author, c/o BAROR INTERNATIONAL INC.,
ARMONK, NEW YORK, USA

Deutsche Übersetzung:

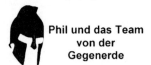 **Phil und das Team
von der
Gegenerde**

© 2007 by Basilisk Verlag, Reichelsheim
© 2008, 3. Auflage

Umschlagillustration und Logo: Timo Kümmel
Umschlaggestaltung: m@us+co, Christopher Grieser

ISBN 3-935706-30-8

Besuchen Sie uns im Internet:
www.basilisk-verlag.de

1 Eine Handvoll Erde

Mein Name ist Tarl Cabot. Man sagt, dass mein Nachname im fünfzehnten Jahrhundert als Verkürzung aus dem italienischen Namen Caboto entstanden sei. Soviel ich weiß, gibt es jedoch keine Verbindung zu Caboto, dem venezianischen Entdecker, der das Banner Heinrichs VII. in die neue Welt trug. So eine Verbindung erscheint aus einer Reihe von Gründen unwahrscheinlich, weil meine Angehörigen einfache Händler aus Bristol waren, allesamt hellhäutig und mit einem absolut unübersehbaren Schopf grellroten Haares geschmückt. Trotzdem bleiben solche Zufälligkeiten, selbst wenn sie nur geografischer Natur sind, im Bewusstsein der Familien verwurzelt – unser stiller Protest gegen die Register und Rechnungen von Existenzen, die in Ballen verkauften Tuches bemessen wurden. Ich stelle mir gerne vor, dass es einen Cabot in Bristol gegeben haben könnte, einen von uns, der unserem Namensvetter dabei zusah, wie er am frühen Morgen dieses zweiten Mai im Jahre 1497 Anker warf.

Vielleicht fällt Ihnen auch mein Vorname auf, und ich versichere Ihnen, dass er mir genauso viel Ärger gemacht hat, wie möglicherweise Ihnen, besonders während meiner frühen Schuljahre, als er fast so viele körperliche Auseinandersetzungen auslöste wie mein rotes Haar. Sagen wir einfach, es ist kein gewöhnlicher Name, kein gewöhnlicher Name in unserer Welt. Er wurde mir von meinem Vater gegeben, der verschwand, als ich noch klein war. Ich hielt ihn für tot, bis ich mehr als zwanzig Jahre nach seinem Verschwinden seine seltsame Nachricht erhielt. Meine Mutter, nach der er sich erkundigt hatte, war verstorben, als ich ungefähr sechs Jahre alt war, etwa zur Zeit meiner Einschulung. Biografische Einzelheiten ermüden leicht, deshalb mag es ausreichen, wenn ich festhalte, dass ich ein kluges Kind war, ziemlich groß für mein Alter und mit einer Kindheit bei einer Tante, in der es mir an nichts fehlte, außer möglicherweise an Liebe.

Zu meiner Überraschung gelang es mir, mich an der Universität in Oxford zu immatrikulieren, aber ich möchte mein College nicht in Verlegenheit bringen, in dem ich seinen etwas zu sehr verehrten Namen in diese Erzählung einbeziehe. Ich erreichte einen anständigen Abschluss, ohne dabei weder mich noch meine Lehrer in Erstaunen zu versetzen. Wie viele andere junge Männer war ich einigermaßen gebildet, in der Lage diesen oder jenen Satz in griechischer Sprache zu verstehen und vertraut genug mit den Abgründen der Philosophie und der Wirtschaft, um zu begreifen, dass ich vermutlich nicht in die dazugehörige Welt passen würde, zu der man offenbar eine geheimnisvolle Beziehung zu brauchen schien. Ich war aber auch nicht bereit, zu meiner Tante zurückzugehen und dort zwischen Regalen voller Tücher und Bänder mein Leben zu beenden. Deshalb brach ich zu einem aufregenden Abenteuer auf, das aber insgesamt nicht allzu gefährlich erschien.

Da ich lesen konnte, nicht allzu dämlich war und genug gelernt hatte, um die Renaissance von der Industriellen Revolution zu unterscheiden, bewarb ich mich bei mehreren kleinen amerikanischen Colleges um eine Dozententätigkeit in Geschichte – englischer Geschichte natürlich. Ich erzählte ihnen, dass ich etwas mehr akademisch gebildet sei, als es tatsächlich der Fall war, und sie glaubten mir. In ihren Empfehlungsschreiben waren meine Tutoren, allesamt nette Menschen, freundlich genug, diese Illusion nicht zu zerstören. Ich glaube, sie genossen diese Situation ziemlich, was sie sich natürlich offiziell mir gegenüber nicht anmerken lassen wollten. Es war wieder ein kleiner Unabhängigkeitskrieg. Eines der Colleges, an denen ich mich bewarb, vielleicht eines, das etwas weniger misstrauisch war als der Rest – ein kleines liberales Männer-College für Geisteswissenschaften in New Hampshire – verhandelte mit mir, und schon bald hatte ich mein erstes und, wie ich vermutete auch mein letztes Rendezvous mit der akademischen Welt.

Mit der Zeit würde man meine Schwindeleien aufdecken, aber zunächst hatte ich meine Überfahrt nach Amerika in der Tasche und eine Anstellung für mindestens ein Jahr. Dieses Ergebnis war für mich erfreulich, wenn auch überraschend. Ich gebe zu, ich war etwas verärgert, da ich den Verdacht hegte, dass man mich vor allem aus dem Grund eingeladen hatte, dass ich als ausländischer Lehrer ein *Exot* sein würde. Ich hatte keine Veröffentlichungen und bin sicher, dass es mehrere Kandidaten anderer amerikanischer Universitäten gegeben haben muss, deren Zeugnisse und Fähigkeiten weit besser geeignet waren als meine, mit Ausnahme meines britischen Akzentes. Gut, es würde die üblichen Einladungen zum Tee geben, zu Cocktails und zum Abendessen.

Mir gefiel Amerika sehr gut, obwohl ich im ersten Semester ordentlich zu tun hatte, indem ich mich verzweifelt durch diverse Texte kämpfte und versuchte, genug englische Geschichte in mein Gedächtnis zu pauken, um wenigstens ein klein wenig Überblick und Vorsprung vor meinen Studenten zu behalten. Zu meinem Missfallen musste ich feststellen, dass man als Engländer nicht automatisch ein Fachmann für englische Geschichte war. Glücklicherweise wusste mein Fachbereichsleiter, ein freundlicher, besinnlicher Herr, dessen Spezialgebiet amerikanische Wirtschaftsgeschichte war, noch weniger darüber als ich – oder war zumindest taktvoll genug, mich das glauben zu lassen.

Die Weihnachtsferien waren eine große Erleichterung für mich. Ich verließ mich besonders auf die Zeit zwischen den Semestern, um aufzuholen oder besser, um meinen Vorsprung vor den Studenten auszubauen. Aber nach den ersten Halbjahreszeugnissen, den Tests und der Bewertung des ersten Semesters plagte mich das schier unwiderstehliche Bedürfnis, das britische Empire fallen zu lassen und auf einen sehr, sehr langen Spaziergang zu gehen – es wurde sogar ein Campingausflug in die nahe gelegenen White Mountains. Ich lieh mir von einem meiner wenigen Freunde auf dem College, auch einem Dozenten, allerdings in dem beklagenswerten Unterrichtsfach Leibeserziehung, eine Campingausrüstung, zu der vor allem Rucksack und Schlafsack gehörten. Wir hatten gelegentlich miteinander gefochten und waren hin und wieder gemeinsam spazieren gegangen. Ich frage mich manchmal, ob ihn nicht die Neugierde gepackt hat, was aus seiner Campingausrüstung oder aus Tarl Cabot geworden ist. Mit Sicherheit war der Vorstand des Colleges neugierig und auch verärgert über die Unannehmlichkeiten, einen Dozenten mitten im Jahr ersetzen zu müssen, denn auf dem Campus dieses Colleges hat man nie wieder etwas von Tarl Cabot gehört.

Mein Freund mit dem Unterrichtsfach Leibeserziehung fuhr mich ein paar Meilen in die Berge und setzte mich dort ab. Wir vereinbarten, uns drei Tage später am selben Platz wiederzutreffen. Als Erstes überprüfte ich meinen Kompass, als hätte ich geahnt, was mich erwartete, und dann ließ ich die Straße immer weiter hinter mir. Schneller als ich es bemerkte, war ich tief im Wald allein und kletterte. Wie Sie vermutlich wissen, ist Bristol eine ausgesprochen erschlossene und kultivierte Gegend, und ich war auf meine erste Begegnung mit der Natur nicht wirklich gut vorbereitet. Sicher war das College etwas ländlich, aber es war zumindest eine Einrichtung echter Zivilisation. Ich hatte keine Angst und war zuversichtlich, dass ich, wenn ich beständig in irgendeine Richtung gehen würde, auf die eine oder andere Straße oder auch zu einem Fluss gelangen würde. Es wäre unmöglich, mich zu verlaufen oder zumindest für längere Zeit zu verschwinden. Vor allem war ich freudig erregt, allein mit mir, den grünen Kiefern und den verstreuten Schneeflächen zu sein.

Gut zwei Stunden trottete ich dahin, bevor ich schließlich dem Gewicht meines Gepäcks Tribut zollen musste. Ich verzehrte eine kalte Mahlzeit und setzte meinen Weg fort, immer tiefer in die Berge hinein. Jetzt war ich froh, dass ich regelmäßig ein oder zwei Runden um den Sportplatz des Colleges gelaufen war.

An diesem Abend ließ ich mein Gepäck in der Nähe einer Felsplattform fallen und begann, etwas Holz für ein Feuer zu sammeln. Ich hatte mich ein wenig von meinem provisorischen Lager entfernt, als ich erschrocken innehielt. Links lag, nicht weit von mir, in der Dunkelheit etwas am Boden, das zu glühen schien. Es war ein ruhiges, mattes blaues Strahlen. Ich legte das Holz beiseite, das ich gesammelt hatte, und näherte mich dem Objekt, mehr neugierig als besorgt. Es entpuppte sich als ein rechteckiger Metallumschlag, ziemlich dünn, nicht viel größer als ein gewöhnlicher Briefumschlag, den man zum Briefeverschicken benutzt. Ich berührte ihn; er fühlte sich heiß an. Meine Nackenhaare richteten sich auf, meine Pupillen weiteten sich. Ich las in ziemlich altertümlicher englischer Schrift auf den Umschlag geschrieben zwei Worte – meinen Namen Tarl Cabot.

Es musste ein Scherz sein. Irgendwie war mir mein Freund gefolgt und versteckte sich irgendwo in der Dunkelheit. Ich rief seinen Namen, lachte. Es kam keine Antwort. Ich tobte für kurze Zeit durchs Unterholz, rüttelte an den Büschen, schlug den Schnee von den tief hängenden Zweigen der Kiefern. Dann wurde ich langsamer, vorsichtiger, wurde ruhiger. Ich würde ihn finden! Etwa fünfzehn Minuten vergingen und mir wurde kalt. Ich wurde ärgerlich und brüllte nach ihm. Ich weitete meine Suche aus, behielt aber den fremdartigen Metallumschlag mit dem blauen Leuchten im Mittelpunkt meiner Erkundungen. Schließlich wurde mir klar, dass er das seltsame Objekt hinterlegt haben musste, damit ich es finden konnte, während er jetzt wohl schon längst auf dem Weg nach Hause war oder irgendwo in der Nähe kampierte. Ich war mir sicher, dass er nicht in Rufweite war, da er ansonsten schließlich geantwortet hätte. Es war nicht länger komisch, nicht wenn er in der Nähe war.

Ich kehrte zu dem Gegenstand zurück und hob ihn auf. Er schien jetzt kühler zu sein, obwohl ich noch immer ein deutliches Gefühl von Wärme spürte. Es war wirklich ein seltsamer Gegenstand! Ich brachte ihn in mein Lager und entzündete ein Feuer, das mich gegen die Dunkelheit und die Kälte schützen sollte. Trotz meiner dicken Kleidung zitterte ich. Ich schwitzte. Mein Herz schlug heftig. Ich war kurzatmig. Ich hatte Angst. Dementsprechend langsam und ruhig versorgte ich das Feuer, öffnete eine Dose Chili und stellte einige Stöcke auf, die das zierliche Kochgeschirr über dem Feuer halten sollten. Diese häuslichen Tätigkeiten beruhigten meinen Puls, und es gelang mir, mich selbst davon zu überzeugen, dass ich geduldig sei und nicht mal allzu neugierig, was in dem Metallumschlag sein würde. Als das Chili zu kochen begann – nicht früher –, wandte ich meine Aufmerksamkeit dem merkwürdigen Gegenstand zu. Ich drehte ihn in meinen Händen hin und her und betrachtete ihn im Licht des Lagerfeuers. Er war ungefähr zwölf Zoll lang und vier Zoll breit. Ich vermutete, dass er etwa hundertzehn Gramm wog. Die Farbe des Metalls war blau; etwas an seiner Ausstrahlung war noch immer eindrucksvoll, doch das Leuchten verblasste langsam. Auch schien der Umschlag, als ich ihn berührte nicht mehr besonders warm zu sein. Wie lange hatte er, auf mich wartend, im Wald gelegen? Vor wie langer Zeit hatte man ihn dort hinterlegt?

Während ich noch darüber nachdachte, verlosch das Glühen abrupt. Wäre es etwas früher erloschen, hätte ich den Umschlag nie im Wald finden können. Es war fast so, als ob das Leuchten mit der Absicht des Absenders in Verbindung stehen würde, als ob das Leuchten verlöschen durfte, als es nicht länger benötigt wurde. *Die Botschaft ist überbracht*, sagte ich zu mir selbst und fühlte mich dabei ein wenig dümmlich. Ich fand meinen privaten Scherz nicht besonders lustig.

Ich sah mir die Beschriftung näher an. Sie ähnelte einer aus der Mode gekommenen englischen Schrift, aber ich wusste zu wenig über solche Dinge, um das Datum genauer als grob zu erraten. Etwas an der Schrift erinnerte mich an eine Kolonisierungsurkunde, ein Blatt, das für eine Illustration in einem meiner Bücher fotokopiert worden war. Vielleicht siebzehntes Jahrhundert? Die Schrift selbst schien in den Umschlag eingearbeitet zu sein, eingebunden in die Struktur des Metalls. Ich konnte an diesem Umschlag weder eine Naht noch einen Falz finden. Ich versuchte, den Umschlag mit meinem Daumennagel einzuritzen, doch es gelang mir nicht. Ich kam mir reichlich dumm vor und griff zum Dosenöffner, den ich zum Öffnen der Chilidose benutzt hatte und versuchte, die Metallspitze durch den Umschlag zu treiben. So leicht der Umschlag auch zu sein schien, er widerstand der Spitze, als hätte ich versucht, einen Amboss zu öffnen. Nun drückte ich mit meiner ganzen Körperkraft auf den Dosenöffner. Die Spitze des Dosenöffners bog sich im rechten Winkel um, doch der Umschlag hatte keinen Kratzer.

Ich befühlte den Umschlag vorsichtig, neugierig und versuchte herauszufinden, ob er geöffnet werden konnte. Auf der Rückseite des Umschlags gab es einen kleinen Kreis, in dem der Abdruck eines Daumens zu sein schien. Ich wischte die Stelle an meinem Ärmel ab, doch der Abdruck verschwand nicht. Meine anderen Fingerabdrücke ließen sich sofort abwischen. So gut ich konnte, untersuchte ich den Abdruck im Kreis. Er schien, ebenso wie die Schrift, ein Teil der Metallstruktur zu sein, die Grate und Linien waren extrem fein.

Schließlich war ich überzeugt, dass sie Teil des Umschlags waren. Ich drückte mit meinem Finger darauf, nichts geschah. Ermüdet von diesem seltsamen Tun legte ich ihn beiseite und wandte meine Aufmerksamkeit dem Chili zu, das jetzt über dem kleinen Lagerfeuer blubberte. Nachdem ich gegessen hatte, zog ich Stiefel und Mantel aus und kroch in meinen Schlafsack.

Ich lag da, neben dem erlöschenden Lagerfeuer, schaute empor zum Himmel, der zwischen den Ästen zu sehen war, und bewunderte den anorganischen Glanz eines unbekannten Universums. Lange lag ich wach, fühlte mich allein, aber nicht so allein, wie man sich manchmal in der Wildnis fühlt; ein Gefühl, als wäre man das einzige lebende Wesen auf dem Planeten, als lägen die wichtigsten und nächsten Dinge – das Verhängnis und das Schicksal vielleicht – außerhalb unserer kleinen Welt, irgendwo in den einsamen und fernen Weidegründen der Sterne. Ein Gedanke traf mich mit plötzlicher Heftigkeit, und ich fühlte Angst, aber ich wusste nun, was zu tun war. Diese Sache mit dem Umschlag war kein Scherz und kein Trick. Etwas tief in dem, was mich ausmachte, wusste es und hatte es von Anfang an gewusst. Fast wie im Traum, aber dennoch mit lebendiger Klarheit, schob ich mich ein Stück aus meinem Schlafsack. Ich rollte mich zur Seite, warf etwas Holz auf das Feuer und griff nach dem Umschlag. Im Schlafsack sitzend, wartete ich darauf, dass das Feuer etwas auflodderte. Dann legte ich meinen rechten Daumen sorgfältig auf die Einbuchtung im Umschlag und drückte fest zu. Er reagierte auf den Druck, wie ich es erwartet, wie ich es befürchtet hatte. Vielleicht konnte nur ein Mann diesen Umschlag öffnen – einer, dessen Daumen zu diesem seltsamen Schloss passte. Einer, dessen Name Tarl Cabot war. Der augenscheinlich nahtlose Umschlag brach mit einem Geräusch auf, das an Zellophan erinnerte.

Ein Gegenstand fiel aus dem Umschlag, ein Ring aus rotem Metall, der ein einfaches C als Wappen trug. In meiner Aufregung bemerkte ich ihn kaum. Die Innenseite des Umschlags, der sich auf überraschende Art und Weise wie eine fremde Luftpost geöffnet hatte – bei der Umschlag und Briefpapier eins sind – war beschriftet. Es war dieselbe Schrift wie bei meinem Namen auf der Außenseite. Ich bemerkte das Datum und erstarrte, meine Hände umklammerten das metallische Papier. Das Schreiben war auf den dritten Februar 1640 datiert. Es war vor über dreihundert Jahren datiert worden, und ich las es in der sechsten Dekade des zwanzigsten Jahrhunderts. Merkwürdig, auch der Tag, an dem ich diese Nachricht las, war der dritte Februar. Die Unterschrift am Ende des Briefes war nicht in dieser alten Schrift; sie hätte in modernem kursivem Englisch geschrieben sein können.

Ich hatte die Unterschrift ein- oder zweimal zuvor auf einigen Briefen gesehen, die meine Tante aufgehoben hatte. Ich kannte die Unterschrift, obwohl ich mich nicht an den Mann erinnerte. Es war die Unterschrift meines Vaters, Matthew Cabot, der verschwand, als ich noch ein Kind war.

Ich war benommen, erschüttert. Mein Blick verschwamm, ich konnte mich nicht bewegen. Alles wurde für einen Augenblick schwarz, doch ich schüttelte mich und biss die Zähne zusammen, sog langsam die scharfe, kalte Bergluft ein, einmal, zwei- und dreimal. Ich sammelte den stechenden Kontakt zur Realität in meinen Lungen und versicherte mich, dass ich am Leben war, nicht träumte, dass ich in meinen Händen einen Brief mit einem unglaublichen Datum hielt, erhalten mehr als dreihundert Jahre später in den Bergen bei New Hampshire, geschrieben von einem Mann, der, wenn er noch am Leben war, nach unserer Zeitrechnung nicht älter als fünfzig Jahre sein musste, von meinem Vater.

Selbst jetzt noch kann ich mich an jedes Wort dieses Briefes erinnern. Ich glaube, ich werde seine einfache, kurze Nachricht, in die Zellen meines Gehirns gebrannt, bei mir tragen, bis ich, wie man andernorts sagt, zu den Stätten des Staubes zurückgekehrt bin.

Der dritte Tag des Februar im Jahre unseres Herrn 1640
Tarl Cabot, Sohn:
Vergib mir, aber ich habe in diesen Dingen kaum eine andere Wahl. Es ist entschieden worden. Tu, was auch immer Du glaubst, dass es das Beste für Dich ist, doch das Schicksal ist Dir bestimmt und Du kannst ihm nicht entkommen. Ich wünsche Dir und Deiner Mutter Gesundheit. Trage den Ring aus rotem Metall an Deinem Körper und bring mir, wenn Du willst, eine Handvoll unserer grünen Erde mit.
Wirf diesen Brief fort. Er wird vernichtet.
In Liebe
  Matthew Cabot

Ich las den Brief immer wieder und wurde unnatürlich ruhig. Es schien mir einleuchtend, dass ich nicht verrückt war, oder wenn doch, dass Verrücktheit ein Zustand geistiger Klarheit und Verstehens war, weit ent-

11

fernt von den Qualen, die ich erwartet hätte. Ich legte den Brief in meinen Rucksack.

Mir war ziemlich klar, was ich zu tun hatte – aus den Bergen zu verschwinden, sobald es hell wurde. Nein, das könnte schon zu spät sein. Es wäre verrückt, in der Dunkelheit herumzustolpern, aber es gab nichts, was ich sonst hätte machen können. Ich wusste nicht, wie viel Zeit ich hatte, aber auch wenn es nur ein paar Stunden waren, konnte es ausreichen, zu einer Straße, einem Fluss oder einer Hütte zu kommen.

Ich prüfte meinen Kompass, um die Richtung zurück zur Straße zu finden. Ich sah mich unsicher in der Dunkelheit um. Eine Eule rief einmal, etwa hundert Meter rechts von mir. Irgendetwas dort draußen beobachtete mich vielleicht. Es war ein unangenehmes Gefühl. Ich zog meine Stiefel und den Mantel an, rollte den Schlafsack zusammen und schnürte mein Gepäck. Ich trat das Feuer auseinander, trampelte die Glut aus und schob Dreck über die Reste. Als das Feuer erlosch, bemerkte ich ein Glitzern in der Asche. Ich bückte mich und hob den Ring wieder auf. Er war warm von der Asche, hart, materiell – ein Stück Realität. Er war da. Ich ließ ihn in die Tasche meines Mantels gleiten und machte mich in die Richtung auf, in die mein Kompass zeigte und versuchte, zur Straße zurückzufinden.

Ich kam mir dumm vor, hier in der Dunkelheit herumzuwandern. Ich forderte ein gebrochenes Bein oder einen kaputten Knöchel geradezu heraus, wenn nicht sogar ein gebrochenes Genick. Dennoch: Wenn es mir gelang, eine Meile oder mehr zwischen mich und das alte Lager zu bringen, so konnte das ausreichen, mir das Gefühl der Sicherheit zu geben, das ich brauchte – wovor, das wusste ich nicht. Ich könnte dann den Morgen abwarten und im Hellen weiterziehen, sicher und zuversichtlich. Überdies wäre es auch ein Leichtes, bei Licht die Spuren zu verbergen. Das Wichtigste war es, nicht beim alten Lager zu sein.

Ich befand mich ungefähr zwanzig Minuten auf meinem gefährlichen Weg durch die Dunkelheit, als zu meinem Entsetzen der Rucksack und die Bettrolle auf meinem Rücken in einer blauen Flamme zu zerplatzen schienen. Es dauerte nur einen Augenblick, sie mir vom Rücken zu reißen, und verblüfft starrte ich, stocksteif, auf das blaue Flammenbündel, das die Kiefern allseits um mich herum mit acetylenartigen Flammen erleuchtete. Es war, als würde ich in einen Glutofen starren. Ich wusste, dass der Umschlag in Flammen aufgegangen war und dabei meinen Rucksack und meine Bettrolle vernichtet hatte. Ich erschauderte, als ich darüber nachdachte, was hätte geschehen können, wenn ich den Umschlag in meiner Manteltasche gehabt hätte. Wenn ich jetzt darüber nachdenke, kommt es mir seltsam vor, dass ich nicht auf der Stelle losrannte, und ich weiß nicht, warum, denn mir kam durchaus der Gedanke in den Sinn, dass das helle einem Leuchtgeschoss ähnliche Licht meine Position verraten hätte, wenn sie für irgendwen oder irgendwas von Interesse gewesen wäre. Mit einer kleinen Lampe kniete ich neben den Resten von Rucksack und Bettrolle nieder. Die Steine, auf die sie gefallen waren, waren schwarz. Es gab keine Spur mehr von dem Umschlag. Er schien sich ganz aufgelöst zu haben. Ein unangenehmer saurer Geruch lag in der Luft, eine Art Rauch, der mir nicht vertraut war.

Mir ging der Gedanke durch den Kopf, dass der Ring, den ich in die Manteltasche gesteckt hatte, in ähnlicher Weise in Flammen hätte aufgehen können, doch unerklärlicherweise bezweifelte ich das. Es mochte einen Grund dafür geben, dass irgendjemand den Brief zerstört hatte, vermutlich gab es jedoch keinen, den Ring zu zerstören. Warum hätte man ihn schicken sollen, wenn er nicht behalten werden durfte? Außerdem war ich wegen des Briefes gewarnt worden – eine Warnung, die ich dummerweise missachtet hatte –, doch ich war aufgefordert worden, den Ring zu tragen. Was auch immer der Ursprung dieser furchterregenden Ereignisse war, Vater oder nicht, *es* schien mir nicht schaden zu wollen. *Aber*, dachte ich mir irgendwie bitter, *Springfluten und Erdbeben wollten vermutlich auch keinen Schaden anrichten.* Wer kannte schon die Eigenarten der Dinge oder Kräfte, die in dieser Nacht in den Bergen wirksam waren, der Dinge oder Kräfte, die mich vielleicht zerschmettern könnten, beiläufig, so wie man ein Insekt zertritt, unschuldig oder ohne es zu bemerken oder ohne Rücksicht?

Ich besaß noch immer den Kompass, und er stellte eine starke Verbindung zur Realität her. Die lautlose, aber sehr intensive Auflösung des Umschlags in Flammen hatte mich kurzfristig verwirrt – das und die plötzliche Rückkehr der Dunkelheit nach dem entsetzlich hellen Licht des schwindenden Umschlags. Mein Kompass würde mich hier fortführen. Mit meiner Lampe untersuchte ich ihn. Als ihr dünner scharfer Schein die Oberfläche des Kompasses traf, blieb mein Herz stehen. Die Nadel kreiste wild, schlug vor und wieder zurück, als seien die Naturgesetze plötzlich in ihrer Wirksamkeit beschnitten worden.

Zum ersten Mal, seit ich den Umschlag geöffnet hatte, begann ich, die Kontrolle zu verlieren. Der Kompass war mein Anker gewesen, dem ich vertraute. Ich hatte mich auf ihn verlassen. Nun war er verrückt geworden. Es gab ein lautes Geräusch, aber heute denke ich, es muss der Klang meiner eigenen Stimme gewesen sein, ein plötzlicher angstvoller Schrei, für den ich für immer die Schande tragen muss.

Danach rannte ich wie ein wahnsinniges Tier in alle Richtungen, in jede Richtung. Wie lange ich rannte, weiß ich nicht. Es können Stunden gewesen sein, vielleicht auch nur ein paar Minuten. Ich rutschte und fiel Dutzende Male hin, rannte in die stacheligen Zweige der Kiefern, deren Nadeln mir ins Gesicht stachen. Vielleicht habe ich geschluchzt. Ich erinnere mich an den Geschmack von Salz in meinem Mund. Aber vor allem erinnere ich mich an eine blinde, kopflose Flucht, eine panikerfüllte, unwürdige, ekelerregende Flucht. Einmal sah ich zwei Augen in der Dunkelheit, ich schrie, rannte vor ihnen davon, während ich das Schlagen von Flügeln und den verwunderten Ruf einer Eule hinter mir hörte. Ein anderes Mal schreckte ich eine kleine Gruppe von Wildtieren auf und fand mich mitten unter ihren aufspringenden Körpern wieder, die mich in der Dunkelheit herumstießen.

Der Mond ging auf, und die Bergwelt wurde plötzlich von kalter Schönheit erleuchtet, weiß glitzerte der Schnee auf den Bäumen und an den felsigen Hängen. Ich konnte nicht mehr weiterrennen. Ich fiel zu Boden, schnappte nach Luft und fragte mich plötzlich, warum ich losgerannt war. Zum ersten Mal in meinem Leben hatte ich absolut unkontrollierte Panik; sie hatte mich erfasst wie ein groteskes Raubtier mit seinen Pranken. Ich hatte ihr nur für einen Augenblick nachgegeben, und sie war zu einer Kraft geworden, die mich fortgetrieben und mich herumgeworfen hatte, als sei ich ein Schwimmer, gefangen in tosenden Wassern – eine Kraft, der man nicht widerstehen konnte. Sie war jetzt wieder verschwunden. Ich durfte ihr nie wieder nachgeben. Ich sah mich um und erkannte die Felsplattform, neben die ich meine Bettrolle gelegt hatte, und die Asche meines Feuers. Ich war zu meinem Lager zurückgekehrt. Irgendwie hatte ich gewusst, dass ich es tun würde.

Als ich da im Mondlicht lag, fühlte ich die Erde unter mir an meinen schmerzenden Muskeln; mein Körper war bedeckt mit einem übel riechenden Film aus Angst und Schweiß. Ich spürte, dass es gut war, Schmerz wahrzunehmen. Gefühle waren wichtig. Ich war am Leben.

Ich sah das Schiff herabsinken. Für einen Moment ähnelte es einem herabfallenden Stern, doch dann wurde es deutlich sichtbar und materiell wie eine breite dicke Silberscheibe. Es war lautlos und sank auf die Felsplatte nieder, fast ohne den leichten Schnee aufzuwirbeln, der darauf verstreut war. Ein schwacher Wind strich durch die Nadeln der Kiefern, und ich erhob mich auf meine Füße. Während ich aufstand, glitt eine Tür des Schiffes leise nach oben. Ich musste einsteigen. Die Worte meines Vaters tauchten in meiner Erinnerung auf: *Das Schicksal ist dir bestimmt.* Ehe ich das Schiff betrat, hielt ich an der Seite des großen flachen Felsens an, auf dem es stand. Ich bückte mich und nahm, worum mein Vater mich gebeten hatte, eine Handvoll Boden von unserer grünen Erde mit. Auch ich spürte, dass es wichtig war, etwas mitzunehmen, etwas, das auf eine bestimmte Weise der Boden war, der mich hervorgebracht hatte. Die Erde meines Planeten, meiner Welt.

2 Die Gegenerde

Ich erinnerte mich an gar nichts, vom Zeitpunkt an, wo ich in den Bergen von New Hampshire die Silberscheibe bestieg, bis jetzt. Erholt wachte ich auf, öffnete die Augen und erwartete fast, mein Zimmer im Ehemaligenhaus des Colleges zu sehen. Ich bewegte meinen Kopf ohne Schmerzen oder andere Beschwerden. Ich schien auf einem harten, flachen Gegenstand zu liegen, vielleicht auf einem Tisch. Er stand in einem runden Raum mit niedriger Decke, etwa sieben Fuß hoch. Es gab fünf kleine Fenster, nicht groß genug, um einen Mann durchzulassen; sie erinnerten mich eher an Schießscharten für Bogenschützen in einem Burgturm, dennoch ließen sie genug Licht ein, dass ich meine Umgebung erkennen konnte.

Auf der rechten Seite hing ein Wandteppich, eine gut gewebte Szenerie einer Jagd, wie ich vermutete. Sie war phantastisch ausgeschmückt. Die mit Speeren bewaffneten Jäger ritten auf einer Art riesiger Vögel und griffen ein hässliches Tier an, das mich an einen Eber erinnerte, nur dass es größer war, unproportioniert gegenüber den Jägern. Seine Kiefer trugen vier Hauer, gebogen wie Krummsäbel. Das Ganze erinnerte mich mit der Vegetation, dem Hintergrund und der klassischen Ernsthaftigkeit der Gesichter an einen Wandteppich der Renaissance, den ich auf einer Urlaubsfahrt nach Florenz im zweiten Jahr meines Studiums gesehen hatte.

Gegenüber dem Wandteppich hing – zur Dekoration, wie ich annahm – ein Rundschild mit zwei dahinter gekreuzten Speeren. Der Schild ähnelte den alten griechischen Schilden auf einigen rot verzierten Vasen im Londoner Museum. Die Bemalung des Schildes war mir unverständlich. Ich war mir nicht sicher, ob sie eine Bedeutung hatte. Es hätte ein alphabetisches Monogramm oder auch nur eine Laune des Künstlers sein können. Über dem Schild hing ein Helm, der auch an einen griechischen Helm, möglicherweise aus der Zeit Homers, erinnerte. Er hatte einen Y-förmigen Schlitz für Augen, Nase und Mund im ansonsten sehr soliden Metall. Von dem Helm ging, in Verbindung mit dem Schild und den Speeren, eine animalische Würde aus, so als seien sie jederzeit zum Einsatz bereit wie das berühmte Gewehr der Kolonialzeit über dem Kamin. Sie waren poliert und glänzten matt im Zwielicht.

Außer diesen Gegenständen und zwei Steinblöcken, die möglicherweise Stühle sein sollten, und einer Matte an der Seite war der Raum kahl. Wände, Decke und Fußboden waren glatt wie Marmor und in klassischem weiß. Ich konnte keine Tür entdecken. Ich erhob mich von dem Steintisch – es war tatsächlich ein Tisch – und ging zum Fenster. Ich schaute nach draußen und sah die Sonne; es musste unsere Sonne sein. Sie schien möglicherweise einen Bruchteil größer zu sein, aber es war schwer, das sicher zu sagen. Ich war ziemlich zuversichtlich, dass es unser wunderbarer gelber Stern war. Wie auf der Erde war der Himmel blau. Mein erster Gedanke war, dass dies die Erde sein müsste und die etwas größere Sonne eine Illusion. Offensichtlich konnte ich atmen und das bedeutete notwendigerweise eine Atmosphäre, die einen großen Anteil an Sauerstoff besaß. Es musste die Erde sein. Doch als ich am Fenster stand, wusste ich, dass dies nicht mein Mutterplanet sein konnte. Das Gebäude, in dem ich mich wiedergefunden hatte, gehörte zu einer undefinierbaren Anzahl von Türmen – endlose Reihen flacher Zylinder unterschiedlicher Größen und Farben, verbunden mit engen, bunten Brücken, die sich lässig zwischen ihnen aufspannten.

Ich konnte mich nicht weit genug aus dem Fenster lehnen, um den Boden zu sehen. In der Ferne erkannte ich Hügel mit einer Art grüner Vegetation, aber ich konnte nicht unterscheiden, ob es Gras war oder nicht. Verwundert über meine Lage wandte ich mich wieder dem Tisch zu. Beim Hinübergehen verletzte ich mir beinahe meinen Oberschenkel an dem Steingebilde. Ich hatte für einen Moment das Gefühl zu straucheln oder benommen gewesen zu sein. Ich ging im Raum umher. Ich kletterte auf den Tisch, fast so wie ich eine Treppe im Ehemaligenhaus hochgestiegen wäre. Es war anders, eine andere Beweglichkeit. Weniger Gravitation. Das musste es sein. Dann war dieser Planet also kleiner als unsere Erde, und wenn man von der offensichtlichen Größe der Sonne ausging, etwas näher bei ihr.

Meine Kleidung war gewechselt worden. Meine Jagdstiefel waren verschwunden, meine Pelzmütze, der schwere Mantel und auch der Rest. Ich war in eine Art rot gefärbte Tunika gekleidet, die an der Hüfte mit einer gelben Kordel zusammengebunden war. Ich hatte den Eindruck, dass ich trotz meiner Abenteuer, trotz meiner panischen Flucht in den Bergen sauber war. Man hatte mich gewaschen.

Ich bemerkte, dass der Ring aus rotem Metall mit dem C als Wappen auf den zweiten Finger meiner rechten Hand gesteckt war. Ich war hungrig. Ich versuchte, meine Gedanken zu sammeln, während ich auf dem Tisch saß, aber es waren zu viele. Ich fühlte mich wie ein Kind, das nichts wusste, das man in eine komplizierte Fabrik oder einen großen Laden mitgenommen hatte und das nicht in der Lage war, seine Eindrücke zu sortieren, unfähig, die neuen und fremden Dinge zu begreifen, die auf es einprasselten.

Eine Wandplatte schob sich zur Seite, und ein großer rothaariger Mann, ungefähr Mitte Vierzig, und ähnlich gekleidet wie ich, trat hindurch. Ich hatte nicht gewusst, was ich hätte erwarten sollen, wie diese Leute aussähen. Dieser Mann war von der Erde, ganz offensichtlich.

Er lächelte mich an und trat näher, legte mir seine Hände auf die Schultern und sah mir in die Augen. Er sagte zu mir und, wie ich fand sehr stolz: »Du bist mein Sohn Tarl Cabot.«

»Ich bin Tarl Cabot«, sagte ich.

»Ich bin dein Vater«, sagte er und schüttelte mich kraftvoll an den Schultern. Wir gaben uns die Hände, ich meinerseits ziemlich steif, und trotzdem gab mir diese Geste aus meiner Heimat ein wenig Sicherheit zurück. Ich war überrascht, festzustellen, dass ich nicht nur akzeptierte, dass dieser Fremde aus meiner Welt war, sondern auch der Vater, an den ich mich nicht erinnern konnte.

»Deine Mutter?«, fragte er mit ernstem Blick.

»Gestorben, schon vor Jahren«, sagte ich.

Er sah mich an. »Von all den vielen, liebte ich sie am meisten«, sagte er, wandte sich ab und ging durch den Raum. Er wirkte sehr stark betroffen, erschüttert. Ich wollte ihn nicht gern haben, aber ich stellte fest, dass ich nicht anders konnte. Ich ärgerte mich über mich selbst. Er hatte meine Mutter und mich verlassen, oder nicht? Was war es wert, wenn er jetzt Bedauern verspürte? Und was sollte es bedeuten, wenn er jetzt von »all den vielen« sprach, wer immer das auch sein sollte? Ich wollte es gar nicht wissen.

Dennoch: Trotz all dieser Dinge spürte ich, dass ich durch den Raum zu ihm gehen wollte, ihm meine Hand auf den Arm legen und ihn berühren wollte. Ich fühlte mich irgendwie mit ihm verwandt, mit diesem Fremden und seiner Trauer. Meine Augen waren feucht. Etwas berührte mich stark, geheimnisvoll; Erinnerungen voller Leid, die geschwiegen hatten, verstummt für viele Jahre – die Erinnerungen an eine Frau, die ich kaum gekannt hatte, an ein sanftes Gesicht, an Arme, die ein Kind geschützt hatten, das voller Angst in der Nacht aufgewacht war. Und ich erinnerte mich plötzlich an ein anderes Gesicht – hinter ihrem.

»Vater«, sagte ich.

Er richtete sich auf und wandte sich mir zu, der ich auf der anderen Seite dieses einfachen, fremden Raumes war. Es war mir unmöglich zu sagen, ob er geweint hatte. Er sah mich mit traurigen Augen an, und seine recht ernsten Gesichtszüge erschienen für einen Moment zart. Als ich in seine Augen sah, wurde mir mit einer unbegreiflichen Heftigkeit und einer Freude klar, was mich immer noch verwirrt, dass es jemanden gab, der mich liebt.

»Mein Sohn«, sagte er.

Wir trafen uns in der Mitte des Raumes und umarmten uns. Ich weinte, und auch er weinte, ohne Scham. Ich erfuhr später, dass auf dieser fremdartigen Welt, Männer Gefühle haben und diese auch zeigen durften, und dass die Heuchelei der emotionalen Zurückhaltung auf diesem Planeten nicht so geschätzt wurde wie auf meinem.

Schließlich trennten wir uns wieder.

Mein Vater betrachtete mich gleichmütig. »Sie wird die Letzte sein«, sagte er. »Ich hatte nicht das Recht, ihr zu erlauben, mich zu lieben.«

Ich schwieg.

Er spürte meine Gefühle und sagte abrupt: »Danke für dein Geschenk, Tarl Cabot.«

Ich schaute ihn verwirrt an.

»Die Handvoll Erde«, sagte er. »Eine Handvoll Boden von dem Planeten, auf dem ich geboren bin.«

Ich nickte, mochte nicht sprechen; ich wollte, dass er mir all die tausend Dinge erzählen sollte, die ich wissen musste, um all die Geheimnisse aufzulösen, die mich von meiner Geburtswelt fortgerissen und in diesen seltsamen Raum, auf diesen Planeten, zu ihm, meinem Vater, gebracht hatten.

»Du musst hungrig sein«, sagte er.

»Ich möchte wissen, wo ich bin und was ich hier soll«, erwiderte ich.

»Natürlich«, sagte er, »aber du musst auch essen.« Er lächelte. »Während du deinen Hunger stillst, werde ich mit dir reden.«

Er klatschte zweimal in die Hände, und die Wandplatte schob sich wieder zur Seite.

Ich war verwirrt.

Durch die Öffnung kam ein junges Mädchen, etwas jünger als ich, mit blondem zurückgebundenem Haar. Sie trug ein ärmelloses Kleidungsstück mit diagonalen Streifen, dessen kurzer Rock einige Zoll oberhalb ihrer Knie endete. Sie war barfuß, und als ihre Augen scheu in meine blickten, waren sie blau und voller Ehrfurcht. Mein Blick blieb an ihrem einzigen Schmuckstück hängen – ein leichtes, stahlähnliches Band, das sie als Halsreif trug. So schnell wie sie gekommen war, verschwand sie auch wieder.

»Du kannst sie heute Abend haben, wenn du möchtest«, sagte mein Vater, der das Mädchen kaum bemerkt zu haben schien. Ich war nicht sicher, was er meinte, aber ich sagte nein.

Da mein Vater darauf bestand, begann ich zu essen, widerwillig, ohne meine Augen von ihm zu nehmen und ohne die Nahrung wirklich zu schmecken, die einfach, aber ausgezeichnet war. Das Fleisch erinnerte mich an Wild; es war nicht das Fleisch eines Tieres, das mit industriellem Tierfutter aufgezogen wurde. Es war über offener Flamme gegrillt worden. Das Brot war noch heiß vom Ofen. Die Früchte – Trauben und eine Art Pfirsiche – waren frisch und so kalt wie der Schnee in den Bergen. Nach dem Essen kostete ich das Getränk, das man in nicht unangemessener Weise als einen glutvollen Wein, leuchtend, trocken und stark beschreiben konnte. Ich erfuhr später, dass er Ka-la-na genannt wurde. Während ich aß und auch danach erzählte mein Vater.

»Gor«, sagte er, »ist der Name dieser Welt. In allen Sprachen dieses Planeten, bedeutet das Wort Heim-Stein.« Er machte eine Pause, weil er mein fehlendes Begreifen bemerkte. »Heim-Stein«, wiederholte er. »Einfach so. In den Dörfern der Bauern dieser Welt«, fuhr er fort, »wurde jede Hütte, um einen flachen Stein herum gebaut, der in die Mitte des runden Wohnraums gelegt wurde. In ihn ritzte man das Zeichen der Familie ein, und er wurde Heim-Stein genannt. Er war, sozusagen, ein Symbol der Souveränität, des Territoriums, und jeder Bauer war ein Souverän in seiner eigenen Hütte.«

»Später«, sagte mein Vater, »wurden Heim-Steine für Dörfer benutzt und noch später auch für Städte. Der Heim-Stein eines Dorfes wurde immer auf den Marktplatz gelegt. In einer Stadt legte man ihn auf das Dach des höchsten Turmes. Der Heim-Stein entstand auf ganz natürliche Weise, zur richtigen Zeit, um ein Mysterium zu erschaffen, mit den gleichen heißen, süßen Gefühlen, die die Eingeborenen der Erde gegenüber ihren Flaggen empfinden und die sie in diese investieren.«

Mein Vater war aufgestanden und schritt im Raum umher, seine Augen schienen seltsam lebendig. Später sollte ich mehr von dem verstehen, was er fühlte. Tatsächlich gibt es ein Sprichwort auf Gor; ein Sprichwort, dessen Ursprung in der Vergangenheit dieser seltsamen Welt verloren ging, und das besagt, dass jemand, der von einem Heim-Stein spricht, aufstehen soll, weil es dabei um Dinge der Ehre geht und Ehre etwas ist, das in den barbarischen Kodizes von Gor sehr respektiert wird.

»Diese Steine«, sagte mein Vater, »sind vielfältig in unterschiedlichen Farben, Größen und Formen, und viele davon sind kunstvoll geschnitzt.

Einige der großen Städte haben kleine, ziemlich unansehnliche Heim-Steine, die aber unglaublich alt sind und in die Zeit zurückreichen, in der die Stadt noch ein Dorf oder nur ein Rudel berittener Krieger ohne festen Wohnsitz war.«

Mein Vater hielt an dem schmalen Fenster des runden Raumes inne, schaute zu den Hügeln in der Ferne und schwieg. Schließlich sprach er wieder.

»Wo auch immer ein Mann seinen Heim-Stein hinlegt, beansprucht er vom Gesetz her, dieses Land für sich. Gutes Land wird nur durch die Schwerter der Stärksten in dieser Gegend geschützt.«

»Schwerter?«, fragte ich.

»Ja«, sagte mein Vater, als sei da nichts Unglaubliches in dieser Aussage. Er lächelte. »Du musst noch viel über Gor lernen«, sagte er. »Es gibt eine Hierarchie der Heim-Steine, sozusagen. Zwei Soldaten, die sich einander für einen Acker fruchtbaren Bodens mit ihren Stahlklingen abschlachten würden, kämpfen Seite an Seite bis zum Tode um den Heim-Stein ihres Dorfes oder der Stadt, in deren Einflussbereich ihr Dorf liegt.«

»Ich werde dir eines Tages meinen eigenen kleinen Heim-Stein zeigen, den ich in meinen Räumlichkeiten aufbewahre. In ihm ist eine Handvoll Boden von der Erde, eine Handvoll Boden, den ich ganz am Anfang mitgebracht habe, als ich auf diese Welt kam – vor sehr langer Zeit.« Er schaute mich gleichmütig an. »Ich werde die Handvoll Erde aufbewahren, die du mitgebracht hast«, sagte er mit ruhiger Stimme, »und eines Tages kann sie dir gehören.« Seine Augen schienen feucht zu werden. Er fügte hinzu: »Wenn du lange genug lebst, um dir einen eigenen Heim-Stein zu verdienen.«

Ich erhob mich auf die Füße und schaute ihn an.

Er hatte sich von mir abgewandt, als sei er in Gedanken versunken. »Gelegentlich träumt ein Eroberer oder Politiker davon«, sagte er, »nur einen einzigen obersten Heim-Stein für den ganzen Planeten zu besitzen.« Dann nach einer längeren Pause sagte er, ohne mich anzusehen: »Es gibt Gerüchte, dass es solch einen Stein gibt, doch er liegt an einem geheimen Ort und ist die Quelle der Macht für die Priesterkönige.«

»Wer sind die Priesterkönige?«, fragte ich.

Mein Vater sah mich an, und er schien besorgt, als habe er möglicherweise mehr gesagt, als er beabsichtigte. Keiner von uns sprach in der nächsten Minute.

»Ja«, sagte mein Vater schließlich, »ich muss dir von den Priesterkönigen erzählen.« Er lächelte. »Aber lass mich auf meine eigene Art anfangen, damit du das Wesen der Dinge, von denen ich erzähle, besser begreifst.« Wir setzten uns am Steintisch einander gegenüber, und mein Vater begann, mir ruhig und methodisch viele Dinge zu erklären.

Während er sprach, bezeichnete er den Planeten Gor oft als die Gegenerde und verwendete so einen Namen aus den Schriften der Pythagoräer, die zuerst die Existenz solch eines Himmelskörpers vermutet hatten. Seltsamerweise war einer der Ausdrücke der goreanischen Sprache für unsere Sonne der Begriff Lar-Torvis, was das Zentrale Feuer bedeutet, ein weiterer Ausdruck der Pythagoräer, mit dem Unterschied, dass er nicht, soweit ich wusste, ursprünglich für die Sonne benutzt wurde, sondern für einen anderen Himmelskörper. Die gebräuchlichere Bezeichnung für die Sonne war Tor-tu-Gor, das sich als Licht über dem Heim-Stein übersetzt. Wie ich später erfuhr, gab es eine Sekte unter den Völkern, die die Sonne verehrte, aber sie war sowohl zahlenmäßig als auch von ihrem Einfluss her unbedeutend, verglichen mit den Anbetern der Priesterkönige, denen, was auch immer sie waren, göttliche Ehren zugesprochen wurden. Ihnen gehörte die Ehre – so schien es –, als älteste Götter von Gor verehrt zu werden, und in Zeiten der Gefahr konnte ein Gebet an die Priesterkönige selbst die Lippen des tapfersten Mannes verlassen.

»Die Priesterkönige«, sagte mein Vater, »sind unsterblich, zumindest glauben das die meisten hier.«

»Glaubst du das auch?«, fragte ich.

»Ich weiß es nicht«, sagte mein Vater. »Manchmal vielleicht schon.«

»Was für eine Art Menschen sind das?«, fragte ich.

»Man weiß nicht, ob es Menschen sind«, sagte mein Vater.

»Aber was sind sie sonst?«

»Vielleicht Götter.«

»Das ist nicht dein Ernst?«

»Doch«, sagte er. »Ist nicht eine Kreatur, die den Tod mit unermesslicher Kraft und Weisheit besiegt, es wert, so genannt zu werden?«

Ich schwieg.

»Meine Vermutung jedoch«, sagte mein Vater, »besteht darin, dass die Priesterkönige tatsächlich Menschen sind – Menschen fast so wie wir oder humanoide Organismen irgendeiner Art –, die eine Wissenschaft und Technologie besitzen, die unserem normalen Wissen soweit voraus ist wie unser zwanzigstes Jahrhundert gegenüber den Alchimisten und Astrologen der mittelalterlichen Universitäten.«

Seine Annahme schien plausibel für mich, denn ganz von Anfang an war mir klar gewesen, dass in irgendetwas oder in irgendwem eine

Macht und Klarheit des Verständnisses existieren musste, neben der die gewöhnliche Anwendung des Verstandes, wie ich ihn kannte, nicht viel mehr war als der Tropismus eines Einzellers. Selbst die Technologie des Umschlags mit dem eingebetteten Daumenschloss, die Ablenkung meines Kompasses und das Schiff, das mich bewusstlos auf diese fremde Welt gebracht hatte, sprachen für eine unglaubliche Beherrschung von ungewöhnlichen, genauen und steuerbaren Kräften.

»Die Priesterkönige«, sagte mein Vater, »unterhalten einen heiligen Ort im Sardargebirge, einer wilden Einöde, in die kein Mensch je vordringen kann. Dieser heilige Ort ist für die Gedanken der meisten Menschen hier tabu; er ist gefährlich. Bisher ist noch niemand aus diesen Bergen zurückgekehrt.« Die Augen meines Vaters blickten ins Leere, als wären sie auf etwas gerichtet, was er lieber vergessen würde. »Idealisten und Aufständische wurden auf den gefrorenen Ausläufern dieser Berge zerschmettert. Will sich jemand den Bergen nähern, so muss er zu Fuß dorthin gehen. Unsere Reittiere verweigern die Annäherung. Körperteile von Geächteten und Flüchtlingen, die versucht haben, sich in den Bergen zu verstecken, fand man auf den Ebenen am Fuße der Berge verstreut wie Brocken aus unglaublicher Entfernung weggeworfenen Fleisches zum Fraß für die Schnäbel und Zähne umherstreunender Aasfresser.«

Meine Hand krampfte sich um den Kelch aus Metall. Der Wein bewegte sich in seinem Gefäß. Ich sah mein Spiegelbild in ihm, zerrissen durch die kleinen Wellen im Gefäß. Dann lag der Wein wieder still.

»Manchmal«, sagte mein Vater, seine Augen immer noch in weite Ferne gerichtet, »wenn Männer alt oder müde vom Leben werden, kämpfen sie sich in die Berge vor, um dort das Geheimnis der Unsterblichkeit in den öden Klippen zu suchen. Doch niemand hat bestätigen können, ob sie schließlich ihre Unsterblichkeit gefunden haben, denn keiner ist je in die Turmstädte zurückgekehrt.« Er schaute mich an. »Manche glauben, dass diese Männer mit der Zeit selbst Priesterkönige werden. Ich selber vermute eher – und halte das für nicht mehr oder weniger wahrscheinlich, als die gängigen abergläubischen Geschichten –, dass es den Tod bedeutet, das Geheimnis der Priesterkönige zu enthüllen.«

»Du weißt es nicht«, sagte ich.

»Nein«, gab mein Vater zu, »ich weiß es nicht.«

Dann erklärte er mir die Legenden um die Priesterkönige, und mir wurde klar, dass sie zumindest bis zu einem gewissen Grad real sein mussten – dass die Priesterkönige, das, was sie wollten, zerstören oder kontrollieren konnten, dass sie tatsächlich die Gottheiten dieser Welt waren. Man glaubte, dass sie über alles, was auf ihrem Planeten geschah, informiert waren, doch schienen sie meistens wenig Notiz davon zu nehmen. Gerüchte besagten, zumindest nach meinem Vater, dass sie die Heiligkeit in ihren Bergen kultivierten und in ihrer Kontemplation nicht mit den Realitäten und Bösartigkeiten der äußeren und unwichtigeren Welt beschäftigt sein wollten. Sie waren also sozusagen abwesende Götter, vorhanden, aber zurückgezogen und wollten nicht mit den Ängsten und Aufregungen der Sterblichen außerhalb ihrer Berge belästigt werden. Diese Vermutung, die Suche nach Heiligkeit jedoch, schien mir nicht zu dem schlimmen Schicksal zu passen, das offensichtlich diejenigen erwartete, die versuchten, in die Berge vorzudringen. Ich hatte Schwierigkeiten mir vorzustellen, dass sich einer dieser heiligen Theoretiker aus der Kontemplation erhebt, um Körperteile der Eindringlinge auf die Ebenen im Tal zu schleudern. »Es gibt jedoch zumindest einen Bereich«, sagte mein Vater, »an dem die Priesterkönige sehr aktiv interessiert sind, und das ist der Bereich der Technologie. Sie begrenzen sehr selektiert die Technologie, die uns, den Menschen unterhalb der Berge, zur Verfügung steht. So ist zum Beispiel – unglaublich genug – die Waffentechnologie so weit kontrolliert, dass die mächtigsten Kriegsgeräte Armbrust und Lanze sind. Weiterhin gibt es keine mechanischen Transport- oder Kommunikationsgeräte und Ortungsgeräte wie Radar und Sonar, soweit es die militärischen Einrichtungen unserer Welt betrifft.«

»Andererseits«, sagte er, »wirst du erfahren, dass die Sterblichen oder die Menschen unterhalb der Berge, zum Beispiel in den Bereichen Beleuchtung, Unterkunft, Agrartechnik und Medizin, sehr fortschrittlich sind.« Er sah mich an – amüsiert, wie ich glaubte. »Du fragst dich sicher«, sagte er, »warum die zahlreichen ziemlich offensichtlichen Defizite in unserer Technologie nicht aufgefüllt worden sind – trotz der Priesterkönige. Es ist uns schon in den Sinn gekommen, dass es Geister auf dieser Welt geben muss, die in der Lage sind, solche Dinge zu entwerfen, wie zum Beispiel Gewehre und gepanzerte Fahrzeuge.«

»Sicher werden solche Dinge produziert«, warf ich ein.

»Da liegst du richtig«, sagte er grimmig. »Von Zeit zu Zeit werden sie es, doch ihre Besitzer werden zerstört, vergehen in Flammen.«

»Wie der Umschlag aus blauem Metall?«

»Ja«, sagte er. »Es bedeutet den Flammentod, auch nur eine Waffe der verbotenen Art zu besitzen. Kühne Einzelgänger erschaffen manchmal solche Kriegsmaterialien oder erwerben sie und entkommen fast ein Jahr lang dem Flammentod. Früher oder später werden sie aber doch davon getroffen.« Seine Augen waren hart. »Einmal habe ich es geschehen sehen«, sagte er.

Ganz offensichtlich wollte er über dieses Thema nicht weiterreden.

»Was ist mit dem Raumschiff, das mich hergebracht hat?«, fragte ich.

»Zweifellos ist das ein wunderbares Beispiel eurer Technologie!«

»Nicht unserer Technologie, sondern der der Priesterkönige«, sagte er. »Ich glaube nicht, dass das Raumschiff von Menschen unterhalb der Berge bemannt war.«

»Von Priesterkönigen?«, fragte ich.

»Kurz gesagt«, entgegnete mein Vater, »glaube ich, dass das Schiff aus dem Sardargebirge ferngesteuert wurde, so wie man es von allen Beschaffungsreisen annimmt.«

»Beschaffung?«

»Ja«, sagte mein Vater. »Und vor langer Zeit habe ich dieselbe merkwürdige Reise gemacht; wie viele andere auch.«

»Aber was soll dabei herauskommen? Welche Absicht steckt dahinter?«, wollte ich wissen.

»Vielleicht kommt bei jeder Reise etwas anderes heraus, jede dient vielleicht einem anderen Zweck«, sagte er.

Dann sprach mein Vater von der Welt, auf der ich mich befand. Er erzählte – soweit er es von den Eingeweihten erfahren hatte, die behaupteten als Mittelsmänner der Priesterkönige zu fungieren –, dass der Planet Gor ursprünglich der Satellit einer weit entfernten Sonne gewesen war, in einer der phantastisch abgelegenen blauen Galaxien. Er war auf der Suche nach einem neuen Stern durch die Wissenschaft der Priesterkönige in seiner Historie mehrfach bewegt worden. Ich hielt diese Geschichte aus mehreren Gründen zumindest teilweise für unwahrscheinlich. Es hatte vor allem schon mit den räumlichen Unwahrscheinlichkeiten eines solchen Transportes zu tun, der selbst mit annähernder Lichtgeschwindigkeit Milliarden von Jahren gedauert hätte. Und was noch entscheidender war, beim Transport durch den Weltraum ohne Wärme und Licht für die Photosynthese wäre sicher alles Leben vernichtet worden.

Wenn der Planet überhaupt bewegt worden war – und ich wusste genug, um zu verstehen, dass dies erfahrungsgemäß unmöglich war –, musste er von einem näher liegenden Stern in unser Sonnensystem gebracht worden sein. Vielleicht war er einmal ein Satellit von Alpha Centauri gewesen, aber selbst wenn es so war, waren die Entfernungen immer noch fast unvorstellbar. Ich gab zu, dass der Planet theoretisch vielleicht hätte bewegt werden können, ohne das Leben auf ihm zu zerstören, aber die technische Größe solch einer Wundertat bringt die Vorstellungskraft an ihre Grenzen. Vielleicht war das Leben kurzfristig unterbrochen, oder unter der Oberfläche des Planeten mit ausreichenden Vorräten und Sauerstoff für die unglaubliche Reise versteckt worden. Eigentlich hätte dann der Planet als ein einziges gigantisches abgeschlossenes Raumschiff funktioniert.

Es gab eine weitere Möglichkeit, die ich gegenüber meinem Vater erwähnte – vielleicht war der Planet die ganze Zeit über in unserem Sonnensystem gewesen, aber nicht entdeckt worden, so unwahrscheinlich das auch war, wenn man die Tausende von Jahren bedenkt, in denen die Menschen den Himmel studiert haben, von den ungelenken Bewohnern des Neandertales bis hin zu den brillanten Geistern von Mount Wilson und Palomar. Zu meiner Überraschung begrüßte mein Vater diese Annahmen.

»Das«, sagte er munter, »ist die Theorie des Sonnenschildes.« Er fügte hinzu: »Darum denke ich so gerne an den Planeten als die Gegenerde, nicht nur wegen seiner Ähnlichkeit zu unserem Geburtsplaneten, sondern weil er tatsächlich als Gegenstück zur Erde eingefügt worden ist. Er hat die gleiche Umlaufebene und hält seine Umlaufbahn so ein, dass das Zentralfeuer immer zwischen ihm und seiner Planetenschwester, unserer Erde, ist – selbst wenn dadurch gelegentlich Korrekturen in seiner Umlaufgeschwindigkeit nötig werden.«

»Aber ganz sicher«, protestierte ich, »könnte seine Existenz entdeckt werden. Man kann einen Planeten in der Größe der Erde in unserem eigenen solaren System nicht verstecken! Das ist unmöglich!«

»Du unterschätzt die Priesterkönige und ihre Wissenschaft«, sagte mein Vater lächelnd. »Jede Macht, die fähig ist, einen Planeten zu bewegen – und ich glaube, dass die Priesterkönige diese Macht besitzen –, ist in der Lage, Korrekturen in der Bewegung des Planeten wirksam werden zu lassen, Einstellungen, die es erlauben, die Sonne unendlich lange als Sichtschutz zu benutzen.«

»Die Umlaufbahnen der anderen Planeten wären mit betroffen«, warf ich ein.

»Störungen der Gravitation«, sagte mein Vater, »können neutralisiert werden.« Seine Augen glänzten. »Ich glaube fest daran«, sagte er, »dass die Priesterkönige die Gravitationskräfte kontrollieren können, zumindest auf begrenzten Gebieten, und dass sie es auch tatsächlich tun. Bedenkt man alle Wahrscheinlichkeiten, so ist die Kontrolle über die Bewegung des Planeten irgendwo mit dieser Fähigkeit verbunden. Bedenke die verschiedenen Möglichkeiten dieser Macht. Physikalische Beweise wie Licht- oder Radiowellen, die die Gegenwart des Planeten enthüllen könnten, kann man daran hindern, ihn zu verraten. Die Priesterkönige könnten gravitationstechnisch den Weltraum in ihrem Bereich beugen und die Licht- und Radiowellen so diffus, gebrochen oder zerstreut werden lassen, dass sie ihre Welt nicht mehr enthüllten.«

Ich muss so ausgesehen haben, als sei ich nicht davon überzeugt.

»Mit Erkundungssatelliten kann man ähnlich umgehen«, fügte mein Vater hinzu. Er machte eine Pause. »Natürlich schlage ich nur Hypothesen vor – was die Priesterkönige möglicherweise tun und wie sie es wirklich tun könnten, wissen nur sie selbst.«

Ich leerte den letzten Schluck des schweren Weines aus dem Metallkelch.

»Tatsächlich«, sagte mein Vater, »gibt es Beweise für die Existenz der Gegenerde.«

Ich schaute ihn an.

»Bestimmte natürliche Signale im Radioband des Spektrums«, sagte mein Vater.

Er muss mir mein Erstaunen angesehen haben.

»Ja«, sagte er, »aber da die Hypothese einer anderen Welt als unglaublich angesehen wird, sind diese Beweise so interpretiert worden, dass sie zu anderen Theorien passten – manchmal sind sogar Ungenauigkeiten der Instrumente angenommen worden, statt die Gegenwart einer anderen Welt in unserem Sonnensystem zuzugeben.«

»Aber warum wurden diese Beweise nicht verstanden?«, fragte ich.

»Das weißt du sicherlich«, lachte er. »Man muss zwischen den Daten, die zu interpretieren sind und der Interpretation der Daten unterscheiden. Und normalerweise entschließt man sich zu der Interpretation, die so viel wie möglich der alten Weltanschauung bewahrt – in den Gedanken der Erde gibt es keinen Platz für Gor, ihren wahren Schwesterplaneten, die Gegenerde.«

Mein Vater hatte aufgehört zu reden. Er erhob sich, ergriff mich an den Schultern, hielt mich einen Moment und lächelte. Dann glitt die Tür in der Wand lautlos zur Seite, und er schlenderte aus dem Raum. Er hatte mir nichts zu meiner Rolle oder meinem Schicksal gesagt, was auch immer mir bevorstand. Er wollte nicht mit mir darüber diskutieren, aus welchem Grund ich zur Gegenerde gebracht worden war, noch wollte er mir die vergleichsweise kleinen Geheimnisse des Umschlags und seiner seltsamen Buchstaben erklären. Am schmerzhaftesten vermisste ich vielleicht, dass er mir nichts über sich selbst erzählt hatte, da ich ihn gern kennenlernen wollte, diesen freundlichen, zurückgezogenen Fremden, dessen Gene ich in meinem Körper trug, dessen Blut in mir floss – meinen Vater.

Ich möchte Sie jetzt wissen lassen, dass ich weiß, dass das, was ich aus eigener Erfahrung schreibe, wahr ist, und dass ich glaube, dass das, was mir sichere Quellen berichtet haben, ebenfalls wahr ist. Aber ich werde nicht beleidigt sein, wenn Sie mir nicht glauben, denn an Ihrer Stelle würde ich mich auch weigern zu glauben. Tatsächlich sind Sie eigentlich verpflichtet, angesichts der geringen Beweise, die ich dieser Erzählung beilegen kann, bei aller Ehrlichkeit mein Zeugnis zurückzuweisen oder zumindest Ihr Urteil zurückzustellen. Tatsächlich ist die Wahrscheinlichkeit, dass diese Geschichte geglaubt wird, so gering, dass die Priesterkönige des Sardar, die Hüter der heiligen Stätte, offensichtlich zugelassen haben, dass sie aufgezeichnet wird. Ich bin froh darüber, denn ich muss diese Geschichte erzählen. Ich habe Dinge gesehen, von denen ich berichten muss, selbst wenn ich sie, wie man hier sagt, nur den Türmen erzähle. Warum waren die Priesterkönige in dieser Sache so nachlässig – jene, die diese zweite Erde kontrollieren? Ich glaube die Antwort ist einfach. In ihnen ist genug Menschlichkeit verblieben, um eitel zu sein – wenn sie menschlich sind, denn wir haben sie ja nie gesehen; in ihnen ist genug Eitelkeit, dass sie andere von ihrer Existenz informieren möchten, wenn auch auf eine Art, die diese anderen nicht akzeptieren werden oder ernsthaft in Betracht ziehen könnten. Vielleicht gibt es Humor in der heiligen Stätte oder Ironie. Letzten Endes, angenommen Sie sollten diese Geschichte akzeptieren, sollten von der Gegenerde und den Beschaffungsreisen erfahren, was könnten Sie schon tun? Sie könnten nichts tun, mit Ihrer rudimentären Technologie, auf die Sie so stolz sind – Sie könnten zumindest tausend Jahre lang nichts tun, und nach dieser Zeit, wenn die Priesterkönige es für richtig halten, wird dieser Planet eine neue Sonne gefunden haben und neue Menschen, um seine grüne Oberfläche zu bevölkern.

3 Der Tarn

»Ho!«, schrie Torm, dieses unmögliche Mitglied der Kaste der Schreiber, warf seine blaue Robe über den Kopf, als könnte er es nicht ertragen, das Tageslicht zu sehen. Dann tauchte der Kopf des Schreibers mit seinen sandfarbenen Haaren aus der Robe auf, seine blassblauen Augen zwinkerten auf beiden Seiten seiner scharfen und spitzen Nase. Er sah mich von oben bis unten an. »Ja!«, schrie er, »ich verdiene es!« Und sein Kopf verschwand wieder unter seiner Robe. Darunter klang seine Stimme gedämpft hervor. »Warum muss ich Idiot mich immer mit Idioten herum plagen?« Der Kopf tauchte wieder auf. »Habe ich nichts Besseres zu tun? Liegen da nicht Tausende Schriftrollen, die in meinen Bücherregalen ungelesen und ungeprüft verstauben?«

»Ich weiß es nicht«, sagte ich.

»Schau dich um«, rief er in blanker Verzweiflung und ruderte mit seinen blau gekleideten Armen in dem unordentlichsten Zimmer herum, das ich je auf Gor gesehen habe. Sein Schreibtisch, ein riesiger Holztisch, war überhäuft mit Papieren, Tintenfässern, Stiften, Scheren, Lederbändern und Klammern. Es gab kaum einen Platz im Zimmer, der nicht Gestelle mit Schriftrollen beherbergte, sodass man kaum irgendwo einen Fuß hinsetzen konnte. Andere Rollen, Hunderte vielleicht, waren an vielen Stellen wie Brennholz gestapelt. Seine Schlafmatte war ausgebreitet, und seine Decken waren sicherlich wochenlang nicht gelüftet worden. Seine persönlichen Gegenstände, von denen er nicht viel besaß, waren in die kleinsten Gestelle für Schriftrollen gestopft. Eines der Fenster in Torms Raum war ziemlich unförmig, und ich bemerkte, dass man es mit Gewalt vergrößert hatte. Ich stellte mir ihn mit einem Zimmermannshammer vor, wütend auf die Wand einhackend und schlagend und die Steine wegbrechend, damit mehr Licht in sein Zimmer kommen konnte. Unter seinem Tisch befand sich stets ein Kohlebecken, gefüllt mit glühenden Kohlen, die fast die Füße des Schreibers verbrannten, gefährlich nahe dem wissenschaftlichen Müll, von dem der Fußboden übersät war. Es schien, dass Torm immer fror oder zumindest, dass es ihm nie warm genug war. Selbst an den heißesten Tagen traf man ihn an, seine Nase an seinem blauen Ärmel putzend, furchtbar zitternd und über den Preis der Heizmittel klagend.

Torm war schmächtig gebaut und erinnerte mich an einen ärgerlichen Vogel, dem nichts so viel Spaß macht, als Eichhörnchen zu beschimpfen.

Seine blauen Roben waren abgetragen und hatten an Dutzenden von Stellen Löcher, von denen höchstens zwei oder drei unbeholfen mit Garn geflickt worden waren. Eine seiner Sandalen hatte einen zerrissenen Lederriemen, der nachlässig zurückgebunden war. Die Goreaner, die ich in den letzten Wochen gesehen hatte, waren peinlich genau in ihrer Kleidung gewesen und hatten sehr großen Wert auf ihre Erscheinung gelegt, aber Torm hatte offensichtlich Besseres mit seiner Zeit anzufangen. Zu diesen Dingen gehörte leider auch das Schelten solcher Menschen wie mir, die unglücklich genug waren, in den Einflussbereich seines Zorns zu geraten.

Dennoch, trotz seiner unvergleichlichen Exzentrik, seiner Launenhaftigkeit und Frustration, fühlte ich mich zu diesem Mann hingezogen und spürte in ihm etwas, das ich bewunderte – einen gewitzten und freundlichen Geist, einen gesunden Humor und die Liebe zum Lernen, die zu den tiefsten und ehrlichsten Formen der Liebe gehört. Es war diese Liebe zu seinen Schriftrollen und zu jenen Männern, die sie vielleicht schon vor Hunderten von Jahren geschrieben hatten, die mich an Torm am meisten beeindruckte. Auf diese Art verband er mich in diesen Momenten und auch sich selbst mit Generationen von Männern, die über die Welt und ihre Bedeutung nachgedacht hatten. Ich zweifelte nicht daran, dass er der beste Gelehrte in der Stadt der Zylinder war, so wie mein Vater gesagt hatte.

Mit Verdruss wühlte Torm in einem der riesigen Stapel von Schriftrollen und fischte schließlich, auf allen Vieren, eine dünne Schriftrolle hervor, legte sie in ein Lesegestell – ein metallener Rahmen mit Rollen oben und unten – und drückte einen Knopf, woraufhin sich die Schriftrolle zur Überschrift, einem einzigen Zeichen, hin bewegte.

»Al-Ka!«, sagte Torm und zeigte mit einem langen, gebieterischen Finger auf das Zeichen. »Al-Ka«, sagte er.

»Al-Ka«, wiederholte ich.

Wir sahen uns an und lachten beide. Eine Lachträne formte sich an der Seite seiner scharfen Nase, und seine blassblauen Augen zwinkerten.

Ich hatte angefangen, das goreanische Alphabet zu lernen.

Die nächsten Wochen war ich mit intensiver Aktivität beschäftigt, unterbrochen mit sorgfältig geplanten Ruhe- und Verpflegungspausen. Zunächst waren nur Torm und mein Vater meine Lehrer, doch als ich begann, die Sprache meiner neuen Heimat immer besser zu beherrschen, kamen zahlreiche andere hinzu, offensichtlich auch irdischer Abstammung, und übernahmen Verantwortung für meine Lektionen in bestimmten Bereichen. Torm sprach Englisch mit goreanischem Akzent. Er hatte unsere Sprache von meinem Vater gelernt. Die meisten Goreaner hielten es für eine wertlose Sprache, da sie nirgendwo auf dem Planeten gesprochen wurde, dennoch beherrschte Torm sie, offensichtlich nur der Freude wegen, um zu sehen, wie sich das Leben auch in einem anderen Gewand darstellen konnte.

Der Stundenplan, der mir aufgezwungen wurde, war übergenau und mörderisch, und mit Ausnahme der Ruhe- und Verpflegungspausen wechselte er zwischen Zeiten des Lernens und Zeiten des Trainings, vor allem mit Waffen, aber auch im Umgang mit unterschiedlichen Werkzeugen, die den Goreanern so vertraut wie uns die Rechenmaschinen und Waagen sind.

Eines der interessantesten Geräte war der Übersetzer, den man auf verschiedene Sprachen einstellen konnte. Obwohl es eine vorherrschende Sprachweise auf Gor gab, die offensichtlich mehrere Mundarten und Untersprachen miteinander verband, ähnelten einige der goreanischen Dialekte in ihrem Klang an nichts, was ich zuvor gehört hatte, zumindest nicht an Sprachen – sie ähnelten eher den Lauten von Vögeln und dem Knurren von Tieren; es waren Laute, von denen ich wusste, dass sie nicht von einer menschlichen Kehle gebildet werden konnten. Obwohl die Geräte auf verschiedene Sprachen eingestellt werden konnten, war eine Seite der Übersetzungsmechanik immer goreanisch, zumindest bei denen, die ich gesehen habe. Wenn ich das Gerät sagen wir mal auf Sprache A einstellen und auf Goreanisch hineinsprechen würde, würde es nach dem Bruchteil einer Sekunde eine Folge von Lauten ausstoßen, die die Übersetzung meines goreanischen Satzes in die Sprache A wäre. Andererseits würde das Gerät eine neue Folge von Lauten in der Sprache A aufnehmen, dann würde es eine Nachricht auf Goreanisch wiedergeben. Mein Vater hatte zu meiner Freude eines dieser Übersetzungsgeräte auf Englisch programmiert und folglich war es ein sehr nützliches Werkzeug bei der Ausarbeitung der entsprechenden Sätze. Außerdem arbeiteten er und Torm natürlich sehr intensiv mit mir. Das Gerät jedoch erlaubte mir, besonders zu Torms Erleichterung, mit mir selbst üben zu können. Diese Übersetzungsgeräte sind ein Wunder an Verkleinerungstechnik; jedes von ihnen, das auf vier nichtgoreanische Sprachen programmiert ist, hat die Größe einer tragbaren Schreibmaschine. Die Übersetzungen sind ziemlich wortgetreu, und das Vokabular ist auf die Erkennung von ungefähr 25.000 Entsprechungen für jede Sprache begrenzt. Folglich waren diese Geräte bei einer flüssigen Kommunikation oder dem vollständigen Ausdruck von Gedanken einem erfahrenen Linguisten unterlegen. Jedoch hatten sie, wie mein Vater sagte, den Vorteil, dass ihre Fehler nicht absichtlich waren, und dass ihre Übersetzungen, selbst wenn sie unvollständig waren, ehrlich sein würden.

»Du musst die Geschichte und die Legenden von Gor lernen,« hatte Torm schlicht gesagt, »die Geographie des Planeten und seine Wirtschaft, die sozialen Strukturen und die Bräuche wie das Kastensystem und die Gruppen der Clans, das Recht, den Heim-Stein zu setzen, die heiligen Orte, wo man im Krieg lagern darf und wo nicht und noch viel mehr.«

Und ich lernte diese Dinge oder so viel davon, wie ich in der begrenzten Zeit lernen konnte. Gelegentlich schrie Torm entsetzt auf, wenn ich einen Fehler machte; Unverständnis und Unglauben groß in seinen Gesichtszügen ausgedrückt, und dann nahm er traurig eine große Schriftrolle, die eines Autors, dem er nicht zustimmte, und schlug mir damit elegant auf den Kopf. Er war entschlossen, dass ich auf die eine oder andere Weise von seinen Anweisungen profitieren sollte.

Seltsamerweise gab es wenig religiöse Anweisungen außer der Ermunterung zur Ehrfurcht gegenüber den Priesterkönigen, und bei den wenigen Anweisungen, die es gab, weigerte sich Torm, sie zu erklären, da er darauf bestand, dass dies der Bereich der Eingeweihten sei. Religiöse Dinge auf dieser Welt werden fast immer von der Kaste der Eingeweihten gehütet, die die Mitglieder anderer Kasten nur selten an ihren Opfern und Zeremonien teilnehmen lässt. Ich sollte einige Gebete zu den Priesterkönigen auswendig lernen, aber sie waren in Altgoreanisch, einer Sprache, die von den Eingeweihten gepflegt, aber im Allgemeinen nirgendwo auf dem Planeten gesprochen wurde und von der ich mir nicht die Mühe machte, sie zu lernen. Zu meinem Vergnügen erfuhr ich, dass Torm, der ein phänomenales Gedächtnis besaß, sie schon vor Jahren vergessen hatte. Ich spürte, dass ein gewisses Misstrauen zwischen den Kasten der Schreiber und der der Eingeweihten herrschte.

Die ethischen Lehren Gors, die unabhängig von den Ansprüchen und Vorschlägen der Eingeweihten sind, beschränken sich im wesentlichen auf die Kastenkodizes – Sammlungen von Sprichwörtern, deren Ursprung in der Antike verloren gegangen ist. Ich wurde besonders nach dem Kodex der Kriegerkaste unterwiesen.

»Es ist auch egal«, sagte Torm, »aus dir wird nie ein Schreiber.«

Der Kriegerkodex war im Allgemeinen durch eine rudimentäre Ritterlichkeit geprägt, betonte die Loyalität gegenüber den Stammesführern und dem Heim-Stein. Er war streng, aber mit einer gewissen Galanterie, einem Sinn für Ehre, den ich respektieren konnte. Einem Mann konnte Schlimmeres widerfahren, als nach einem solchen Kodex leben zu müssen. Ich wurde auch im Doppelten Wissen unterwiesen – das war zum einen das, was die Menschen im Allgemeinen glaubten, und zum anderen wurde mir noch beigebracht, was man von den Intellektuellen zu wissen erwartete. Mitunter gab es überraschende Unterschiede zwischen diesen beiden Informationen. So wurde zum Beispiel die breite Bevölkerung insgesamt, also die Kasten unterhalb der hohen Kasten, ermutigt, zu glauben, dass ihre Welt eine breite, flache Scheibe sei. Vielleicht sollte das dazu dienen, sie vom Erforschen abzuhalten, oder es sollte ihnen nahelegen, sich auf »vernünftige« Vorurteile zu verlassen – also eine Art sozialer Kontrolle darstellen.

Andererseits sagte man den hohen Kasten, vor allem den Kriegern, den Hausbauern, den Schreibern, den Eingeweihten und den Ärzten die Wahrheit über diese Dinge, vielleicht weil man annahm, sie könnten es schließlich selbst herausfinden: durch Beobachtungen wie den Schatten ihres Planeten auf dem einen oder anderen der drei kleinen Monde während einer Mondfinsternis, durch das Phänomen, dass die Spitzen entfernt liegender Objekte zuerst auftauchen oder der Tatsache, dass bestimmte Sterne von bestimmten geografischen Positionen aus nicht gesehen werden konnten. Wenn der Planet flach gewesen wäre, dann wäre exakt dasselbe Sternenpanorama von jedem Punkt der Oberfläche aus zu beobachten.

Ich fragte mich jedoch, ob das Zweite Wissen, das der Intellektuellen, nicht auch genauso sorgfältig beschnitten war, um Nachforschungen zu unterbinden, wie das Erste Wissen offensichtlich die Nachforschungen der niederen Kasten unterband. Ich vermutete, dass es noch ein Drittes Wissen gab, das den Priesterkönigen vorbehalten war.

»Der Stadtstaat«, sagte mein Vater, als er spät an einem Nachmittag zu mir sprach, »ist die grundlegende politische Einheit auf Gor – feindliche Städte, die so viel Gebiet um sich herum kontrollieren, wie sie nur können, auf allen Seiten umgeben von einem Niemandsland aus offenem Gelände.«

»Wie werden in diesen Städten die Anführer bestimmt?«, fragte ich.

»Herrscher werden aus einer der hohen Kasten ausgewählt.«

»Aus einer der hohen Kasten?«, fragte ich.

»Ja, natürlich«, war seine Antwort. »Es gibt sogar im Ersten Wissen eine Geschichte, die den Kindern in den Kindertagesstätten erzählt wird, die besagt, dass wenn es einem Mann einer niederen Kaste gelingen sollte, eine Stadt zu regieren, so würde dies den Ruin der Stadt bedeuten.«

Ich muss verärgert ausgesehen haben.

»Das Kastensystem«, sagte mein Vater geduldig, mit vielleicht der Spur eines Lächelns im Gesicht, »ist relativ unbeweglich, aber nicht eingefroren und hängt nicht nur von der Geburt ab. Einem Kind, das durch seine schulischen Leistungen belegt, dass es für eine höhere Kaste geeignet ist, erlaubt man aufzusteigen. Aber gleichermaßen gilt auch: Zeigt ein Kind nicht die erwartete Begabung seiner Kaste, zum Beispiel der der Ärzte oder Krieger, dann wird es im Kastensystem tiefer eingeordnet.«

»Aha«, sagte ich nicht sehr ermutigt.

»Die hohen Kasten irgendeiner Stadt«, fuhr mein Vater fort, »wählen einen Administrator und einen Rat für bestimmte Aufgaben. In Krisenzeiten wird ein Kriegsführer, ein Ubar, ernannt, der ohne Kontrolle und durch Dekret regiert, bis seiner Meinung nach die Krise vorüber ist.«

»Seiner Meinung nach?«, fragte ich skeptisch.

»Normalerweise wird das Amt nach dem Ende der Krise wieder abgegeben«, sagte mein Vater. »Das gehört zum Kodex der Krieger.«

»Aber was geschieht, wenn er das Amt nicht aufgibt?«, fragte ich. Ich hatte mittlerweile genug über Gor erfahren, um zu wissen, dass man sich nicht immer darauf verlassen konnte, dass die Kodizes auch beachtet wurden.

»Diejenigen, die ihre Macht nicht aufgeben wollen«, sagte mein Vater, »werden meist von ihren Männern verlassen. Der Kriegsführer, der gegen die Regeln verstößt, wird einfach allein gelassen, allein in seinem Palast, wo er von den Bürgern der Stadt, deren Kontrolle er an sich reißen wollte, aufgespießt werden kann.«

Ich nickte, während ich mir einen Palast vorstellte, leer bis auf einen Mann, der allein auf dem Thron saß, in seine Staatsroben gekleidet, und auf die verärgerten Menschen vor den Palasttoren wartete, bis diese sie durchbrachen und ihrem Zorn Luft machten.

»Aber«, sagte mein Vater, »manchmal gewinnt solch ein Kriegsführer oder Ubar die Herzen seiner Männer, und sie weigern sich, ihre Loyalität aufzugeben.«

»Was geschieht dann?«, fragte ich.

»Er wird ein Tyrann«, sagte mein Vater, »und herrscht, bis er schließlich auf die eine oder andere Weise gnadenlos abgesetzt wird.«

Die Augen meines Vaters waren hart geworden und schienen diesen Gedanken nachzuhängen. Es war nicht nur eine politische Theorie, die er mir beschrieb. Ich vermutete, dass er solch einen Mann kannte. »Bis er gnadenlos abgesetzt wird«, wiederholte er langsam.

Am nächsten Morgen ging es wieder zurück zu Torms langwierigem Unterricht.

Dem groben Umriss nach war Gor, wie man wohl auch erwarten würde, keine Kugel, sondern ein Sphäroid. Er war im Bereich der Südhalbkugel etwas schwerer und ähnlich wie die Erde geformt – wie ein runder, auf dem Kopf stehender Kreisel. Der Neigungswinkel der Planetenachse war etwas größer als der der Erde, aber nicht groß genug, um zu verhindern, dass es zu dem wunderbaren Wechsel der Jahreszeiten kommen konnte. Überdies besaß Gor, wie die Erde, zwei Polargebiete und einen Äquatorgürtel, dazwischen nördlich und südlich gemäßigte Temperaturzonen.

Ein großer Teil der Gebiete von Gor war überraschenderweise noch weiß auf den Landkarten, aber auch so hatte ich schon mehr als genug damit zu tun, die vielen Flüsse, Seen, Ebenen und Halbinseln in mein Gedächtnis zu zwingen, so gut wie ich nur konnte. Ökonomisch betrachtet, waren die freien Bauern die Grundlage goreanischen Lebens, die zwar die niedrigste, aber zweifellos die fundamentalste Kaste bildeten. Die wichtigste Feldfrucht ist ein gelbes Getreide, das man Sa-Tarna oder Tochter des Lebens nennt. Interessanterweise heißt das Wort für Fleisch Sa-Tassna, was Lebensmutter bedeutet. Übrigens spricht man auch immer dann von Sa-Tassna, wenn es sich um Nahrung im Allgemeinen handelt. Der Name für das gelbe Getreide scheint ein Sekundärbegriff zu sein, also abgeleitet. Das könnte bedeuten, dass der Gesellschaft der Bauern eine Gesellschaft von Jägern zu Grunde lag, die zuerst dagewesen sein dürfte. Das wäre ja ohnehin zu erwarten gewesen, aber was mich hier besonders ansprach, vielleicht ohne wirklichen Grund, war die Vielschichtigkeit der beteiligten Bezeichnungen. Dadurch entstand bei mir der Eindruck, dass vielleicht eine gut entwickelte Sprache oder eine Art von Konzeptgedanken den primitiven Jagdtrupps vorausgegangen sein könnte und schon lange zuvor auf dem Planeten entwickelt gewesen war. Menschen mit einer voll entwickelten Sprache waren nach Gor gekommen oder waren vielleicht nach Gor gebracht worden. Ich fragte mich nach dem möglichen Alter der Beschaffungsreisen, von denen ich meinen Vater hatte sprechen hören. Auch ich war Passagier einer solchen Reise gewesen, er offensichtlich einer anderen.

Ich hatte jedoch wenig Zeit für solche Überlegungen, da ich versuchte, dem anstrengenden Stundenplan standzuhalten, der dazu erstellt zu sein schien, mich in wenigen Wochen zum Goreaner zu machen oder der mich beim Versuch es zu schaffen, das Leben kosten sollte. Aber ich genoss diese Wochen, wie man es eben tut, wenn man lernt und sich weiterentwickelt, ohne dass ich allerdings wusste, wo es enden sollte. Ich traf in diesen Wochen viele Goreaner, andere als Torm, freie Goreaner, meist aus den Kasten der Schreiber oder Krieger. Die Schreiber sind natürlich die Gelehrten und die Buchhalter von Gor; es gibt Abteilungen und Hierarchien innerhalb der Gruppen, von einfachen Abschreibern bis hin zu den Gelehrten der Stadt.

Ich hatte wenige Frauen gesehen, doch ich wusste, dass sie, wenn sie frei waren, nach den gleichen Kriterien wie Männer gefördert oder degradiert wurden, obwohl dies von Stadt zu Stadt erheblich variieren konnte, wie mir gesagt wurde. Im Großen und Ganzen mochte ich die Menschen, die ich traf, und ich war sicher, dass sie zum überwiegenden Teil irdischer Abstammung waren. Ihre Vorfahren mussten während der Beschaffungsreisen auf diesen Planeten gebracht worden sein. Offensichtlich hatte man sie dann hier einfach freigelassen wie Tiere in einem Waldreservat oder Fische in einem Fluss.

Ihre Vorfahren könnten Chaldäer gewesen sein, Kelten, Syrer oder Engländer, die über eine Reihe von Jahrhunderten aus den unterschiedlichsten Zivilisationen von der Erde hergebracht wurden. Ihre Kinder wurden dann natürlich ganz einfach Goreaner. In den langen Zeitaltern auf Gor verschwanden alle Spuren des irdischen Ursprungs. Gelegentlich jedoch erfreute mich ein Wort englischen Ursprungs wie zum Beispiel Axt oder Schiff. Wieder andere Begriffe schienen deutlich griechischen oder deutschen Ursprungs zu sein. Wäre ich ein erfahrener Linguist gewesen, hätte ich zweifellos Hunderte von Parallelen und Gemeinsamkeiten zwischen der goreanischen Sprache und vielen verschiedenen irdischen Sprachen entdeckt, grammatikalisch oder auf andere Art. Die Abstammung von der Erde war übrigens nicht ein Teil des Ersten Wissens, aber ein Teil des Zweiten.

»Torm«, fragte ich einmal, »warum ist die Abstammung von der Erde nicht ein Teil des Ersten Wissens?«

»Ist das nicht offensichtlich?«, fragte er.

»Nein«, sagte ich.

»Ah!«, sagte er, schloss sehr langsam seine Augen und hielt sie für ungefähr eine Minute lang geschlossen, wobei er die Angelegenheit offensichtlich einer sehr genauen Prüfung unterzog.

»Du hast recht«, sagte er schließlich und öffnete die Augen. »Es ist nicht offensichtlich.«

»Was tun wir also?«, fragte ich.

»Wir setzen unseren Unterricht fort«, sagte Torm.

Das Kastensystem war sozial effizient, wenn man die Flexibilität in Bezug auf Verdienst berücksichtigte, aber ich hielt es in ethischer Hinsicht für etwas fragwürdig. Es war meiner Meinung nach noch immer zu starr, besonders wegen der Auswahl der Herrscher aus den hohen Kasten und in Bezug auf das Doppelte Wissen. Aber noch viel beklagenswerter als das Kastensystem war die Einrichtung der Sklaverei. Außerhalb des Kastensystems gab es in der Gedankenwelt der Goreaner nur drei mögliche soziale Stellungen: Sklave, Geächteter und Priesterkönig. Ein Mann, der sich weigerte, seinen Lebensunterhalt zu verdienen oder der versuchte, seinen Status ohne Zustimmung des Rates der hohen Kasten zu verändern, war definitionsgemäß ein Geächteter und verfiel der Pfählung.

Das Mädchen, das ich ursprünglich gesehen hatte, war eine Sklavin gewesen, und was ich für ein Schmuckstück an ihrem Hals gehalten hatte, war ein Zeichen ihres Dienens. Ein weiteres Zeichen war ein Brandmal, das von ihrer Kleidung verdeckt wurde. Das letztere kennzeichnete sie als Sklavin, und das erste identifizierte ihren Herrn. Man konnte den Halsreif von jemandem wechseln, aber nicht das Brandzeichen. Ich hatte das Mädchen seit dem ersten Tag nicht mehr gesehen und fragte mich, was wohl aus ihr geworden war, aber ich forschte nicht nach ihr. Eine der Lektionen, die ich auf Gor gelernt hatte, war, dass die Sorge um eine Sklavin ungehörig war. Ich entschloss mich, abzuwarten. Von einem Schreiber erfuhr ich, nicht von Torm, dass es Sklaven nicht erlaubt war, freie Menschen zu unterrichten, da diese dann dem Sklaven Dank schulden würden und ein Sklave nicht einmal solch ein Anrecht besitzen dürfe. Ich beschloss, wenn es in meiner Macht läge, diesen in meinen Augen entwürdigenden Zustand abzuschaffen. Ich sprach einmal mit meinem Vater über das Thema, der dazu nur sagte, dass viele Dinge auf Gor schlimmer wären als das Los der Sklaverei, besonders das Los einer Turmsklavin.

Ohne Warnung und mit rasender Geschwindigkeit flog der bronzene Kopf des Speeres auf meine Brust zu und ihm folgte der schwere Schaft wie der Schweif eines Kometen. Ich drehte mich, und die Klinge schnitt meine Tunika sauber durch und zeichnete die Haut mit einer blutenden Linie wie mit einem scharfen Rasiermesser. Er versenkte sich acht Zoll tief in den schweren Holzbalken hinter mir. Hätte er mit dieser Wucht meinen Körper getroffen, so hätte er ihn glatt durchschlagen.

»Er ist schnell genug«, sagte der Mann, der den Speer geschleudert hatte. »Ich werde ihn nehmen.«

Das war meine Aufnahme durch den Waffenmeister, der ebenfalls Tarl hieß. Ich werde ihn den älteren Tarl nennen. Er war ein blonder Wikinger, ein Gigant von einem Mann, ein bärtiger Kerl mit einem fröhlichen, zerklüfteten Gesicht und wilden blauen Augen, der herumlief, als gehörte ihm der Boden, auf dem er stand. Aus seinem ganzen Körper, aus seiner Haltung, aus der Stellung seines Kopfes sprach der Krieger, ein Mann, der seine Waffen kannte und der auf der einfachen Welt Gor wusste, dass er fast jeden Mann töten könnte, der sich gegen ihn stellen würde. Wenn es einen herausragenden Eindruck gab, den ich von dem älteren Tarl in Erinnerung behielt, während dieser ersten Furcht einflößenden Begegnung, so war es die Erkenntnis, dass er ein stolzer Mann war, nicht arrogant, aber stolz, berechtigterweise stolz. Ich sollte diesen erfahrenen, mächtigen und stolzen Mann noch sehr gut kennenlernen. Tatsächlich beinhaltete der größte Teil meiner Ausbildung den Umgang mit Waffen, vor allem Übungen mit Speer und Schwert. Der Speer erschien mir leicht, wegen der geringeren Gravitation, und ich entwickelte schon bald eine große Geschicklichkeit darin, ihn mit bemerkenswerter Kraft und Genauigkeit zu schleudern.

Ich konnte einen Schild auf kurze Entfernung durchschlagen, und es gelang mir, genug Übung zu bekommen, um ihn auf zwanzig Meter Entfernung durch einen geworfenen Reifen in der Größe eines Esstellers zu werfen. Ich wurde auch dazu genötigt, den Speer mit dem linken Arm zu werfen.

Einmal protestierte ich.

»Was ist, wenn dein rechter Arm verletzt ist?«, wollte der ältere Tarl wissen. »Was machst du dann?«

»Weglaufen?«, schlug Torm vor, der gelegentlich diese Übungseinheiten beobachtete.

»Nein!«, schrie der ältere Tarl. » Du musst stehen bleiben, um wie ein Krieger den Tod zu finden!«

Torm schob die Schriftrolle, die er zu lesen vorgegeben hatte unter seinen Arm. Er putzte seine Nase heftig mit dem Ärmel seiner blauen Robe. »Ist das vernünftig?«, fragte er.

Der ältere Tarl ergriff einen Speer, und Torm verließ, seine Robe zusammenraffend, hastig das Übungsgelände.

Verzweifelt nahm ich mit der linken Hand einen weiteren Speer vom Speerständer, um es noch einmal zu probieren. Schließlich, wohl mehr zu meiner eigenen Überraschung als zur Verwunderung des älteren Tarls, wurden meine Bemühungen doch einigermaßen sehenswert. Ich hatte meine Überlebensfähigkeiten, um einen unbekannten Prozentsatz verbessert.

Meine Ausbildung mit dem kurzen Schwert der Goreaner, einer Stichwaffe, fiel so gründlich aus, wie sie es nur einrichten konnten. Ich hatte einem Fechtclub in Oxford angehört und hatte aus Spaß und auch als Sport auf dem College in New Hampshire gefochten, aber das hier wurde nun ernst. Wiederum wurde von mir erwartet, die Waffe mit beiden Händen zu führen, doch wieder einmal gelang es mir nicht, genug Geschicklichkeit zu entwickeln, dass ich wirklich zufrieden sein konnte. Ich gestand mir ein, dass ich ein unverbesserlicher sturer Rechtshänder war, was auch immer ich versuchte.

Während meiner Schwertkampfausbildung verletzte mich der ältere Tarl mehrere Male auf unangenehme Art, wobei er zu meiner Verärgerung ausrief: »Du bist tot!« Schließlich, gegen Ende meiner Übungen, gelang es mir, seine Abwehr zu durchbrechen und mit meinem Schlag die Klinge gegen seine Brust zu führen. Ich zog sie zurück, bedeckt mit seinem Blut. Er ließ seine Klinge geräuschvoll auf den Fliesenboden fallen und drückte mich lachend an seine blutende Brust.

»Ich bin tot!«, rief er triumphierend. Er schlug mir auf die Schultern, stolz wie ein Vater, der seinem Sohn gerade das Schachspielen beigebracht hat und das erste Mal von ihm geschlagen wurde.

Ich lernte auch den Gebrauch des Schildes, vor allem, um den geworfenen Speer so schräg zu treffen, dass er harmlos abprallen konnte. Gegen Ende meiner Ausbildung kämpfte ich stets mit Schild und Helm. Ich hätte angenommen, dass Rüstung oder Kettenhemd vielleicht eine gefragte Ergänzung zur Ausrüstung des goreanischen Kriegers gewesen seien, aber sie waren von den Priesterkönigen verboten worden. Eine mögliche Hypothese, um dieses Verbot zu erklären, bestand darin, dass die Priesterkönige wollten, dass der Krieg ein biologischer Selektionsprozess sein sollte, in dem die Schwächeren und Langsameren sterben und sich nicht weiter fortpflanzen. Dies würde die relativ primitiven Waffen erklären, die den Männern unterhalb der Berge erlaubt waren. Auf Gor war es unmöglich, dass ein trichterbrüstiger Zahnstocher einen Schalter umlegen und damit eine Armee vernichten konnte. Auch garantierten die primitiven Waffen dafür, dass, welche Selektion auch immer stattfand, diese so langsam blieb, dass man ihre Entwicklung einschätzen und gegebenenfalls ändern konnte, wenn es nötig erschien. Neben Speer und Schwert waren noch die Armbrust und der Langbogen erlaubt, und die beiden letzten Waffen sorgten dafür, dass die Überlebenschancen ein wenig neu verteilt und diesmal breiter gestreut wurden als bei den vorherigen. Es konnte natürlich auch sein, dass die Priesterkönige die Waffen kontrollierten, weil sie sich um ihre eigene Sicherheit sorgten. Ich bezweifelte aber, dass sie einander gegenüberstanden, Mann gegen Mann, Schwert gegen Schwert, in ihren heiligen Bergen, um ihre Prinzipien der Selektion eigenhändig an sich selbst zu testen. Übrigens, da wir gerade von Armbrust und Langbogen sprechen – ich erhielt zwar eine Unterweisung an diesen Waffen, aber nicht sehr umfangreich. Der ältere Tarl, mein respektabler Waffenmeister, interessierte sich nicht für sie; er hielt sie für zweitrangige Waffen, fast unwürdig für einen Krieger. Ich teilte seine Ablehnung nicht, und gelegentlich versuchte ich, in den Ruhezeiten meine Fertigkeiten an ihnen zu verbessern.

Mir wurde klar, dass sich meine Ausbildung ihrem Ende näherte. Vielleicht war es die Verlängerung meiner Ruhezeiten, vielleicht auch die Wiederholung von Material, dem ich bereits begegnet war, oder vielleicht lag auch etwas in der Haltung meiner Ausbilder. Ich spürte, dass ich fast bereit war – aber wofür, da hatte ich keine Idee. Erfreulich in diesen letzten Tagen war, dass ich begonnen hatte, die goreanische Sprache mit der Leichtigkeit zu sprechen, die durch den ständigen Kontakt mit einer Sprache und ihrem intensiven Studium herrührt. Ich begann, auf Goreanisch zu träumen und konnte ohne Mühe die Plaudereien meiner Lehrer untereinander verstehen, wenn sie etwas besprachen, was nicht für die Ohren anderer bestimmt war. Ich hatte auch angefangen, in Goreanisch zu denken, und nach einiger Zeit wurde mir bewusst, dass es einer gedanklichen Umschaltung bedurfte, um wieder in Englisch zu denken. Nach ein paar englischen Sätzen oder etwa einer Seite des Lesens in einem der Bücher meines Vaters war ich wieder in meiner Muttersprache zu Hause, aber das Umschalten war da, und es war notwendig. Ich sprach jetzt fließend Goreanisch. Einmal, als ich vom älteren Tarl geschlagen wurde, hatte ich auf Goreanisch geflucht, und er hatte gelacht.

Doch heute Nachmittag, als es für unseren Unterricht Zeit wurde, lachte er nicht. Er betrat meinen Wohnraum, wobei er eine Metallstange von etwa einem halben Meter Länge mitbrachte, an der eine Lederschlaufe befestigt war. Sie hatte einen Schalter, der in zwei Stellungen – an und aus – geschaltet werden konnte wie eine einfache Taschenlampe. Er selbst trug solch ein Instrument an seinem Gürtel. »Das ist keine Waffe«, sagte er. »Es darf auch nicht als Waffe benutzt werden.«

»Was ist es dann?«, fragte ich.

»Ein Tarnstab«, erwiderte er. Er drückte den Schalter am Griff auf »an« und schlug damit auf den Tisch. Ein Schauer von Funken in einer Kaskade gelben Lichts sprühte auf, ohne den Tisch zu beschädigen. Er schaltete den Stab aus und streckte ihn mir entgegen. Als ich danach griff, knipste er ihn an und schlug ihn mir auf die Handflächen. Eine Milliarde kleiner gelber Sterne wie die Spitzen feuriger Nadeln schienen in meiner Hand zu explodieren. Ich schrie erschrocken auf. Ich riss die Hand zu meinem Mund. Es war einer plötzlichen, starken elektrischen Entladung ähnlich gewesen wie ein Schlangenbiss in die Hand. Ich untersuchte meine Hand; sie war unverletzt. »Sei vorsichtig mit einem Tarnstab«, sagte der ältere Tarl. »Er ist nicht für Kinder gedacht.« Ich nahm ihn entgegen, diesmal vorsichtig und darauf bedacht, ihn in der Nähe der Lederschlaufe zu greifen, die ich an meinem Handgelenk befestigte.

Der ältere Tarl verließ meinen Wohnraum, und ich wusste, dass ich ihm folgen sollte. Wir stiegen eine spiralförmige Treppe im Inneren des Zylinders hinauf und ließen dabei einige Dutzend Wohnebenen hinter uns. Schließlich traten wir auf das flache Dach des Zylinders. Der Wind fegte über das flache kreisrunde Dach und schob uns in Richtung Abgrund. Es gab kein Sicherheitsgeländer. Ich wappnete mich für das, was auch immer da kommen möge. Ich schloss meine Augen. Der ältere Tarl nahm eine Tarnpfeife aus seiner Tunika und blies einen scharfen Pfeifton. Ich hatte noch nie zuvor einen dieser Tarne gesehen, außer auf dem Wandteppich in meinem Wohnraum und auf Illustrationen in einigen Büchern, die ich beim Studium der Pflege, Aufzucht und Ausrüstung der Tarne gelesen hatte. Dass ich auf diesen Augenblick nicht vorbereitet worden war, war Absicht, wie ich später erfuhr. Die Goreaner glauben, so irrational das auch ist, dass die Fähigkeit, einen Tarn zu beherrschen, angeboren sein muss und dass einige Männer diese Eigenschaft besitzen und andere wiederum nicht. Man kann nicht lernen, einen Tarn zu beherrschen. Es ist eine Sache des Blutes und des Geistes, von Tier und Mensch, eine Beziehung zwischen zwei Wesen, die unmittelbar, intuitiv und spontan sein muss. Man sagt, dass ein Tarn weiß, wer ein Tarnreiter ist und wer nicht, und dass diejenigen, die es nicht sind, bei diesem ersten Treffen sterben.

Das Erste, was ich wahrnahm, war eine Windböe und ein lautes schnalzendes Geräusch, als würde ein Gigant mit einem riesigen Handtuch oder einem riesigen Schal knallen. Dann kauerte ich, starr vor Entsetzen, im Schatten der riesigen Flügel. Ein riesengroßer Tarn, die Krallen wie große Stahlhaken gespreizt, hing über mir, bewegungslos bis auf das Schlagen seiner Flügel.

»Geh den Flügeln aus dem Weg«, rief der ältere Tarl.

Ich brauchte dazu keine Aufforderung. Ich machte, dass ich unter dem Vogel wegkam. Ein Schlag dieser Flügel würde mich meterweit vom Dach des Zylinders schleudern.

Der Tarn ließ sich auf das Dach des Zylinders fallen und beobachtete uns mit seinen glänzenden schwarzen Augen.

Obwohl der Tarn wie die meisten Vögel für seine Größe überraschend leicht ist, was vor allem daher kommt, dass er überwiegend hohle Knochen besitzt, ist er doch ein extrem kraftvoller Vogel, sogar noch kraftvoller, als man von solch einem Monster erwarten würde.

Wo auf der Erde Vögel, zum Beispiel der Adler, mit einem Anlauf beginnen müssen, wenn sie vom Boden aus starten, kann der Tarn mit seiner unglaublichen Muskelkraft und zweifellos mit der Unterstützung der etwas geringeren Gravitation von Gor, sich und seinen Reiter mit einem Sprung und einem Schlag der gigantischen Schwingen in die Luft erheben. Auf Gor nennt man diese Vögel mitunter auch die Brüder des Windes.

Die Fiederung der Tarne ist vielfältig, und sie werden nach Farben genauso gezüchtet, wie nach Stärke und Intelligenz. Schwarze Tarne werden auf nächtlichen Raubzügen eingesetzt, weiße Tarne bei Kriegszügen im Winter und bunte, prächtige Tarne werden für Krieger gezüchtet, die stolz auf ihnen reiten wollen, ohne sich um Tarnung zu kümmern. Der am weitesten verbreitete Tarn jedoch ist grünlich braun. Lässt man den Größenunterschied außer Acht, ist der Falke der irdische Vogel, der dem Tarn am ähnlichsten ist, mit Ausnahme eines Kammes, der ihn ein wenig einem Eichelhäher ähneln lässt.

Tarne, die ein ziemlich bösartiges Temperament besitzen, sind selten mehr als halbzahm und – wie ihre winzigen irdischen Gegenstücke – Fleischfresser. Es ist nicht ungewöhnlich für einen Tarn, seinen Reiter anzugreifen und zu fressen. Sie fürchten nichts außer dem Tarnstab. Sie werden von Männern aus der Kaste der Tarnzüchter darauf trainiert, den Tarnstab zu fürchten, und zwar wenn sie noch klein sind und mit Drähten an die Übungsstangen gebunden werden können. Wann immer ein junger Vogel davonfliegt oder Ungehorsam zeigt, wird er auf die Übungsstange zurückgezogen und mit dem Tarnstab gezüchtigt. Ringe, vergleichbar den Befestigungsringen der Jungvögel, werden auch den erwachsenen Vögeln angelegt, um die Erinnerung an den Haltedraht und den Tarnstab zu festigen. Später natürlich werden die erwachsenen Vögel nicht mehr festgebunden, aber die Konditionierung, die sie in ihrer Jugend erfahren haben, hält gewöhnlich an, außer sie werden durch etwas sehr Ungewöhnliches irritiert oder sie haben lange keine Nahrung zu sich genommen.

Der Tarn ist das gebräuchlichste Reittier eines goreanischen Kriegers. Das zweithäufigste ist das Hohe Tharlarion, eine Art Sattelechse, die meist von den Clans geritten wird, denen es nicht gelungen ist, den Tarn zu beherrschen. Niemand in der Stadt der Zylinder besaß Tharlarions, soweit mir bekannt war, obwohl sie angeblich auf Gor weitverbreitet waren, besonders in den Niederungen der Sümpfe und in den Wüsten.

Der ältere Tarl hatte seinen Tarn bestiegen, indem er die fünfsprossige Lederleiter erklomm, die an der linken Seite des Sattels hängt und beim Kampf hochgezogen wird. Er schnallte sich mit einem breiten purpurnen Band im Sattel fest. Er warf mir einen kleinen Gegenstand zu, der mir fast aus meinen ungeschickten Fingern fiel. Es war eine Tarnpfeife mit einem eigenen Ton, die einen ganz bestimmten Tarn rief – und nur diesen einen – das Reittier, das für mich bestimmt war. Seit der Panik mit dem orientierungslosen Kompass, damals in den Bergen bei New Hampshire, war ich nicht mehr so voller Angst gewesen, aber diesmal weigerte ich mich, der Furcht diesen fatalen Raum zu lassen, den sie brauchte. Wenn ich sterben sollte, so würde es geschehen – wenn ich nicht sterben sollte, dann eben nicht.

Trotz meiner Angst lächelte ich in mich hinein, amüsierte mich über die Bemerkung, die ich zu mir selbst gesagt hatte. Sie klang wie etwas aus dem Kodex der Krieger, etwas, das – wörtlich genommen – den daran Glaubenden ermuntern würde, nicht die geringsten oder die vernünftigsten Vorsichtsmassnahmen zu treffen. Ich blies einen Ton auf der Pfeife, und er war schrill, anders, mit einem neuen Klang, der sich von dem des älteren Tarls unterschied.

Fast unmittelbar danach erhob sich, vielleicht von einem Felssims in der Nähe, ein phantastisches Objekt, ein anderer gigantischer Vogel, noch größer als der erste, ein glänzender schwarzer Tarn, der den Zylinder umkreiste und dann zu mir drehte. Er landete wenige Fuß neben mir, seine Krallen trafen das Dach mit dem Geräusch von geschleuderten Panzerhandschuhen. Seine Krallen waren mit Stahl beschlagen – es war ein Kriegstarn. Er hob seinen gebogenen Schnabel zum Himmel und schrie, entfaltete seine Schwingen und schüttelte sie aus. Sein riesiger Kopf wandte sich mir zu, und seine runden bösartigen Augen blinzelten in meine Richtung. Das Nächste was ich sah, war sein offener Schnabel; ich erhaschte einen kurzen Blick auf seine dünne, spitze Zunge, lang wie der Arm eines Mannes, die hervorschnellte und sich wieder zurückzog. Und dann schnappte er nach mir, stürzte plötzlich auf mich zu, hackte mit seinem monströsen Schnabel nach mir, und ich hörte den älteren Tarl entsetzt brüllen: »Den Stab, den Stab!«

4 Der Auftrag

Ich riss meinen rechten Arm hoch, um mich zu schützen. Der Tarnstab, mit der Lederschlaufe an meinem Handgelenk befestigt, schwang wild umher. Ich ergriff ihn, benutzte ihn wie einen normalen kleinen Stock und schlug nach dem großen Schnabel, der nach mir schnappte, als wäre ich ein Fleischbrocken auf dem hohen flachen Teller des Zylinderdaches. Er schoss zweimal auf mich zu, und ich schlug zweimal zu. Er zog seinen Kopf wieder zurück und sperrte den Schnabel auf, um erneut zuzustoßen. Jetzt schaltete ich den Tarnstab auf die Position »an«, und als der große Schnabel wieder nach unten hackte, schlug ich wütend zu und versuchte, ihn von mir abzuwehren. Der Effekt war überraschend: Es gab einen plötzlichen hellen Blitz gelben funkelnden Lichtes, einen Funkenregen und einen Schrei voller Wut und Schmerz des Tarns, der sofort begann, mit seinen Schwingen zu schlagen. Er erhob sich und flog in einem Luftwirbel, der mich fast über die Dachkante drückte, aus meiner Reichweite heraus. Ich lag auf Händen und Knien nahe am Dachrand und versuchte, wieder auf die Füße zu kommen. Der Tarn flog einen Kreis um den Zylinder und stieß spitze Schreie aus, dann begann er, aus der Stadt davonzufliegen.

Ohne zu wissen warum und mit dem Gedanken, dass es für mich besser wäre, wenn dieses Ding sich zurückzog, ergriff ich meine Tarnpfeife und blies ihren schrillen Ton. Der gigantische Vogel schien sich in der Luft aufzubäumen, begann zu taumeln, verlor an Höhe und stieg dann wieder an. Wenn es nicht nur ein geflügeltes Tier gewesen wäre, hätte ich geglaubt, es würde mit sich kämpfen, eine Kreatur gefangen in einem inneren Konflikt: Es war das wilde Wesen des Tarns, der Ruf der Hügel in der Ferne und des freien Himmels gegen die armselige Konditionierung, der er unterworfen wurde, gegen den Willen winziger Menschen mit ihren eigenen Zielen, ihrer Elementarpsychologie von Reiz und Belohnung, ihrer Übungsdrähte und Tarnstäbe.

Schließlich kehrte der Tarn mit einem Wutschrei zum Zylinder zurück. Ich ergriff die Aufstiegsleiter, die wild am Sattel umherschwang, stieg hoch, setzte mich in den Sattel und befestigte den purpurnen Gurt, der mich davor schützen sollte, zu Tode zu stürzen.

Der Tarn wird durch Kehlriemen gesteuert, an denen normalerweise sechs Lederbänder oder Zügel befestigt sind, die in einem Ring am Vorderteil des Sattels zusammenlaufen. Die Zügel sind unterschiedlich gefärbt, aber man erlernt sie gemäß ihrer Position am Ring, nicht nach ihrer Farbe. Jeder Zügel ist in einem kleinen Ring am Kehlriemen befestigt; der Abstand der Ringe ist regelmäßig. Demgemäß ist die Mechanik einfach. Man zieht nun an dem Band oder an dem Zügel, der der Richtung, in die man fliegen möchte, am nächsten kommt. So benutzt man zum Beispiel, wenn man landen oder an Höhe verlieren möchte den vierten Zügel, der nun Druck auf den vierten Ring ausübt, der sich unter der Kehle des Tarns befindet. Um zu starten oder an Höhe zu gewinnen, zieht man den ersten Zügel, der wiederum Druck auf den ersten Ring ausübt, der im Nacken des Tarns befestigt ist. Die Ringe des Kehlriemens sind entsprechend der Position der Zügel am Sattelring im Uhrzeigersinn nummeriert.

Gelegentlich wird auch der Tarnstab bei der Steuerung des Vogels eingesetzt. Man berührt den Vogel auf der Seite, die der gewünschten Richtung entgegengesetzt ist, und der Vogel, der dem Tarnstab entkommen möchte, fliegt somit in die richtige Richtung. Diese Methode ist jedoch ziemlich ungenau, da die Reaktionen des Vogels nur instinktiv erfolgen und er nicht unbedingt im gewünschten Winkel ausweichen wird. Darüber hinaus ist es gefährlich, den Tarnstab exzessiv einzusetzen. Er wird weniger effektiv, je öfter er benutzt wird, und der Reiter ist dann der Gnade des Tarns ausgeliefert.

Ich zog den ersten Zügel, und voller Entsetzen und Freude spürte ich die Kraft der gigantischen Schwingen, wie sie die unsichtbare Luft schaufelten. Mein Körper schlingerte heftig, aber der Sattelgurt hielt. Für eine Minute bekam ich keine Luft, hing voller Angst und Erregung am Sattelring, die Hand um den ersten Zügel verkrampft. Der Tarn stieg immer höher, und ich sah die Stadt der Zylinder immer weiter zurückfallen, wie runde Bauklötze kleiner Kinder, die wie zufällig zwischen den strahlenden grünen Hügeln verstreut waren. Ich hatte noch nie etwas Vergleichbares erlebt, und wenn sich je ein Mensch Gott gleich gefühlt hat, so war ich es in diesen ersten wilden, freudigen Momenten. Ich sah nach unten und sah den älteren Tarl auf seinem eigenen Tarn, der aufstieg und versuchte, mich zu überholen. Als er in meine Nähe kam, rief er mir etwas zu, die Worte heiter und im Luftzug undeutlich: »Ho, Junge! Versuchst du, zu den Monden Gors aufzusteigen?«

Ich bemerkte plötzlich, dass ich etwas benommen wurde, ein bisschen jedenfalls, aber dieser wunderbare schwarze Tarn stieg noch immer auf, obwohl er jetzt kämpfen musste, während seine Schwingen wild und mit frustrierter Beharrlichkeit gegen die dünner werdende, weniger tragfähige Luft anschlugen. Die Hügel und Ebenen Gors lagen farbenprächtig unter mir, und es kann Einbildung gewesen sein, aber es schien mir, als könnte ich die Krümmung dieser Welt unter mir wahrnehmen. Heute weiß ich, dass es an der dünnen Luft und an meiner Aufregung gelegen hatte.

Glücklicherweise zog ich am vierten Zügel, bevor ich das Bewusstsein verlor, und der Tarn hörte auf zu steigen, hob seine Schwingen über den Rücken und fiel dann wie ein zustoßender Falke mit einer Geschwindigkeit, die mir die Luft aus den Lungen trieb. Ich ließ die Zügel los, ließ sie über dem Sattelring ruhen, das Zeichen für einen konstanten Geradeausflug ohne den Druck auf den Kehlriemen. Der große Tarn breitete seine Schwingen aus, fing die Luft darunter ein und begann, geschmeidig geradeaus zu fliegen, mit stetigem und ruhigem Flügelschlag in Marschgeschwindigkeit, die uns bald weit über die Türme der Stadt hinausbringen würde. Der ältere Tarl, der erfreut zu sein schien, schob sich näher. Er zeigte zurück zur Stadt, die nun mehrere Meilen in der Ferne lag.

»Ich will mit dir um die Wette reiten!«, schrie ich.

»Abgemacht!«, rief er zurück und wendete, während er noch sprach, seinen Tarn in Richtung Stadt. Ich war bestürzt. Er war so erfahren, dass er sofort einen Vorsprung gewonnen hatte, den ich unmöglich aufholen konnte. Endlich gelang es mir, den Vogel zu wenden, und wir zogen im Gefolge des älteren Tarls dahin. Einige seiner Rufe drangen zu uns. Er trieb seinen Tarn durch eine Reihe bestimmter Rufe an, die seine eigene Aufregung seinem geflügelten Reittier mitteilen sollten. Mir ging durch den Kopf, dass Tarne trainiert werden sollten auf Stimmbefehle zu reagieren, genauso wie auf die nummerierten Bänder und den Tarnstab. Dass sie es nicht waren, schien mir erstaunlich zu sein.

Ich brüllte meinen Tarn auf Goreanisch und Englisch an: »Har-ta! Har-ta! Schneller! Schneller!«

Der große Vogel schien zu spüren, was ich vorhatte, oder vielleicht war es nur die plötzliche Wahrnehmung, dass der andere Tarn in Führung lag, denn eine bemerkenswerte Veränderung überkam mein schwarzes gefiedertes Ross. Sein Nacken streckte sich, und seine Schwingen knallten plötzlich wie Peitschen am Himmel. Seine Augen wurden wild, jeder Muskel und jeder Knochen schien voller Kraft nach vorne zu drängen. In ein oder zwei turbulenten Minuten waren wir an dem älteren Tarl vorbei, und zu seiner Verblüffung waren wir gleich darauf in einem Flügelwirbel auf dem Dach des Zylinders gelandet, von dem wir vor wenigen Minuten aufgebrochen waren.

47

»Bei den Bärten der Priesterkönige!«, dröhnte der ältere Tarl, als er seinen Vogel auf dem Dach landete. »Das ist der König aller Tarne!«

Die freigelassenen Tarne schwangen sich zurück zu den Tarnställen, und der ältere Tarl und ich gingen zurück in meinen Wohnraum. Er platzte fast vor Stolz. »Was für ein Tarn!«, staunte er. »Ich hatte einen ganzen Pasang Vorsprung, und dennoch hast du mich überholt!« Der Pasang ist ein Längenmaß auf Gor, das ungefähr 0,7 Meilen entspricht. »Dieser Tarn«, sagte er, »wurde für dich gezüchtet, speziell ausgesucht aus den besten Gelegen unserer erlesensten Kriegstarne. Die Tarnhüter haben an dich gedacht, während sie mit den Tarnen arbeiteten, sie kreuzten und zurückkreuzten, sie ausbildeten und wieder erneut unterrichteten.«

»Auf dem Dach glaubte ich, er würde mich töten«, sagte ich. »Es scheint, dass die Tarnhüter ihre Wunderkinder nicht so gut schulen, wie es nötig wäre.«

»Nein!«, rief der ältere Tarl. »Das Training ist perfekt. Der Geist eines Tarns darf nicht gebrochen werden, nicht der eines Kriegstarns. Er wird bis dahin ausgebildet, dass ein starker Reiter entscheiden muss, ob der Tarn ihm dienen wird oder ob er ihn erschlagen soll. Du wirst deinen Tarn kennenlernen und er dich. Ihr werdet am Himmel zusammenwachsen, der Tarn der Körper und du sein Geist und Wille. Du wirst immer in einem bewaffneten Waffenstillstand mit dem Tarn leben. Wenn du schwach oder hilflos bist, tötet er dich. Solange du stark bleibst, wird er dir dienen und dich respektieren, dir gehorchen.« Er machte eine Pause. »Wir waren uns nicht sicher in Bezug auf dich, dein Vater und ich, aber heute bin ich es. Du hast einen Tarn gemeistert, einen Kriegstarn. In deinen Adern fließt das Blut deines Vaters, der einst Ubar und Kriegsführer war und der heute Administrator von Ko-ro-ba ist, der Stadt der Zylinder.«

Ich war überrascht, denn ich erfuhr zum ersten Mal, dass mein Vater Kriegsführer der Stadt gewesen war, selbst jetzt noch ein ziviles Amt innehatte, und dass die Stadt Ko-ro-ba hieß, ein mittlerweile archaischer Name für einen Bauernmarkt. Bei den Goreanern ist es Brauch, Namen nicht leichtfertig zu enthüllen. Für sich selbst führen sie, besonders in den niederen Kasten, oft einen richtigen Namen und einen, den sie Gebrauchsnamen nennen. Oft kennen nur die engsten Verwandten den richtigen Namen.

Auf der Ebene des Ersten Wissens wird behauptet, dass die Kenntnis des echten Namens einem Macht über diese Person verleiht; die Möglichkeit, den Namen in Zaubersprüchen oder heimtückischen magischen Praktiken zu verwenden. Vielleicht gibt es Dinge dieser Art selbst auf unserer Erde, wo der Vorname einer Person nur zum Gebrauch für denjenigen bestimmt ist, der sie sehr gut kennt und der ihr vermutlich nicht schaden will. Der zweite Name, der dem Gebrauchsnamen auf Gor entspricht, ist Allgemeingut, öffentlich ausgesprochen, nicht geheiligt oder schutzbedürftig. Die hohen Kasten auf der Ebene des Zweiten Wissens, zumindest im Allgemeinen, wissen um den grundlosen Aberglauben der niederen Kasten und benutzen ihre Namen vergleichsweise offen, meist gefolgt vom Namen ihrer Stadt. Ich zum Beispiel hätte meinen Namen mit Tarl Cabot von Ko-ro-ba oder einfacher Tarl von Ko-ro-ba angegeben. Übrigens glauben die niederen Kasten meist, dass die Namen innerhalb der hohen Kasten tatsächlich Gebrauchsnamen sind und dass auch die hohen Kasten ihre echten Namen verbergen.

Unsere Diskussion endete abrupt. Es entstand ein Windstoß außerhalb des Fensters meines Wohnraums, und der ältere Tarl warf sich durch den Raum und zog mich zu Boden. Im selben Augenblick schoss der eiserne Bolzen einer Armbrust durch das schmale Fenster, traf die Wand hinter meinem Steinstuhl und prallte wild im Zimmer umher. Ich erhaschte einen Blick auf einen schwarzen Helm, der einem Krieger gehörte, welcher eine Armbrust hielt und auf einem Tarn ritt. Er riss am ersten Zügel und flog vom Fenster weg. Rufe ertönten, und als ich zum Fenster hastete, sah ich mehrere Bolzen als Antwort den Zylinder verlassen und auf den sich zurückziehenden Angreifer zufliegen, der mittlerweile schon einen halben Pasang entfernt war und weiterfloh.

»Ein Mitglied der Kaste der Attentäter«, sagte der ältere Tarl, während er dem kleiner werdenden Punkt in der Ferne nachschaute. »Marlenus, der Ubar von ganz Gor werden möchte, weiß von deiner Existenz.«

»Wer ist Marlenus?«, fragte ich erschrocken.

»Du wirst es am Morgen erfahren«, sagte der ältere Tarl. »Und am Morgen wirst du auch erfahren, warum du nach Gor gebracht wurdest.«

»Warum darf ich es nicht jetzt wissen?«, forschte ich nach.

»Weil der Morgen noch früh genug kommt«, antwortete der ältere Tarl. Ich schaute ihn an.

»Ja«, sagte er, »morgen ist noch früh genug.«

»Und heute Abend?«, fragte ich.

»Heute Abend«, sagte er, »betrinken wir uns.«

Am Morgen erwachte ich kalt und zitternd auf der Schlafmatte in der Ecke meines Wohnraums. Es war kurz vor dem Morgengrauen. Ich schaltete den Energieschalter der Matte aus und faltete die Seiten der Decke zusammen. Es fühlte sich jetzt kühl an, denn ich hatte den zeitgesteuerten Temperaturregler so eingestellt, dass er eine Stunde vor dem ersten Tageslicht auf kalt schalten sollte. Man hat wenig Lust in einem kalten Bett liegen zu bleiben. Ich beschloss die goreanischen Geräte, die Sterbliche aus ihren Betten vertreiben sollten, genauso wenig zu mögen wie die Wecker und Uhrenradios meiner eigenen Welt. Außerdem hatte ich Kopfschmerzen, so als würde man mit Speeren auf einen Bronzeschild eindreschen; Kopfschmerzen, die alle unwichtigeren Überlegungen, wie zum Beispiel den Anschlag auf mein Leben am gestrigen Tag, aus meinem Gehirn vertrieben. Der Planet könnte explodieren, aber ein Mann würde innehalten, um ein Steinchen aus seiner Sandale zu entfernen. Ich saß mit überschlagenen Beinen auf der Matte, die langsam wieder Raumtemperatur annahm. Ich kämpfte mich auf meine Füße, stolperte zur Waschschüssel auf dem Tisch und spritzte mir etwas Wasser ins Gesicht. Ich konnte mich an einiges aus der Nacht zuvor erinnern, aber nicht an alles. Der ältere Tarl und ich hatten einen Streifzug durch die Tavernen in den verschiedenen Zylindern gemacht, und ich erinnerte mich noch, dass ich auf unsicheren Beinen schwankend über verschiedene enge Brücken torkelte und schmutzige Lieder sang; an Brücken, die nur einen Meter breit waren und keine Geländer hatten und weit unter uns die Erde – wie weit, das entzog sich zu diesem Zeitpunkt meiner Kenntnis. Wenn wir auf den oberen Brücken gewesen sein sollten, so wäre dies mehr als tausend Fuß tief gewesen. Der ältere Tarl und ich hatten wohl zu viel des fermentierten Gebräus getrunken, das mit teuflischer Geschicklichkeit aus dem gelben Getreide, Sa-Tarna, gebraut und das Pagar-Sa-Tarna oder Freude der Lebenstochter, meist aber nur kurz Paga genannt wird. Ich bezweifelte, dass ich das Zeug jemals wieder anrühren würde.

Ich erinnerte mich auch an die Mädchen in der letzten Taverne, wenn es denn eine Taverne war – lasziv in ihren Tanzseiden, Vergnügungssklavinnen, gezüchtet für die Lust wie Tiere. Wenn es natürliche Sklavinnen und natürliche freie Männer gab, wie der ältere Tarl behauptete, dann waren diese Mädchen natürliche Sklavinnen gewesen. Es war unmöglich, sie für etwas anderes zu halten, als für das, was sie waren; aber auch sie müssen voller Schmerzen erwacht sein und sich auf die Füße gekämpft haben, um sich zu reinigen. Ich erinnerte mich an eine von ihnen ganz besonders gut: jung, geschmeidig wie eine Raubkatze, schwarzes wildes Haar auf braunen Schultern, Glöckchen an den Knöcheln und an deren Klang im verhangenen Alkoven. Mir ging der Gedanke durch den Kopf, dass es mir gefallen hätte, sie länger als die eine Stunde zu behalten, für die ich bezahlt hatte. Ich schüttelte die Erinnerung aus meinem schmerzenden Kopf, machte den erfolglosen Versuch, ein wenig anständiges Schamgefühl zu entwickeln, versagte dabei und legte den Gürtel um meine Tunika, als der ältere Tarl den Raum betrat.

»Wir gehen in den Saal des Rates«, sagte er. Ich folgte ihm.

Der Saal des Rates ist der Raum, in dem die gewählten Repräsentanten der hohen Kasten von Ko-ro-ba ihre Versammlungen abhalten. Jede Stadt hat solch einen Saal. Er war im größten Zylinder, und die Decke war mindestens sechsmal höher als in den normalen Wohnebenen. Sie war von Lampen beleuchtet, die wie Sterne aussahen, und die Wände waren in fünf Farben bemalt, die horizontal übereinander, angefangen am Boden mit weiß und dann in der Reihenfolge blau, gelb, grün und rot, gemäß den Kastenfarben, aufgetragen waren.

Steinbänke, auf denen die Mitglieder des Rates saßen, erhoben sich in fünf großen Rängen an den Wänden; ein Rang für jede der hohen Kasten. Diese Ränge entsprachen den Farben der Wand hinter ihnen, also den entsprechenden Kastenfarben. Der unterste Rang, der weiße Rang, dem ein bevorzugter Status zuteil wurde, war von den Eingeweihten besetzt, den Verkündern des Willens der Priesterkönige. In der Ordnung der aufsteigenden Ränge folgten dann blau, gelb, grün und rot, die von den Repräsentanten der Schreiber, Hausbauer, Ärzte und Krieger besetzt waren.

Wie ich sehen konnte, saß Torm nicht im Rang der Schreiber. Ich lächelte in mich hinein. »Ich bin zu praktisch veranlagt, um mich der Frivolität des Regierens hinzugeben«, hatte er gesagt. Ich glaube, die Stadt könnte belagert werden, und Torm würde es nicht bemerken. Ich war erfreut, dass meiner eigenen Kaste, der der Krieger, der geringste Status zugeordnet war. Wenn es nach mir gegangen wäre, dann wäre die Kriegerkaste keine hohe Kaste. Andererseits war ich dagegen, dass die Eingeweihten den Ehrenplatz innehatten, da sie mir noch mehr als die Krieger unproduktive Mitglieder der Gesellschaft zu sein schienen. Zumindest konnte man von den Kriegern sagen, dass sie der Stadt Schutz boten. Den Eingeweihten konnte man kaum etwas zu Gute halten, vielleicht nur, dass sie gegen einige Übel und Plagen, die sie selbst verursacht hatten, etwas Trost boten.

Im Zentrum dieses Amphitheaters befand sich der offizielle Sitz und auf einem Thron in seiner Staatsrobe – einem schlichten braunen Kleidungsstück, dem schlichtesten in der ganzen Halle – saß mein Vater, der Administrator von Ko-ro-ba, einst Ubar und Kriegsführer der Stadt. Zu seinen Füßen lagen ein Helm, ein Schild, ein Speer und ein Schwert.

»Komm nach vorne, Tarl Cabot«, sagte mein Vater. Ich stand vor seinem Amtssitz und fühlte die Augen aller Anwesenden im Saal auf mir ruhen. Hinter mir stand der ältere Tarl, und ich bemerkte, dass seine blauen Wikingeraugen fast keine Spuren der vorangegangenen Nacht zeigten. Für einen Moment hasste ich ihn.

Der ältere Tarl sprach: »Ich, Tarl, Schwertkämpfer aus Ko-ro-ba, gebe mein Wort, dass dieser Mann fähig ist, ein Mitglied der hohen Kaste der Krieger zu werden.«

Mein Vater antwortete ihm mit den rituellen Sätzen. »Kein Turm in Ko-ro-ba ist stärker, als das Wort von Tarl, dem Schwertkämpfer unserer Stadt. Ich, Matthew Cabot von Ko-ro-ba, nehme sein Wort an.«

Dann sprachen nacheinander alle Mitglieder des Rates, angefangen mit dem untersten Rang, nannten ihre Namen und drückten aus, dass sie ebenfalls das Wort des blonden Schwertkämpfers anerkannten. Als sie geendet hatten, rüstete mein Vater mich mit den Waffen aus, die vor seinem Thron gelegen hatten. Er schlang das Stahlschwert um meine Schulter, befestigte an meinem linken Arm den Rundschild, legte den Speer in meine rechte Hand und senkte langsam den Helm auf meinen Kopf.

»Wirst du den Kodex der Krieger in Ehren halten?«, fragte mein Vater.

»Ja«, sagte ich, »ich werde den Kodex in Ehren halten.«

»Welches ist dein Heim-Stein?«, fragte mein Vater weiter.

Da ich spürte, was er wollte, entgegnete ich: »Mein Heim-Stein ist der Heim-Stein von Ko-ro-ba.«

»Widmest du dieser Stadt dein Leben, deine Ehre und dein Schwert?«, fragte mein Vater.

»Ja«, antwortete ich.

»Dann«, sagte mein Vater und legte seine Hände feierlich auf meine Schultern, »erkläre ich dich hiermit in meiner Eigenschaft und Autorität als Administrator dieser Stadt und in Gegenwart des Rates der hohen Kasten zu einem Krieger von Ko-ro-ba.«

Mein Vater lächelte. Ich nahm meinen Helm ab und fühlte Stolz, als ich die Zustimmung des Rates hörte – sowohl ausgesprochen als auch durch den goreanischen Applaus, ein schnelles, wiederholtes Schlagen mit der rechten Hand auf die linke Schulter. Außer den Kandidaten für den Status des Kriegers, durfte niemand aus meiner Kaste den Saal bewaffnet betreten. Wären sie bewaffnet gewesen, so hätten meine Kastenbrüder im letzten Rang ihre Speerklingen auf ihre Schilde geschlagen. Unter den gegebenen Umständen schlugen sie ihre Schultern auf die zivile Art und Weise, überschwänglicher vielleicht, als es den Sitten dieser ehrwürdigen Kammer angemessen gewesen wäre. Irgendwie hatte ich das Gefühl, dass sie wirklich stolz auf mich waren, obwohl ich keine Ahnung hatte, warum. Ich hatte ganz sicherlich nichts getan, um ihr Lob zu verdienen.

Mit dem älteren Tarl verließ ich den Saal des Rates und betrat einen abseits gelegenen Raum, um dort auf meinen Vater zu warten. In dem Raum stand ein Tisch, auf dem einige Landkarten lagen. Der ältere Tarl ging sofort zu den Landkarten, rief mich an seine Seite und begann, sie genau zu studieren, wobei er auf diese und jene Markierung zeigte. »Und da«, sagte er, indem er mit seinem Finger nach unten zeigte, »ist die Stadt Ar, der Erzfeind von Ko-ro-ba, die Hauptstadt von Marlenus, der beabsichtigt Ubar von ganz Gor zu werden.«

»Hat das etwas mit mir zu tun?«, fragte ich.

»Ja«, sagte der ältere Tarl. »Du wirst nach Ar gehen! Du wirst den Heim-Stein von Ar stehlen und ihn nach Ko-ro-ba bringen!«

5 Die Lichter des Pflanzfestes

Ich bestieg meinen Tarn, diesen wilden, schwarzen, wunderbaren Vogel. Mein Schild und mein Speer waren mit Sattelbändern befestigt; mein Schwert trug ich über der Schulter. An jeder Seite meines Sattels hing eine Schusswaffe – links eine Armbrust mit einem Dutzend Bolzen in einem Köcher, rechts ein Langbogen mit dreißig Pfeilen in einem Köcher. Die Satteltaschen enthielten die leichte Ausrüstung für Raubzüge – unter anderem Nahrungsrationen, einen Kompass, Landkarten, Bindeschnur und Ersatzbogensehnen. Auf dem Sattel vor mir lag ein Mädchen, gefesselt, betäubt, den Kopf vollständig von einer Sklavenhaube bedeckt, die unter dem Kinn zugeschnallt war. Es war Sana, die Turmsklavin, die mir an meinem ersten Tag auf Gor begegnet war.

Zum Abschied winkte ich dem älteren Tarl und meinem Vater zu, zog den ersten Zügel und war auf meinem Weg, ließ den Turm und die winzigen Gestalten hinter mir. Ich lenkte den Tarn auf Geradeausflug, zog den sechsten Zügel und nahm Kurs auf Ar. Als ich den Zylinder passierte, in dem Torm seine Schriftrollen aufbewahrte, freute ich mich, einen Blick auf den kleinen Schreiber zu erhaschen, der an seinem grob behauenen Fenster stand. Heute weiß ich, dass er dort möglicherweise stundenlang gewartet hatte. Er hob seinen blau gekleideten Arm zu einer Abschiedsgeste – *ziemlich traurig*, dachte ich. Ich winkte zurück und wendete dann meine Augen von Ko-ro-ba ab und auf die Hügel vor mir. Ich spürte nur wenig von der freudigen Erregung, die ich bei meinem ersten Übungsflug auf dem Rücken des Tarns gefühlt hatte. Ich war verwirrt und ärgerlich, enttäuscht über die hässlichen Einzelheiten des vor mir liegenden Unternehmens. Ich dachte an das unschuldige Mädchen, das besinnungslos und gefesselt vor mir lag. Wie überrascht war ich gewesen, als sie im kleinen Zimmer außerhalb des Ratssaales hinter meinem Vater auftauchte! Sie hatte in der Stellung einer Turmsklavin zu seinen Füßen gekniet, während er mir den Plan des Rates erklärte. Die Macht von Marlenus oder ein großer Teil davon lag in dem geheimnisvollen Mythos seiner Siege, der nie aufgehört hatte, ihn zu begleiten, und der auf seine Soldaten und die Menschen in seiner Stadt wie eine Zauberformel wirkte. Unbesiegt im Kampf hatte er als Ubar aller Ubars es trotzig abgelehnt, seinen Titel nach Beendigung eines Talkrieges vor etwa zwölf Jahren wieder abzugeben, und seine Männer weigerten sich, ihm diesen zu nehmen, weigerten sich, ihn zu verlassen und dem traditionellen Schicksal übermotivierter Ubars auszuliefern. Die Soldaten und der Rat seiner Stadt waren seinen Schmeicheleien erlegen, seinen Versprechungen von Wohlstand und Macht für Ar.

Tatsächlich schien ihr Vertrauen gut investiert zu sein, denn Ar war mittlerweile keine einzelne, belagerte Stadt mehr, wie so viele andere auf Gor, sondern eine Metropole, in der die Heim-Steine eines Dutzend ehemals freier Städte aufbewahrt wurden. Es gab jetzt ein Imperium von Ar, eine stabile, arrogante, kriegsmäßige Gemeinschaft, die nur zu offensichtlich daran arbeitete, ihre Feinde zu entzweien und ihre politische Vorherrschaft Stadt für Stadt über die Ebenen, Hügel und Wüsten von Gor immer weiter auszudehnen.

In nicht allzu langer Zeit würde Ko-ro-ba gezwungen sein, seine vergleichsweise wenigen Tarnreiter gegen die des Imperiums von Ar antreten zu lassen. Mein Vater in seinem Amt als Administrator von Ko-ro-ba hatte versucht, ein Bündnis gegen Ar zu organisieren, aber die freien Städte von Gor, mit ihrem Stolz und ihrem Misstrauen, ihrer nahezu fanatischen Entschlossenheit ihre eigenen unabhängigen Schicksale zu verteidigen, hatten solch ein Bündnis abgelehnt. Sie hatten sogar, auf goreanische Art, die Abgesandten meines Vaters mit Peitschen, die man normalerweise für Sklaven benutzte, aus ihren Versammlungsräumen vertrieben – eine Beleidigung, die in anderen Zeiten mit dem Kriegsruf von Ko-ro-ba beantwortet worden wäre. Aber meinem Vater war klar, dass Unfrieden zwischen den freien Städten genau der Wahnsinn war, den Marlenus am meisten willkommen geheißen hätte. Da war es schon besser, wenn Ko-ro-ba unter der Beleidigung leiden musste, für eine Stadt der Feiglinge gehalten zu werden. Aber wenn der Heim-Stein von Ar, das wichtigste Symbol, bedeutsam für dieses Imperium, gestohlen wurde, dann würde vielleicht der Zauber von Marlenus gebrochen werden. Er würde zum Gegenstand des Spottes werden, verachtet von den eigenen Männern, ein Anführer, der seinen Heim-Stein verloren hatte. Er würde Glück haben, wenn man ihn nicht öffentlich pfählen würde.

Das Mädchen auf dem Sattel vor mir rührte sich; die Wirkung der Droge ließ nach. Sie stöhnte leise und schmiegte sich an mich. Sobald wir abgehoben hatten, hatte ich die Fesseln an ihren Hand- und Fußgelenken entfernt und nur den breiten Gürtel gelassen, der sie sicher auf dem Rücken des Tarns festhielt. Ich würde es nicht zulassen, dass der Plan des Rates vollständig ausgeführt wurde, nicht was ihre Rolle dabei betraf, obwohl sie zugestimmt hatte, ihren Teil zum Plan beizutragen, im Bewusstsein, dass es sie das Leben kosten würde. Ich wusste nicht viel mehr über sie als ihren Namen, Sana, und dass sie eine Sklavin aus Thentis war.

Der ältere Tarl hatte mir erzählt, dass Thentis berühmt für seine Tarnschwärme war und zurückgezogen in den Bergen lag, die der Stadt ihren Namen gaben. Plünderer aus Ar hatten die Tarnschwärme und die abseits gelegenen Zylinder von Thentis angegriffen und dabei das Mädchen entführt. Sie war in Ar am Tag des Liebesfestes verkauft worden; ein Agent meines Vaters hatte sie erworben. Zur Umsetzung der Pläne meines Vaters wurde ein Mädchen benötigt, das bereit war, ihr Leben zu geben, um sich an den Männern aus Ar zu rächen.

Ich konnte nicht anders, als Mitleid mit ihr empfinden, selbst in der harschen Welt von Gor. Sie hatte schon viel durchgemacht und war offensichtlich nicht der Typ eines Tavernenmädchens; im Gegensatz zu diesen hätte die Sklaverei für sie kein gutes Leben bedeutet. Ich spürte, dass sie trotz ihres Halsreifes irgendwie frei war. Ich hatte es schon gespürt, als mein Vater ihr befohlen hatte, sich zu erheben und sich mir als ihrem neuen Herrn zu unterwerfen. Sie hatte sich erhoben, war auf nackten Füßen über den Steinboden quer durch den Raum gegangen, um dann vor mir auf die Knie zu fallen. Sie hatte den Kopf gesenkt und hob mir ihre ausgestreckten Arme entgegen, deren Handgelenke überkreuzt waren. Die ritualisierte Bedeutung dieser Unterwerfungsgeste blieb mir gegenüber nicht wirkungslos. Sie bot mir ihre Handgelenke an, als sollte ich sie binden. Ihre Rolle bei dem Plan war einfach, aber letztendlich verhängnisvoll.

Der Heim-Stein von Ar wurde wie die meisten Heim-Steine in den Zylinderstädten frei auf dem höchsten Turm aufbewahrt wie eine offene Herausforderung an die Tarnreiter der konkurrierenden Städte. Natürlich wurde er sehr gut bewacht und beim kleinsten Anzeichen einer ernsthaften Gefahr zweifellos in Sicherheit gebracht. Jeden Angriff auf den Heim-Stein betrachteten die Bürger einer Stadt als einen Frevel der allerschlimmsten Art und wurde mit dem schmerzhaftesten Tod bestraft. Doch paradoxerweise war es die größte Ruhmestat, den Heim-Stein einer anderen Stadt zu entwenden, und ein Krieger, dem so etwas gelang, wurde bejubelt, erhielt die höchsten Ehren der Stadt und galt als Günstling der Priesterkönige selbst.

Der Heim-Stein einer Stadt ist das Zentrum vielfältiger Rituale. Jetzt stand als Nächstes das Pflanzfest des Kornes Sa-Tarna, der Lebenstochter, bevor, das früh in der Vegetationszeit gefeiert wurde, um eine gute Ernte sicherzustellen. Es ist ein komplexes Fest, das von den meisten goreanischen Städten gefeiert wird. Die Bräuche dabei sind zahlreich und kompliziert. Die einzelnen Rituale werden von den Eingeweihten der jeweiligen Stadt vorbereitet und meist auch ausgeführt. Einzelne Teile der Zeremonien sind jedoch oft Mitgliedern der hohen Kasten vorbehalten.

In Ar zum Beispiel geht früh am Tage ein Mitglied der Kaste der Hausbauer auf das Dach, auf dem der Heim-Stein aufbewahrt wird, und stellt ein einfaches Symbol seines Berufes, eine metallene Winkelplatte, vor dem Stein ab. Dann betet er zu den Priesterkönigen für das Gedeihen seiner Kaste im kommenden Jahr; später am Tag legt dann ein Krieger auf die gleiche Weise seine Waffen vor den Stein, bevor ihm Vertreter der anderen Kasten folgen. Am wichtigsten dabei ist, dass sich, während die Mitglieder der hohen Kasten ihren jeweiligen Teil der Rituale durchführen, die Wächter des Heim-Steins kurzzeitig ins Innere des Zylinders zurückziehen, um den Feiernden, wie man sagt, mit den Priesterkönigen allein zu lassen.

Als Höhepunkt des Pflanzfestes in Ar und von größter Wichtigkeit für den Plan des Rates aus Ko-ro-ba, betritt zum Schluss ein Mitglied der Familie des Ubars das Dach, nachts unter den drei Vollmonden, mit denen das Fest verbunden ist. Es wirft Getreidekörner auf den Stein und sprengt Tropfen eines weinähnlichen Getränks darüber, das aus der Frucht des Ka-la-na-Baums gewonnen wird. Dann betet das Mitglied der Familie des Ubars zu den Priesterkönigen um eine reiche Ernte, bevor es wieder ins Innere des Zylinders zurückkehrt und die Wächter des Heim-Steins ihre Nachtwache wieder aufnehmen.

In diesem Jahr fiel die Ehre des Kornopfers auf die Tochter des Ubars. Ich wusste nichts über sie, außer dass ihr Name Talena war und dass von mir erwartet wurde, sie zu töten. Ich kannte Gerüchte, die besagten, sie gehöre zu den Schönheiten von Ar.

Nach dem Plan des Rates von Ko-ro-ba sollte ich genau zur Zeit des Opfers, zur zwanzigsten goreanischen Stunde, also um Mitternacht, auf dem Dach des höchsten Zylinders in Ar landen, die Tochter des Ubars erschlagen und ihren Körper und den Heim-Stein mit mir nehmen. Dann hätte ich den Körper in den Sümpfen nördlich von Ar abzuwerfen und den Heim-Stein nach Hause, nach Ko-ro-ba, zu bringen. Das Mädchen Sana, das ich auf dem Sattel vor mir trug, sollte sich in die schweren Roben und Schleier der Tochter des Ubars kleiden und an ihrer Stelle in das Innere des Zylinders zurückkehren. Vermutlich würde es nur eine Sache von Minuten sein, bis ihre Identität aufgedeckt wäre, doch vorher sollte sie das Gift nehmen, das ihr der Rat mitgegeben hatte. Zwei Mädchen sollten sterben, damit ich genug Zeit hätte, mit dem Heim-Stein zu entkommen, bevor der Alarm ausgelöst wurde. In meinem Herzen wusste ich, dass ich diesen Plan nicht ausführen würde. Abrupt änderte ich meinen Kurs, zog den vierten Zügel und lenkte meinen Tarn auf die blaue, schimmernde Bodenwelle eines Bergrückens in der Ferne zu. Das Mädchen vor mir stöhnte und schüttelte sich; ihre Hände bewegten sich unsicher zu der Sklavenhaube hin, die über ihren Kopf geschnallt war.

Ich half ihr, die Haube abzunehmen und war entzückt über die Flut blonden Haares, die plötzlich hervorquoll und mir über die Wange strich. Ich legte die Haube in die Satteltasche. Ich bewunderte sie, nicht nur ihre Schönheit, sondern noch mehr, dass sie keine Angst zu haben schien. Es gab ganz sicher genug Dinge, um jedes andere Mädchen in Panik zu versetzen: die Höhe, in der sie sich befand, das wilde Reittier, auf dem sie ritt und die Aussicht auf das furchtbare Schicksal, das sie am Ende der Reise erwartete. Aber sie war natürlich ein Mädchen aus dem gebirgigen Thentis, berühmt für seine unbändigen Tarnschwärme. Solch ein Mädchen würde sich nicht so schnell fürchten.

Sie drehte sich nicht um, um mich anzusehen, sondern untersuchte ihre Handgelenke, rieb sie vorsichtig. Die Spuren der ursprünglichen Fesseln, die ich abgenommen hatte, waren noch sichtbar.

»Du hast mich losgebunden«, sagte sie, »und du hast die Haube abgenommen – warum?«

»Ich dachte, es wäre so bequemer für dich«, erwiderte ich.

»Du behandelst eine Sklavin mit unerwarteter Rücksicht«, sagte sie. »Ich danke dir.«

»Du bist nicht – verängstigt?«, fragte ich und stolperte dabei über meine Worte, fühlte mich dumm. »Ich meine – wegen dem Tarn. Du musst schon vorher auf einem Tarn geritten sein. Ich hatte Angst beim ersten Mal.«

Das Mädchen schaute mich verwirrt an. »Frauen dürfen nur selten auf dem Rücken eines Tarns reiten«, sagte sie. »In den Tragekörben ja, aber nicht so wie ein Krieger.« Sie machte eine Pause, und der Wind pfiff vorbei, ein stetes Geräusch, das sich mit dem rhythmischen Schlag der Tarnflügel vermischte. »Du hast gesagt, du hättest Angst gehabt – als du zum ersten Mal einen Tarn geritten hast«, sprach sie weiter.

»Ja, und wie«, lachte ich und erinnerte mich an die Aufregung und an das Gefühl von Gefahr.

»Warum erzählst du einer Sklavin, dass du Angst hattest?«, fragte sie.

»Ich weiß es nicht«, entgegnete ich. »Aber es war so.«

Sie wandte ihren Kopf ab und schaute, ohne wirklich zu sehen auf den Kopf des großen Tarns, der durch den Wind pflügte.

»Einmal bin ich auf dem Rücken eines Tarns geritten«, sagte sie bitter, »nach Ar, gebunden und über den Sattel geworfen, bevor ich in der Straße der Brandzeichen verkauft wurde.«

Es war wegen des Windes nicht einfach, sich auf dem Rücken des riesigen Tarns zu unterhalten – obwohl ich mit dem Mädchen reden wollte, spürte ich, dass es nicht möglich war.

Sie sah zum Horizont, und plötzlich versteifte sich ihr Körper. »Das ist nicht der Weg nach Ar«, rief sie.

»Ich weiß«, erwiderte ich.

»Was tust du?« Sie drehte ihren Körper in den Halteriemen und sah mich mit aufgerissenen Augen an. »Wohin willst du, Herr?«

Das Wort Herr verwirrte mich, obwohl es angemessen genug von dem Mädchen benutzt wurde, denn zumindest dem Gesetz nach war sie mein Eigentum.

»Nenn mich nicht Herr«, sagte ich.

»Aber du bist mein Herr«, antwortete sie.

Ich nahm den Schlüssel aus meiner Tunika, den mir mein Vater gegeben hatte, den Schlüssel zu Sanas Halsreif. Ich griff nach dem Schloss in ihrem Nacken, führte den Schlüssel ein und drehte ihn, der Mechanismus öffnete sich. Ich riss ihr den Halsreif vom Hals und warf ihn zusammen mit dem Schlüssel vom Rücken des Tarns nach unten. Ich sah ihn in einem langen sanften Bogen zum Boden fallen.

»Du bist frei!«, sagte ich. »Und wir fliegen nach Thentis.«

Sie saß vor mir, fassungslos, ihre Hände ungläubig an ihren Hals gepresst. »Warum?«, fragte sie. »Warum?«

Was konnte ich ihr sagen? Dass ich aus einer anderen Welt kam, dass ich entschlossen war, nicht alle Wege Gors mitzugehen, dass ich mich irgendwie um sie sorgte, als sie so hilflos gewesen war – dass sie mich bewegt hatte, so bewegt, dass ich sie nicht als Instrument von mir oder dem Rat sehen konnte, sondern nur als ein Mädchen, jung, reich an Leben, das nicht in Spielen zwischen Staaten geopfert werden durfte?

»Ich habe Gründe, dich zu befreien«, sagte ich, »aber ich bin mir nicht sicher, dass du sie verstehen würdest«, und ich fügte hinzu, in den Bart brummelnd, dass ich nicht wirklich sicher war, dass selbst ich sie verstand.

»Mein Vater«, sagte sie, »und meine Brüder werden dich belohnen.«

»Nein«, erwiderte ich.

»Wenn du es wünschst, befiehlt es ihre Ehre, mich ohne Brautpreis dir zu geben.«

»Der Ritt nach Thentis ist lang«, sagte ich.

Sie erwiderte stolz: »Mein Brautpreis wären hundert Tarne.«

Ich pfiff leise in Gedanken – meine Ex-Sklavin wäre sehr teuer gewesen. Mit dem Gehalt eines Kriegers hätte ich sie mir nicht leisten können.

»Wenn du landest«, sagte Sana, offensichtlich entschlossen mich auf irgendeine Art zu entlohnen, »werde ich deinem Vergnügen dienen.«

Mir fiel ein, dass es zumindest eine Antwort gab, die sie, aufgezogen nach den Ehrenkodizes von Gor, verstehen würde; eine Antwort, die sie zum Schweigen bringen würde. »Möchtest du den Wert des Geschenkes mindern, das ich dir mache?«, fragte ich mit gespieltem Ärger.

Sie überlegte einen Augenblick und küsste mich dann sanft auf die Lippen. »Nein, Tarl Cabot von Ko-ro-ba«, sagte sie, »aber du weißt sehr wohl, dass ich nichts tun könnte, was den Wert deines Geschenkes an mich mindern könnte. Tarl Cabot, ich mag dich.«

Ich bemerkte, dass sie als freie Frau zu mir gesprochen hatte, indem sie meinen Namen benutzte. Ich legte meine Arme um sie und schützte sie so gut ich konnte vor dem schnellen, kalten Windstrom. *Wirklich hundert Tarne*, dachte ich bei mir. Vierzig vielleicht, weil sie eine Schönheit ist. Für hundert Tarne könnte man die Tochter eines Ubars haben, für tausend Tarne vielleicht sogar die Tochter des Ubars von Ar! Tausend Tarne wären eine ansehnliche Verstärkung für die Kavallerie eines goreanischen Kriegsherrn. Sana, ob mit oder ohne Halsreif, besaß die aufreizende und liebenswerte Eitelkeit der Jugend und die Schönheit ihres Geschlechts.

Auf einem Turm in Thentis verließ ich sie, küsste sie und löste ihre klammernden Hände von meinem Hals. Sie weinte, mit all der unverständlichen Absurdität der Frauen. Ich zwang den Tarn in den Himmel, winkte der zierlichen Gestalt zu, die noch immer die schräg gestreifte Tracht einer Sklavin trug. Ihr weißer Arm war erhoben, und ihr blondes Haar wehte auf dem windigen Dach des Zylinders. Ich wendete den Tarn in Richtung Ar.

Als ich den Vosk überquerte, diesen mächtigen Fluss, etwa vierzig Pasang breit, der über die Grenzen von Ar hinausströmt, um sich in den Tambergolf zu ergießen, wurde mir klar, dass ich mich endlich innerhalb des Imperiums von Ar befand. Sana hatte darauf bestanden, dass ich das Giftkügelchen behalte, das ihr der Rat mitgegeben hatte, um ihr die ansonsten unvermeidlichen Foltern zu ersparen, die der Aufdeckung ihrer Identität in den Zylindern von Ar folgen würden. Ich nahm das Kügelchen jedoch aus meiner Tunika und warf es in die weiten Gewässer des Vosk. Es stellte eine Versuchung dar, der ich nicht nachgeben wollte. Wenn der Tod leicht sein sollte, hätte ich mir ein weniger mühsames Leben suchen können. Es sollten Augenblicke kommen, in denen ich in meiner Schwäche meine Entscheidung bedauerte.

Es dauerte drei Tage, die Vororte der Stadt Ar zu erreichen. Kurz nachdem ich den Vosk überquert hatte, war ich gelandet und hatte ein Lager aufgeschlagen, da ich von hier aus nur noch nachts reisen wollte. Während des Tages ließ ich meinen Tarn frei, damit er fressen konnte, was er wollte. Sie sind tagaktive Jäger und fressen nur, was sie selbst fangen; gewöhnlich eine der leichtfüßigen goreanischen Antilopen oder einen wilden Bullen, der in vollem Lauf ergriffen wird, angehoben von den monströsen Krallen und zu einem hochgelegenen Ort gebracht, wo er zerrissen und verzehrt wird. Es ist unnötig zu sagen, dass Tarne eine Bedrohung für alle Lebewesen sind – sogar für die Menschen –, die das Pech haben, in den Schatten ihrer Schwingen zu geraten.

Tagsüber schlief ich, geschützt von gelegentlichen Baumgruppen, die die Grenzebenen von Ar säumten, verzehrte meine Vorräte und trainierte mit meinen Waffen, um meine Muskeln beweglich zu halten und der Steifheit vorzubeugen, die langen Aufenthalten auf dem Tarnrücken häufig folgt. Aber ich langweilte mich.

Anfänglich war sogar die Landschaft niederdrückend, denn die Männer Ars, als Militärmacht, hatten einen Bereich von zwei- bis dreihundert Pasang entlang der Grenzen verwüstet, indem sie Obstbäume gefällt, Brunnen zugeschüttet und fruchtbaren Boden versalzen hatten. Ar hatte aus ganz praktischen Gründen eine unsichtbare Wand um sich herum errichtet, eine verbrannte Zone, verboten, und die zu Fuß fast unpassierbar war.

Am zweiten Tag war ich vergnügter und rastete in einer grasbedeckten Steppe, die mit Ka-la-na-Bäumen übersät war. Die Nacht zuvor war ich über Getreidefelder geritten, silbriggelb schimmernd unter mir im Licht der drei Monde. Ich hielt meinen Kurs mit Hilfe der leuchtenden Anzeige meines goreanischen Kompasses, dessen Nadel immer zum Bereich des Sardargebirges zeigte, der Heimat der Priesterkönige. Manchmal lenkte ich meinen Tarn mit Hilfe der Sterne, den gleichen Fixsternen, die ich schon aus einem anderen Winkel in den Bergen von New Hampshire über meinem Kopf gesehen hatte.

Am dritten Tag schlug ich das Lager in einem Sumpfwald auf, der im Norden an die Stadt Ar grenzt. Ich hatte diese Gegend gewählt, weil sie die unbewohnbarste war, innerhalb des Umkreises um Ar, den ein Tarn an einem Tag fliegen konnte. In der Nacht zuvor hatte ich zu viele Kochfeuer in den Dörfern gesehen, und zweimal hatte ich die Tarnpfeifen von Patrouillen in der Nähe gehört – Gruppen von jeweils drei Kriegern, die ihre Runden flogen. Mir ging der Gedanke durch den Kopf, das Projekt aufzugeben, zum Geächteten zu werden, wenn Sie so wollen zum Deserteur, aber meine eigene Haut zu retten und zu versuchen aus diesem verrückten Plan auszusteigen, wenn auch nur mit meinem Leben und auch das nur für kurze Zeit.

Aber eine Stunde vor Mitternacht des Tages, von dem ich wusste, dass an ihm das Pflanzfest des Sa-Tarna stattfinden sollte, stieg ich erneut in den Sattel meines Tarns, zog den ersten Zügel und erhob mich über die saftigen Bäume des Sumpfwaldes. Fast zeitgleich hörte ich den heiseren Ruf eines Truppführers aus Ar: »Wir haben ihn!«

Sie waren meinem Tarn gefolgt, hatten die Spuren von seinem Fressplatz im Sumpf untersucht und kamen jetzt aus drei Richtungen wie die Ecken eines sich schnell verkleinernden Dreiecks auf mich zu, drei Krieger aus Ar. Offensichtlich hatten sie nicht die Absicht, mich gefangen zu nehmen, denn einen Augenblick nach dem Ruf zischte der Bolzen einer Armbrust mit scharfem Geräusch über meinen Kopf hinweg. Bevor ich Zeit hatte, meine Sinne zu sammeln, erschien ein Schatten mit schwarzen Flügeln vor mir, und im Licht der drei Monde sah ich einen vorbeifliegenden Krieger auf einem Tarn mit dem Speer nach mir stoßen.

Er hätte mich sicherlich getroffen, wenn mein Tarn nicht wütend nach links abgedreht wäre, wobei er fast mit einem anderen Tarn und dessen Reiter zusammenprallte, der einen Bolzen auf mich abfeuerte, der sich mit lautem Klatschen tief in meine Satteltasche bohrte. Der dritte Krieger aus Ar flog von hinten heran. Ich drehte mich um, hob den Tarnstab, der an meinem Handgelenk baumelte, um den Schlag seiner Klinge abzuwehren. Schwert und Tarnstab trafen sich mit einem scheppernden Geräusch und einem Regen gelber Funken. Irgendwie musste ich den Stab angeschaltet haben. Sowohl mein Tarn als auch der des Angreifers wichen instinktiv vor dem Blitz des Stabes zurück, und ich hatte unabsichtlich etwas Zeit gewonnen.

Ich löste den Langbogen, legte einen Pfeil auf die Sehne und riss meinen Tarn in einen scharfen, flügelzerreißenden Bogen. Ich glaube, der erste meiner Angreifer hatte nicht begriffen, dass ich meinen Vogel wenden würde. Er hatte eine Verfolgung erwartet. Als ich ihn passierte, sah ich seine aufgerissenen Augen im Y-Schlitz seines Helms, als ob er in diesem Bruchteil einer Sekunde wusste, dass ich ihn nicht verfehlen konnte. Ich sah, wie er im Sattel steif wurde, und nahm schemenhaft wahr, wie sein Tarn kreischend abglitt.

Jetzt kreisten die anderen beiden Männer der Patrouille, um ihren Angriff vorzubereiten. Sie kamen auf mich zu, ungefähr fünf Meter voneinander entfernt, um sich auf zwei Seiten neben mich zu setzen, sodass die Schwingen meines Tarns nach oben gezwungen wurden, und dann für den Augenblick, den sie brauchten, bewegungslos zwischen ihren Reittieren gefangen waren.

Ich hatte keine Zeit mehr nachzudenken, doch plötzlich merkte ich, dass mein Schwert in meiner Hand lag und der Tarnstab in meinem Gürtel steckte. Als wir in der Luft zusammenstießen, zog ich den ersten Zügel scharf an und brachte die Stahlklauen meines Kriegstarns ins Spiel. Und bis zum heutigen Tag bin ich den Tarnhütern von Ko-ro-ba für die äußerst sorgfältige Ausbildung dankbar, die sie dem großen Vogel angedeihen ließen. Vielleicht sollte ich auch den Kampfgeist dieses gefiederten Giganten, meines Kriegstarns, preisen, dieses furchtbaren Wesens, das der ältere Tarl den König aller Tarne genannt hatte. Mit aggressiven Schnabel- und Krallenstößen und einen markerschütternden Schrei ausstoßend, stürzte sich mein Tarn auf die beiden anderen Vögel.

Ich kreuzte meine Klinge bei einem kurzen Vorbeiflug, der höchstens einen Moment dauerte, mit der des Kriegers, der mir am nächsten war. Plötzlich wurde mir schemenhaft bewusst, dass einer der feindlichen Tarne zu sinken begann; wild flatternd in die Gräben des Sumpfes unter uns fiel. Der andere Krieger nahm seinen Tarn zurück, als wollte er einen weiteren Waffengang beginnen, doch dann wurde ihm plötzlich klar, dass es seine Pflicht war, Alarm zu schlagen. Er schrie mich wütend an, drehte seinen Tarn erneut und schoss auf die Lichter von Ar zu.

Er vertraute auf seinen Vorsprung, aber ich wusste, dass mein Tarn ihn leicht überholen konnte. Ich setzte meinen Vogel hinter den kleiner werdenden Fleck und gab ihm die Zügel frei.

Als wir uns dem fliehenden Krieger näherten, spannte ich einen zweiten Pfeil in meinen Bogen. Statt den Krieger zu töten, schoss ich den Pfeil in den Flügel seines Tarns. Der Vogel begann zu taumeln und schonte den verletzten Flügel. Der Krieger konnte ihn nicht mehr kontrollieren, und ich sah das Tier ungeschickt fallen und in trunkenen Kreisen unten in der Dunkelheit verschwinden.

Ich zog den ersten Zügel, und als wir eine Höhe erreicht hatten, in der das Atmen nur noch in schweren Stößen möglich war, richtete ich unseren Kurs auf Ar aus. Ich wollte oberhalb der üblichen Patrouillenrouten fliegen. Als ich mich Ar näherte, kauerte ich mich im Sattel zusammen und hoffte, dass die Späher – auf den außenliegenden Wachtürmen – den Fleck am Himmel, der vor den Monden vielleicht bemerkt wurde, für einen wilden Tarn halten würden, der hoch über der Stadt dahinflog.

Zur Stadt Ar müssen mehr als hunderttausend Zylinder gehört haben; jeder davon war hell erleuchtet von den Lichtern des Pflanzfestes. Ich bezweifelte nicht, dass Ar die größte Stadt des bekannten Gor war. Es war eine wunderbare und großartige Stadt, eine würdige Fassung für das Juwel des Imperiums, dieses phantastische Juwel, das so verführerisch für seinen Ubar geworden war, den alles bezwingenden Marlenus. Und irgendwo da unten in diesem monströsen Ball von Licht lag ein schlichtes Stück Stein, der Heim-Stein dieser großartigen Stadt, den ich stehlen musste.

6 Nar, die Spinne

Ich hatte kaum Schwierigkeiten, den höchsten Turm in Ar zu finden, den Zylinder von Ubar Marlenus. Als ich näher flog, konnte ich die feiernden Menschen auf den Brücken erkennen; es war Pflanzfest und viele taumelten pagatrunken nach Hause. Zwischen den Zylindern flogen Tarnreiter umher, feiernde Soldaten der Kavallerie genossen die ausgelassene Fröhlichkeit des Festes, trugen Wettrennen aus, probierten Scheinangriffe und ließen manchmal ihre Tarne wie Blitze auf die Brücken herunterstürzen, um sie nur wenige Zoll über den Köpfen der entsetzten Feiernden wieder hochzureißen.

Kühn drückte ich meinen Tarn nach unten, mitten zwischen die Zylinder, als sei ich ein weiterer wilder Tarnreiter aus Ar. Ich ließ meinen Vogel auf einem der Stahlvorsprünge nieder, die hier und da aus den Zylindern ragten, und die den Tarnen als Sitzstangen dienen. Der große Vogel öffnete und schloss seine Schwingen, seine stahlbeschlagenen Krallen klammerten sich um die metallene Sitzstange, wenn er seine Position veränderte und sich auf ihr vor- oder zurückschob. Schließlich legte er seine Schwingen zufrieden an seinen Körper und blieb still sitzen, bis auf die aufgeregten Wendungen seines großen Kopfes und dem Funkeln seiner bösartigen Augen, die genau die Ströme von Männern und Frauen auf den umliegenden Brücken musterten.

Mein Herz begann, wie wild zu schlagen, und ich erwog die Möglichkeiten, mit denen ich meiner Verpflichtung in Ar würde entkommen können. Einmal flog ein Krieger ohne Helm in meiner Nähe vorbei, betrunken forderte er mich wegen meiner Sitzstange heraus, ein wilder Tarnreiter niederen Ranges, Streit suchend. Wenn ich ihm die Sitzstange kampflos überlassen hätte, so wäre das sofort höchst verdächtig gewesen, da es auf Gor nur eine ehrenvolle Antwort auf eine Herausforderung gibt – sie sofort zu akzeptieren.

»Mögen die Priesterkönige deine Knochen zerschmettern«, rief ich, so aufgekratzt wie möglich und fügte mit Bedacht hinzu: »Und ich wünsche dir gutes Gedeihen beim Genuss der Exkremente der Tharlarions!« Die letzte Bemerkung mit der Anspielung auf die verhassten Reitechsen, die von vielen primitiven goreanischen Clans benutzt werden, schien ihm zu gefallen.

»Möge dein Tarn alle Federn verlieren!«, röhrte er und schlug sich auf die Schenkel, während er seinen Tarn auf dem Vorsprung niedersetzte.

Er beugte sich zu mir und warf mir einen Lederschlauch mit Paga zu, aus dem ich einen großen Schluck nahm und ihn dann verächtlich in seine Arme zurückschleuderte. Einen Augenblick später war er wieder in der Luft, grölte etwas, das an ein Lied über die Leiden eines Lagermädchens erinnerte, während der Pagaschlauch an seinen langen Bändern hinter ihm in der Luft hing.

Mein Kompass war wie auf Gor üblich mit einem Zeitmesser ausgerüstet. Ich nahm ihn, drehte ihn um und drückte den Knopf, der die Rückseite aufschnappen und das Zifferblatt sichtbar werden ließ. Es war zwei Minuten nach der zwanzigsten Stunde! Meine Gedanken an Flucht oder Desertion waren verschwunden. Abrupt zwang ich meinen Tarn in die Luft und flog auf den Turm des Ubars zu.

Sekunden später lag er unter mir. Ich ließ mich sofort nach unten sacken, denn niemand darf ohne wichtigen Grund einen Tarn in die unmittelbare Umgebung des Ubars reiten. Während ich niederging, sah ich das breite runde Dach des Zylinders unter mir. Es schien von unten beleuchtet zu sein, bläuliches Licht schimmerte hindurch. In der Mitte war eine niedrige runde Plattform, etwa zehn Schritte im Durchmesser, die man über vier kreisförmige Stufen erreichen konnte. Auf der Plattform stand eine dunkle Gestalt, allein und in eine Robe gehüllt. Als mein Tarn auf der Plattform aufsetzte und ich von seinem Rücken glitt, hörte ich den Schrei eines Mädchens.

Ich stürzte zur Mitte der Plattform, zerbrach dabei mit meinem Fuß einen kleinen zeremoniellen Korb, gefüllt mit Getreide, und trat ein Gefäß voll Ka-la-na aus meinem Weg, dessen Inhalt, eine fermentierte rote Flüssigkeit, sich über den Steinhaufen in der Mitte der Plattform ergoss, während der Schrei des Mädchens in meinen Ohren klang. Ganz in der Nähe hörte ich die Rufe von Männern und das Klirren von Waffen, als Krieger die Treppen zum Dach heraufrannten. Welcher Stein mochte der Heim-Stein sein? Ich trat den Steinhaufen auseinander. Einer dieser Steine musste der Heim-Stein von Ar sein, aber welcher? Wie konnte ich ihn von all den anderen unterscheiden, von den Heim-Steinen der Städte, die Ar zugefallen waren?

Ja! Es musste der Stein sein, der rot war von Ka-la-na, der bestreut war mit den Samen des Getreides! Hastig befühlte ich die Steine, doch mehrere waren feucht und mit Sa-Tarna-Körnern bestreut. Ich spürte, dass mich die verhüllte Gestalt zurückzog, mit ihren Nägeln meine Schulter und meine Kehle bearbeitete und mich mit aller Wut ihres aufgebrachten Körpers angriff. Ich drehte mich um und stieß sie von mir. Sie fiel auf die

Knie und kroch plötzlich zu einem der Steine, ergriff ihn und versuchte zu fliehen. Ein Speer erschütterte die Plattform neben mir. Die Wachen waren auf dem Dach!

Ich sprang hinter der schwer verhüllten Gestalt her, ergriff sie, drehte sie herum und riss ihr den Stein, den sie trug, aus ihren Händen. Sie schlug nach mir und verfolgte mich bis zu dem Tarn, der aufgeregt seine Schwingen schüttelte und sich bereit machte, dem Tumult auf dem Dach des Zylinders zu entkommen.

Ich sprang hoch, griff nach dem Sattelring und löste dabei unabsichtlich die Aufstiegsleiter. Blitzschnell hatte ich den Sattel des Tarns erreicht und zog heftig am ersten Zügel. Die Gestalt in der schweren Robe versuchte, die Leiter heraufzuklettern, wurde jedoch durch das Gewicht und die Starrheit ihres reich verzierten Gewandes behindert. Ich fluchte, als ein Pfeil meine Schulter streifte, während die riesigen Schwingen des Tarns die Nachtluft durchpflügten und das Monster zu fliegen begann. Er erhob sich in die Luft, während die vorbeifliegenden Pfeile mir um die Ohren zischten, und ich hörte die Rufe der wütenden Männer und den entsetzten Schrei eines Mädchens.

Ich sah bestürzt nach unten. Die Gestalt in den schweren Roben klammerte sich noch immer verzweifelt an der Aufstiegsleiter fest. Sie hatte jetzt den Kontakt zum Dach verloren und schwang frei unter dem Tarn hin und her, während die Lichter Ars rasend schnell unter uns zurückblieben. Ich zog mein Schwert aus der Scheide, um die Aufstiegsleiter vom Sattel zu kappen, hielt dann aber inne und stieß die Klinge wieder verärgert in ihre Hülle zurück. Ich konnte es mir nicht leisten, das zusätzliche Gewicht zu tragen, doch ich konnte mich auch nicht dazu aufraffen, die Leiter abzutrennen und das Mädchen in den Tod stürzen zu lassen.

Ich fluchte, als die aufgeregten Töne von Tarnpfeifen von weit unten heraufklangen. Heute Nacht würden alle Tarnreiter Ars unterwegs sein und fliegen. Ich passierte die äußersten Zylinder Ars und war plötzlich frei in der goreanischen Nacht, auf dem Weg nach Ko-ro-ba. Ich steckte den Heim-Stein in die Satteltasche, ließ den Verschluss einrasten und griff dann nach unten, um die Aufstiegsleiter hochzuziehen.

Das Mädchen wimmerte vor Entsetzen, ihre Finger und Muskeln schienen erstarrt zu sein. Selbst nachdem ich sie in den Sattel vor mir gezogen und sicher am Sattelring festgegurtet hatte, musste ich ihre Finger mit Gewalt von der Leitersprosse lösen.

Ich faltete die Leiter zusammen und befestigte sie an ihrem Platz an der Seite des Sattels. Mir tat das Mädchen leid, ein hilfloser Spielstein in diesem traurigen Männerspiel um ein Imperium, und die leisen, fast tierischen Laute, die es von sich gab, lösten Mitleid bei mir aus.

»Keine Angst«, sagte ich.

Sie zitterte schluchzend.

»Ich werde dir nichts tun«, sagte ich. »Wenn wir erst den Sumpfwald hinter uns gelassen haben, setze ich dich an irgendeiner Hauptstraße nach Ar ab. Du wirst dann in Sicherheit sein.« Ich wollte sie beruhigen. »Am Morgen bist du wieder zurück in Ar!«, versprach ich.

Hilflos schien sie einige unverständliche Worte der Dankbarkeit zu stottern, und sie wandte sich vertrauensvoll mir zu, legte ihre Arme um meine Hüften, als suche sie zusätzliche Sicherheit. Ich fühlte ihren zitternden Körper an meinem, ihre Abhängigkeit von mir, und plötzlich packten ihre Hände zu, und mit einem Wutschrei stieß sie mich aus dem Sattel. In dem Moment der Übelkeit während des Falls wurde mir klar, dass ich meinen eigenen Sattelgurt bei dem wilden Flug vom Zylinderdach des Ubars nicht angelegt hatte. Meine Hände flogen zur Seite, griffen ins Leere, und ich fiel kopfüber nach unten in die Nacht.

Ich erinnere mich, dass ich ihr triumphierendes Lachen hören konnte, schnell im Wind verschwindend. Ich spürte, wie sich mein Körper im Fallen versteifte, sich auf den Aufschlag vorbereitete. Ich erinnere mich, mich gefragt zu haben, ob ich den Schock des Aufschlags verspüren würde, und dass ich genau dies auch erwartete. Absurderweise versuchte ich, meinen Körper zu lockern, die Muskeln zu entspannen – als würde das noch einen Unterschied machen. Ich wartete auf den Schock, nahm die peitschenartigen Schmerzen wahr, als ich durch das Astwerk brach und schließlich in eine weiche, ausgesprochen nachgiebige Substanz eintauchte. Ich verlor das Bewusstsein.

Als ich meine Augen öffnete, klebte ich an einem riesigen Netz aus breiten, elastischen Strängen fest, die zu einer Struktur gehörten, die wohl einige Pasang breit war und durch die an zahlreichen Punkten die gigantischen Sumpfbäume ragten. Ich spürte, wie das Netzwerk oder das Gewebe zitterte, und ich kämpfte darum, aufzustehen, aber es war mir unmöglich, auf die Füße zu kommen. Mein Fleisch hing an der klebrigen Oberfläche der dicken Stränge.

Mit für ihre Größe anmutigen Schritten, über die Stränge stolzierend, näherte sich mir eine der großen Sumpfspinnen von Gor. Ich fixierte den blauen Himmel und wünschte mir, er möge das Letzte sein, was ich sehen würde. Ich schauderte, als das Ungeheuer neben mir anhielt, und ich fühlte die leichte Berührung von einem seiner Vorderbeine, spürte die tastende Untersuchung der Sinneshaare an seinen Fühlern. Ich sah es an, und es spähte auf mich herab mit seinen vier Paar perlenähnlichen Augen – spöttisch, wie ich fand. Dann hörte ich zu meiner Verwunderung eine mechanisch wiedergegebene Stimme sagen: »Wer bist du?«

Ich erschauderte erneut, glaubte, dass ich schließlich doch den Verstand verloren hätte. Nach einem Moment wiederholte die Stimme die Frage mit leicht erhöhter Lautstärke und fügte hinzu: »Bist du aus der Stadt Ar?«

»Nein«, sagte ich und ergab mich in das, was ich für eine phantastische Halluzination hielt, in der ich mit mir selbst sprach. »Ich bin aus der freien Stadt Ko-ro-ba.«

Als ich das sagte, beugte sich das monströse Insekt neben mir nieder, und mein Blick fiel auf die Kiefer, die gebogenen Messern glichen. Ich spannte mich an, das plötzliche und tödliche Eindringen dieser zangenartigen Kiefer erwartend. Stattdessen wurde Speichel oder ein ähnliches Sekret auf das Netz in meiner Umgebung gebracht, das dessen klebrigen Griff löste. Als ich wieder frei war, hoben mich die Kiefer vorsichtig an, und ich wurde zum Rand des Netzes getragen, wo die Spinne einen herabhängenden Strang ergriff, nach unten kletterte und mich am Boden absetzte. Dann zog sie sich auf ihren acht Beinen vor mir zurück, jedoch ohne den Blick ihrer vielen perlenartigen Augen von mir zu wenden.

Ich hörte den mechanisch erzeugten Klang erneut.

Er sagte: »Mein Name ist Nar, und ich gehöre zum Spinnenvolk.« Erst jetzt sah ich, dass an seinem Bauch ein Übersetzungsgerät gebunden war, nicht unähnlich den Geräten, die ich in Ko-ro-ba gesehen hatte. Es übersetzte offensichtlich Töne unterhalb meiner Hörschwelle in menschliche Sprache. Meine eigenen Antworten wurden zweifellos auf ähnliche Art in eine Sprache übertragen, die das Insekt verstehen konnte. Eines der Insektenbeine spielte mit einem der Knöpfe des Übersetzungsgerätes. »Kannst du das hören?«, fragte es. Es hatte die Lautstärke auf die ursprüngliche Ebene zurückgedreht, auf die Ebene, in der es mir die erste Frage gestellt hatte.

»Ja«, antwortete ich.

Das Insekt schien erleichtert zu sein. »Ich bin erfreut«, sagte es. »Ich glaube nicht, dass es für vernunftbegabte Wesen angemessen ist, schreiend zu reden.«

»Du hast mein Leben gerettet«, sagte ich. »Ich danke dir.«

»Mein Netz hat dir das Leben gerettet«, korrigierte mich das Insekt. Es war einen Augenblick still und fügte dann hinzu, als erahnte es meine

Besorgnis: »Ich werde dir nicht weh tun. Das Spinnenvolk tut vernunftbegabten Wesen nicht weh.«

»Dafür bin ich dir dankbar«, sagte ich.

Die nächste Bemerkung raubte mir den Atem.

»Bist du es, der den Heim-Stein von Ar gestohlen hat?«

Ich zögerte und antwortete dann zustimmend, darauf vertrauend, dass das Wesen keine Sympathien für die Menschen aus Ar haben würde.

»Das ist sehr erfreulich für mich«, sagte das Insekt, »denn die Männer aus Ar benehmen sich dem Spinnenvolk gegenüber nicht gut. Sie jagen uns und lassen nur so viele von uns am Leben, wie sie brauchen, um in den Fabriken von Ar das Cur-lon-Garn zu spinnen. Wenn es nicht vernunftbegabte Wesen wären, würden wir sie bekämpfen.«

»Woher weißt du, dass der Heim-Stein von Ar gestohlen wurde?«, fragte ich.

»Die Nachricht breitete sich in alle Richtungen aus der Stadt aus, fortgetragen von allen vernunftbegabten Lebewesen, egal ob sie kriechen, fliegen oder schwimmen.« Das Insekt hob ein Vorderbein mit zitternden Sinneshaaren auf meine Schulter. »Es herrscht großer Jubel auf Gor, nur nicht in der Stadt Ar.«

»Ich habe den Heim-Stein wieder verloren«, sagte ich. »Ich wurde von ihr ausgetrickst, ich nehme an, es war die Tochter des Ubars; sie warf mich von meinem eigenen Tarn, und nur durch dein Netz wurde ich vor dem Tod gerettet. Ich glaube, heute Nacht wird große Freude in Ar herrschen, wenn die Tochter des Ubars den Heim-Stein zurückbringt.«

Erneut sprach die mechanische Stimme: »Wie kann es sein, dass die Tochter des Ubars den Heim-Stein von Ar zurückbringt, wenn du an deinem Gürtel den Tarnstab trägst?«

Plötzlich erkannte ich die Wahrheit dessen, was er gesagt hatte und war überrascht, dass es mir nicht schon früher aufgefallen war. Ich stellte mir das Mädchen allein auf dem Rücken des wilden Tarns vor, unerfahren in der Beherrschung eines solchen Reittieres, sogar ohne einen Tarnstab, mit dem sie sich schützen konnte, wenn der Vogel sich gegen sie wenden sollte.

Ihre Überlebenschancen schienen jetzt noch kleiner zu sein als zu jenem Zeitpunkt, an dem ich fast die Leiter, an der sie hing, mir hilflos ausgeliefert, über den Zylindern von Ar gekappt hätte – die heimtückische Tochter des Ubars Marlenus. Bald würde der Tarn fressen. Es musste schon seit einigen Stunden hell sein.

»Ich muss nach Ko-ro-ba zurückkehren«, sagte ich. »Ich habe versagt.«

»Ich werde dich an den Rand des Sumpfes bringen, wenn du möchtest«, sagte das Insekt. Ich nahm das Angebot dieses vernunftbegabten Wesens dankend an; es hob mich sanft auf seinen Rücken und suchte sich dann mit anmutiger Geschwindigkeit einen gut gewählten Pfad durch den Sumpfwald.

Wir waren etwa eine Stunde unterwegs, als Nar, die Spinne, plötzlich anhielt und ihre beiden Vorderbeine in die Luft hob, um Witterung zu nehmen und zu versuchen, etwas aus der schweren feuchten Luft herauszufiltern.

»Es ist ein fleischfressendes Tharlarion in der Nähe, ein wildes Tharlarion«, sagte sie. »Halt dich gut fest!«

Glücklicherweise folgte ich sofort ihrer Anweisung und verstärkte meinen Griff tief im langen schwarzen Haar, das ihren Brustkorb bedeckte, denn plötzlich raste Nar auf einen nahe stehenden Sumpfbaum zu und krabbelte in dessen Astkrone hoch. Ungefähr zwei bis drei Minuten später hörte ich das hungrige Grunzen eines wilden Tharlarions und einen Augenblick später den durchdringenden Schrei eines entsetzten Mädchens.

Von Nars Rücken aus konnte ich das Moor mit seinem Schilf und dazwischen Wolken zierlicher fliegender Insekten sehen. In einer Schilfwand etwa fünfzig Schritte rechts und dreißig Fuß unter mir, tauchte der angespannte Körper eines menschlichen Wesens auf, stolpernd und in Panik fliehend, die Hände nach vorn gestreckt. Ich erkannte sofort die schwer mit Brokat besetzten Roben der Tochter des Ubars, die jetzt schlammverkrustet und zerrissen waren.

Kaum war sie in die Lichtung vorgedrungen und durch die flachen grünlichen Wasserpfützen in unserer Nähe geplatscht, als der furchterregende Kopf eines wilden Tharlarions durch das Schilf lugte, dessen runde glänzende Augen vor Erregung leuchteten und dessen riesiger Kieferbogen sich bereits zu öffnen begann. Fast zu schnell, um sichtbar zu sein, schoss die lange braune Zunge peitschenartig aus dem Maul der Echse und wickelte sich um den schlanken hilflosen Körper des Mädchens. Sie schrie hysterisch und versuchte, das klebrige Band von ihrer Hüfte zu entfernen, das jetzt begann, sich ins Maul der Bestie zurückzuziehen.

Ohne nachzudenken, sprang ich von Nars Rücken, ergriff eine der langen tentakelähnlichen Reben, welche parasitenartig die verknoteten Gestalten der Sumpfbäume durchziehen. Einen Moment später war ich platschend im Moor am Fuße des Baumes angekommen und jagte mit blanker Klinge auf das Tharlarion zu. Ich stürzte mich zwischen das

71

Maul und das Mädchen. Mit einem schnellen Abwärtshieb meiner Klinge trennte ich die widerliche braune Zunge ab.

Ein markerschütternder Schmerzensschrei durchdrang die schwere Luft der Sumpfwälder, und voller Schmerzen drehte sich das Tharlarion tatsächlich auf den Hinterbeinen weg, zog den braunen Rest seiner Zunge mit einem hässlichen Geräusch zurück in sein Maul. Dann warf es sich im Wasser auf den Rücken, rollte sich schnell wieder auf die Füße und begann, mit schnellen Kopfbewegungen seinen Blick abtastend umherschweifen zu lassen. Fast augenblicklich richteten sich seine Augen auf mich. Sein Maul, das nun mit farblosem Schaum gefüllt war, öffnete sich, und die Zahnleisten wurden sichtbar.

Die Echse griff an, ihre großen Füße mit den Schwimmhäuten trafen mit explosionsartigen Geräuschen die Wasseroberfläche. Im Nu schnappte das Maul nach mir; mein Schwert hinterließ eine tiefe Kerbe in den Zahnleisten ihres Unterkiefers. Sie schnappte erneut zu, und ich ging auf die Knie, sodass die Kiefer über mich hinwegglitten, während ich von unten mit dem Schwert zustieß und den Hals durchbohrte. Sie wich vier oder fünf Schritte zurück, langsam und unsicher. Die Zunge oder vielmehr deren Stumpf huschte zwei- oder dreimal aus dem Maul heraus und wieder zurück, als könne das Tier nicht begreifen, dass sie nicht mehr da war.

Das Tharlarion sank etwas im Morast ein, die Augen halb geschlossen. Ich wusste, dass der Kampf vorbei war. Noch mehr der farblosen Absonderung sickerte aus der Kehle der Echse. An ihren Seiten, die sich in den Schlamm drückten, entstand Bewegung im Wasser, und ich sah, dass die kleinen Wasserechsen der Sumpfwälder mit ihrer grausigen Arbeit begannen. Ich bückte mich und wusch die Klinge meines Schwertes ab, so gut ich es in dem grünlichen Wasser vermochte, doch meine Tunika war so bespritzt und durchweicht, dass ich unmöglich die Klinge trocken reiben konnte. Also watete ich, das Schwert in der Hand haltend, zurück zum Fuße des Sumpfbaumes und kletterte auf die kleine trockene Insel, die sich um die Wurzeln des Baumes gebildet hatte.

Ich sah mich um. Das Mädchen war geflohen. Das ärgerte mich etwas, obwohl ich mich selbst glücklich schätzte, sie losgeworden zu sein. Nach all dem – was konnte ich erwarten? Dass sie mir für die Rettung ihres Lebens danken würde? Sie hatte mich zweifellos dem Tharlarion überlassen, das Glück einer Ubarstochter preisend, dass sich ihre Feinde gegenseitig vernichteten, während sie mit dem Leben davonkam. Ich fragte mich, wie weit sie in den Sümpfen kommen konnte, bevor ein weiteres

Tharlarion ihre Witterung aufnahm. Ich sah mich nach meinem Spinnen-
freund um und rief laut:»Nar!« Doch er war wie das Mädchen verschwunden. Erschöpft setzte ich mich nieder und lehnte meinen Rücken
an den Baum, ohne dass meine Hand den Schwertgriff losließ.

Untätig, voller Abscheu beobachtete ich den Körper des toten Tharlarions im Sumpf. Da die Wasserechsen sich sattgefressen hatten, war der
Kadaver leichter geworden, hatte seine Lage verändert und war ins Wasser gerollt. Jetzt wurde innerhalb von Minuten das Skelett sichtbar, fast
sauber abgenagt, mit glänzenden Knochen, außer an den Stellen, wo die
kleinen Echsen darauf herumkletterten und ein letztes Bröckchen Fleisch
suchten. Dann war da ein Geräusch. Ich sprang auf die Füße, das Schwert
bereit. Doch über den Morast kam nur Nar mit schnellen stolzierenden
Schritten, und in seinen Kiefern hielt er vorsichtig aber sicher die Tochter
des Ubars Marlenus. Sie schlug mit ihren zierlichen Fäusten auf Nar ein,
fluchte und trat in einer Art und Weise auf, die ich für unangemessen für
die Tochter eines Ubars hielt. Nar stolzierte auf die Sumpfinsel und legte
sie vor mir nieder, seine perlenartigen Augen waren wie leere ausdrucks-
lose Monde auf mich gerichtet.

»Dies ist die Tochter des Ubars Marlenus«, sagte Nar und fügte ironisch
hinzu:»Sie hat nicht daran gedacht, dir dafür zu danken, dass du ihr das
Leben gerettet hast – was für ein vernunftbegabtes Wesen merkwürdig
ist, nicht wahr?«

»Sei still, Insekt«, sagte die Tochter des Ubars mit lauter Stimme, klar
und befehlsgewohnt. Sie schien keine Angst vor Nar zu haben, vielleicht,
weil die Bürger von Ar mit den Spinnenwesen vertraut waren, doch es
war offensichtlich, dass sie die Berührung der Kiefer nicht mochte, und
sie zitterte leicht, als sie versuchte, die Flüssigkeiten vom Ärmel ihrer
Bekleidung zu wischen.

»Auch spricht sie ziemlich laut für ein vernunftbegabtes Wesen, nicht
wahr?«, fragte Nar.

»Ja«, bestätigte ich.

Ich betrachtete die Tochter des Ubars, die jetzt einen traurigen Anblick
bot. Ihre Roben der Verhüllung waren mit Schlamm und Moorwasser
bespritzt, und an mehreren Stellen war der schwere Brokat steif und gebrochen. Die hervorstechenden Farben ihrer Roben waren zartes Rot,
Gelb und Purpur, angeordnet in komplizierten einander überlappenden
Falten. Ich vermutete, dass ihre Sklavinnen Stunden damit verbracht hatten, sie in solche Gewänder zu kleiden. Viele der freien Frauen von Gor
und fast alle von hoher Kaste tragen die Roben der Verhüllung, obwohl

deren Kleidung natürlich selten so kompliziert und so ausgezeichnet gearbeitet ist wie die der Tochter eines Ubars. Die Roben der Verhüllung ähneln in ihrer Funktion der Bekleidung muslimischer Frauen auf meinem eigenen Planeten, allerdings sind sie vielschichtiger und beim Tragen hinderlich. Väter und Ehemänner sind normalerweise die einzigen, die eine Frau unverschleiert betrachten dürfen.

In der barbarischen Welt von Gor hält man die Roben der Verhüllung deshalb für notwendig, um die Frauen vor den Fesselriemen räuberischer Tarnreiter zu schützen. Nur wenige Krieger würden ihr Leben riskieren, um eine Frau zu erbeuten, die möglicherweise so hässlich wie ein Tharlarion ist. Es ist besser, Sklavinnen zu stehlen, wo erstens die Schuld geringer ist und zweitens man die äußerlichen Qualitäten der Beute vorher viel leichter erfahren kann.

Die Augen der Ubarstochter blitzten mich jetzt aus der engen Öffnung ihres Schleiers wütend an. Mir fiel auf, dass sie grünlich waren, feurig und ungezähmt, die Augen der Tochter eines Ubars, eines Mädchens, das gewohnt ist, Männer herumzukommandieren. Mir fiel auch auf, allerdings mit sehr viel weniger Freude, dass die Tochter des Ubars etliche Zoll größer war als ich. Tatsächlich wirkte ihr Körper irgendwie falsch proportioniert.

»Du wirst mich sofort freilassen«, verkündete die Tochter des Ubars, »und dieses dreckige Insekt wegschicken.«

»Spinnen sind nachgewiesener Maßen ausgesprochen reinliche Insekten«, bemerkte ich, und meine Augen teilten ihr mit, dass ich gerade über ihre vergleichsweise schmutzige Bekleidung nachdachte.

Hochmütig zuckte sie mit den Schultern.

»Wo ist der Tarn?«, fragte ich.

»Du solltest lieber fragen«, sagte sie, »wo der Heim-Stein von Ar ist.«

»Wo ist der Tarn?«, wiederholte ich, da mich das Schicksal meines feurigen Reittieres in diesem Augenblick mehr interessierte als ein lächerlicher Felsbrocken, für dessen Erlangung ich mein Leben riskiert hatte.

»Ich weiß es nicht«, sagte sie, »und es interessiert mich auch nicht.«

»Was ist geschehen?«, wollte ich wissen.

»Ich habe keine Lust, weiter verhört zu werden«, teilte sie mir mit.

Wütend ballte ich die Fäuste.

Und dann schlossen sich zärtlich Nars Kiefer um den Hals des Mädchens. Ein plötzliches Zittern ließ den schwer verhüllten Körper des Mädchens erbeben, und ihre Hände versuchten, die unerbittlichen Greifer aus Chitin von ihrer Kehle zu zwingen. Offensichtlich war das Spinnenwesen nicht so harmlos, wie sie in ihrer Arroganz angenommen hatte. »Befiehl ihm aufzuhören«, keuchte sie, sich im Griff des Insektes windend, während ihre Hände hilflos versuchten, die Kiefer zu lockern.

»Möchtest du ihren Kopf haben?«, fragte die mechanische Stimme von Nar.

Ich wusste, dass das Insekt – das eher zulassen würde, dass seine Rasse ausgelöscht würde, als irgendein vernunftbegabtes Wesen zu verletzen – einen Plan im Sinn haben musste, oder zumindest nahm ich an, dass es so war.

Auf jeden Fall sagte ich: »Ja!« Die Kiefer begannen, sich wie die Schneiden einer riesigen Schere um ihre Kehle zu schließen.

»Halt!«, kreischte das Mädchen mit fieberhafter Stimme. Ich gab Nar das Zeichen, den Griff etwas zu lösen.

»Ich habe versucht, den Tarn nach Ar zurückzubringen«, sagte das Mädchen. »Ich saß noch nie auf einem Tarn. Ich habe Fehler gemacht. Ich wusste es. Es war kein Tarnstab da.«

Ich gab Nar ein weiteres Zeichen, und er entfernte seine Kiefer von der Kehle des Mädchens.

»Wir waren irgendwo über dem Sumpfwald«, sagte das Mädchen, »als wir in einen Schwarm wilder Tarne flogen. Mein Tarn attackierte den Anführer des Schwarms.« Sie zitterte bei der Erinnerung, und ich hatte Mitleid mit ihr, denn es musste eine entsetzliche Erfahrung für sie gewesen sein, hilflos an den Sattel eines gigantischen Tarns gebunden, der um die Herrschaft über einen Schwarm in einen Kampf auf Leben und Tod verwickelt ist, hoch über den Wipfeln des Sumpfwaldes.

»Mein Tarn tötete seinen Gegner«, sagte das Mädchen, »und folgte ihm zu Boden, wo er ihn in Stücke riss.« Sie schüttelte sich bei der Erinnerung. »Ich befreite mich, lief unter seinen Flügeln weg und versteckte mich zwischen den Bäumen. Nach einigen Minuten hob dein Tarn erneut zum Flug ab, sein Schnabel und seine Krallen waren rot vom Blut und voller Federn. Das Letzte, was ich von ihm sah, war, dass er den Tarnschwarm anführte.«

Das war es also, dachte ich. Der Tarn war wieder wild geworden, seine Instinkte hatten über die Tarnpfeife gesiegt, über die Erinnerung an die Menschen.

»Und der Heim-Stein von Ar?«, fragte ich.

»In der Satteltasche«, sagte sie und bestätigte meine Vermutung. Ich hatte die Tasche verschlossen, als ich den Heim-Stein hineingelegt hatte, und die Satteltasche war ein fester Bestandteil des Tarnsattels.

Als sie sprach, war ihre Stimme voller Scham, und ich spürte ihre Demütigung, die sie gefühlt hatte, als sie bei der Rettung des Heim-Steins versagte. Und nun war der Tarn nicht mehr da, in seinen natürlichen wilden Status zurückgekehrt, und der Heim-Stein war in der Satteltasche; ich hatte versagt, die Tochter des Ubars hatte versagt, und so standen wir uns nun gegenüber auf der grünen Insel im Sumpfwald von Ar.

7 Die Tochter eines Ubars

Das Mädchen streckte sich, irgendwie stolz, was aber bei ihrem schlammverschmierten Ornat lächerlich wirkte. Sie trat von Nar weg, als fürchte sie, dass die gefährlichen Kiefer sie erneut bedrohen könnten. Ihre Augen blitzten aus der engen Öffnung ihres Schleiers.

»Es gefiel der Tochter des Ubars, dich und deinen achtbeinigen Bruder vom Schicksal deines Tarns und des Heim-Steins, den du haben wolltest zu informieren.«

Nars Kiefer öffneten sich verärgert und schlossen sich wieder. Es war ein Ausdruck, der Ärger am nächsten kam, so nah, wie ich es bei diesem sanften Wesen nie wieder gesehen habe.

»Du wirst mich jetzt sofort freilassen«, kündigte die Tochter des Ubars an.

»Du bist schon frei«, sagte ich.

Sie starrte mich verblüfft an und wich zurück, wobei sie darauf achtete, zu Nar einen ausreichenden Sicherheitsabstand zu halten. Sie behielt auch mein Schwert im Auge, als erwartete sie von mir niedergeschlagen zu werden, wenn sie mir den Rücken zudrehen würde.

»Es ist gut«, sagte sie schließlich, »dass du meinem Befehl gehorchst. Vielleicht wird als Konsequenz dein Tod etwas leichter.«

»Wer könnte der Tochter eines Ubars irgendetwas abschlagen?«, fragte ich und ergänzte dann – bösartig, wie es heute scheint. »Viel Glück in den Sümpfen!«

Sie hielt inne und schauderte. Ihre Roben trugen noch immer den breiten Streifen an der Seite, wo sich die Zunge des Tharlarions um ihren Leib gewunden hatte. Ich schaute sie nicht mehr an, sondern legte meine Hand vorsichtig auf das Vorderbein von Nar, um die Sinneshaare des Spinnenwesens nicht zu verletzen.

»Nun, Bruder«, sagte ich und dachte dabei an die Beleidigung der Tochter des Ubars, »sollen wir unsere Reise fortsetzen?« Ich wollte, dass Nar verstand, dass nicht alle Humanoiden so verächtlich gegenüber dem Spinnenvolk waren wie die Tochter des Ubars.

»Gewiss, Bruder«, antwortete die mechanische Stimme von Nar. Und ganz sicher wäre ich lieber ein Bruder dieses sanftmütigen, vernünftigen Monsters gewesen als von vielen anderen Barbaren, die ich auf Gor getroffen hatte. Vielleicht hätte ich sogar stolz sein sollen, dass es mich als Bruder angesprochen hatte, mich, der so oft nach seinen Maßstäben versagt hatte, mich, der so viele Male absichtlich und unabsichtlich vernunftbegabte Wesen verletzt hatte.

Nar bewegte sich mit mir auf dem Rücken von der Sumpfinsel herunter. »Warte!«, kreischte die Tochter des Ubars. »Du kannst mich doch hier nicht zurücklassen!« Sie taumelte ungeschickt von der Sumpfinsel, stolperte und fiel ins Wasser. Sie kniete in dem ruhigen grünen Wasser, ihre Hände nach mir ausgestreckt, flehend, als wäre ihr plötzlich das ganze Entsetzen ihrer Lage klar geworden – was es bedeutete, in den Sumpfwäldern zurückgelassen zu werden. »Nehmt mich mit«, bettelte sie.

»Warte«, sagte ich zu Nar, und die riesige Spinne hielt inne.

Die Tochter des Ubars versuchte aufzustehen, doch in aller unfreiwilligen Komik schien es so, als sei eines ihrer Beine plötzlich sehr viel kürzer als das andere. Sie taumelte erneut und fiel wieder ins Wasser. Sie fluchte wie ein Tarnreiter. Ich lachte und glitt von Nars Rücken. Ich watete zu ihr, hob sie hoch und trug sie zurück zur Sumpfinsel. Sie war für ihre scheinbare Größe erstaunlich leicht.

Ich hatte sie kaum in die Arme genommen, als sie mir mit ihrer matschigen Hand ins Gesicht schlug.

»Wie kannst du es wagen, die Tochter eines Ubars anzufassen?«, brüllte sie. Ich zuckte mit den Schultern und ließ sie wieder ins Wasser fallen. Ärgerlich kämpfte sie sich erneut auf die Füße und hüpfte und stolperte so gut sie konnte wieder zurück auf die Sumpfinsel. Ich trat zu ihr und untersuchte ihr Bein.

Ein monströser plattformartiger Schuh hatte sich von ihrem zierlichen Fuß gelöst und hing noch an den Bändern um ihren Knöchel. Der Schuh war mindestens zehn Zoll hoch. Ich lachte. Dies erklärte die unglaubliche Größe der Ubarstochter.

»Er ist zerbrochen«, sagte ich. »Es tut mir leid.«

Sie versuchte aufzustehen, was ihr aber nicht gelang, da ein Bein ungefähr zehn Zoll länger als das andere war. Sie fiel wieder hin, und ich löste den verbliebenen Schuh. »Kein Wunder, dass du kaum laufen kannst«, sagte ich. »Warum trägst du so dumme Dinger?«

»Die Tochter eines Ubars muss auf ihre Untergebenen herabsehen können«, war die einfache und ungewöhnliche Antwort.

Als sie stand, jetzt barfuss, reichte ihr Kopf nur wenig höher als bis zu meinem Kinn. Sie war vielleicht ein klein wenig größer als ein goreanisches Durchschnittsmädchen, aber nicht viel. Sie hielt den Blick mürrisch gesenkt, unwillig aufzuschauen und mir in die Augen zu sehen. Die Tochter eines Ubars schaut zu keinem Manne auf.

»Ich befehle dir, mich zu beschützen«, sagte sie, ohne ihre Augen vom Boden zu heben.

»Ich nehme keine Befehle von der Tochter des Ubars von Ar entgegen«, erwiderte ich.

»Du musst mich mitnehmen«, sagte sie, den Blick noch immer niedergeschlagen.

»Warum?«, fragte ich. Schließlich schuldete ich ihr nach den rauen Regeln von Gor gar nichts, im Gegenteil, wenn man ihren Anschlag auf mein Leben bedachte, der nur durch das zufällig vorhandene Netz von Nars Spinnengewebe gescheitert war, hatte ich das Recht, sie zu erschlagen und ihren Körper den Wasserechsen zu überlassen. Natürlich betrachtete ich die Dinge nicht genau aus der goreanischen Perspektive, aber das konnte sie nicht wissen. Wie konnte sie auch annehmen, dass ich sie nicht so behandeln würde – entsprechend der rauen Justiz von Gor –, wie sie es verdiente?

»Du musst mich beschützen«, sagte sie. Es war so etwas wie ein flehender Unterton in ihrer Stimme.

»Warum?«, fragte ich ärgerlich.

»Weil ich deine Hilfe brauche«, sagte sie. Dann zischte sie ärgerlich: »Du hättest mich das nicht sagen lassen brauchen!« Sie hatte wütend den Kopf gehoben und starrte mir für einen Moment in die Augen, um dann plötzlich den Blick wieder zu senken, vor Wut zitternd.

»Bittest du mich um meine Gunst?«, fragte ich – was auf Gor einem Hilferuf entsprach oder einfacher einer Art bitte zu sagen. Es schien mir, dass ich auf dieses kleine Bröckchen Respekt ein Anrecht hatte.

Plötzlich schien sie seltsam zahm zu werden.

»Ja, Fremder«, sagte sie. »Ich, die Tochter des Ubars von Ar, bitte dich um deine Gunst. Ich bitte dich, mich zu beschützen.«

»Du hast versucht, mich zu töten«, sagte ich. »Nach allem was ich weiß, könntest du noch immer mein Feind sein.«

Es entstand eine lange Pause, in der niemand von uns sprach.

»Ich weiß, worauf du wartest«, sagte die Tochter des Ubars seltsam ruhig nach ihren vorangegangenen Wutausbrüchen – unnatürlich ruhig, wie mir schien. Ich verstand sie nicht. Worauf glaubte sie, würde ich warten? Dann zu meinem Erstaunen kniete die Tochter des Ubars Marlenus, die Tochter des Ubars von Ar, vor mir nieder, vor mir, einem einfachen Krieger aus Ko-ro-ba, senkte den Kopf und hob ihre ausgestreckten Arme zu mir hoch, die Handgelenke gekreuzt. Es war die gleiche einfache Geste, die Sana vor mir im Zimmer meines Vaters in Ko-ro-ba ausgeführt hatte, die Unterwerfung einer gefangenen Frau. Ohne ihre Augen vom Boden zu heben, sagte die Tochter des Ubars mit klarer, deutlicher Stimme:»Ich unterwerfe mich.«

Später würde ich mir wünschen, dass ich Binderiemen gehabt hätte, um ihre unschuldig dargebotenen Handgelenke zu fesseln. Ich war für einen Moment sprachlos, aber dann dachte ich an die rauen goreanischen Bräuche, die von mir verlangten, entweder die Unterwerfung zu akzeptieren oder die Gefangene zu töten. Ich ergriff ihre Handgelenke und sagte:»Ich nehme deine Unterwerfung an.« Dann zog ich sie sanft auf die Füße.

An der Hand führte ich sie zu Nar, half ihr auf den glänzenden haarigen Rücken der Spinne und kletterte hinter ihr nach oben. Wortlos bewegte sich Nar durch das Moor, seine acht zierlichen Füße schienen kaum in das grünliche Wasser zu tauchen. Einmal trat er auf Treibsand, und sein Rücken kippte plötzlich. Ich hielt die Tochter des Ubars sicher fest, während sich das Insekt wieder aufrichtete, einen Moment auf dem Moorboden trieb und sich dann mit seinen acht strampelnden Beinen befreite.

Nach einer Reise von ungefähr einer Stunde hielt Nar an und deutete mit einem seiner Vorderfüße nach vorne. Etwa drei oder vier Pasang entfernt konnte man durch die glänzenden Sumpfbäume die grünen Flächen von Ars Sa-Tarna-Feldern sehen. Die mechanische Stimme von Nar sprach wieder:»Ich möchte nicht weiter in dieses Gelände vordringen. Es ist zu gefährlich für das Spinnenvolk.«

Ich glitt von seinem Rücken und half der Tochter des Ubars herab. Wir standen nebeneinander im flachen Wasser an der Seite des gigantischen Insekts. Ich legte meine Hand auf Nars fratzenhaftes Gesicht, und das sanfte Monster schloss seine Kiefer vorsichtig um meinen Arm und öffnete sie wieder.»Ich wünsche dir alles Gute«, sagte Nar und benutzte dabei einen weitverbreiteten goreanischen Abschiedsgruß.

Ich antwortete auf die gleiche Weise und wünschte Nar noch zusätzlich Gesundheit und Sicherheit für sein Volk.

Das Insekt legte seine Vorderbeine auf meine Schultern.»Ich frage nicht nach deinem Namen, Krieger«, sagte es,»noch werde ich den Namen deiner Stadt vor der Unterworfenen wiederholen, doch wisse, dass du und deine Stadt vom Spinnenvolk geehrt werden.«

»Danke«, sagte ich.»Meine Stadt und ich, wir sind geehrt.«

Die mechanische Stimme sprach erneut:»Hüte dich vor der Tochter des Ubars.«

»Sie hat sich selbst unterworfen«, entgegnete ich, darauf vertrauend, dass sich das Versprechen ihrer Unterwerfung erfüllen würde.

Als Nar wieder zurückhastete, hob er eines seiner Vorderbeine zu einer Geste, die ich als den Versuch interpretierte, zu winken. Ich winkte gerührt zurück, und mein merkwürdiger Verbündeter verschwand in den Sümpfen.

»Komm mit«, sagte ich zu dem Mädchen und brach in die Richtung der Sa-Tarna-Felder auf. Die Tochter des Ubars folgte einige Meter hinter mir.

Wir waren ungefähr zwanzig Minuten gewatet, als das Mädchen plötzlich aufschrie und ich herumfuhr. Sie war bis zur Hüfte im Moorwasser eingesunken; sie war in eine Treibsandtasche gerutscht. Sie schrie hysterisch. Vorsichtig versuchte ich, mich ihr zu nähern, spürte aber, dass der Schlamm unter meinen Füßen wegrutschte. Ich versuchte, sie mit meinem Schwertgürtel zu erreichen, doch er war zu kurz. Der Tarnstab, der am Gürtel befestigt gewesen war, fiel ins Wasser. Ich hatte ihn verloren.

Das Mädchen versank immer tiefer im Schlamm, die Oberfläche des Wassers erreichte ihre Achseln. Sie schrie wild, hatte jegliche Kontrolle verloren, angesichts des langsamen und unschönen Todes, der auf sie wartete. »Hör auf zu strampeln!«, schrie ich. Aber ihre Bewegungen waren hysterisch wie die eines verrückten Tieres. »Der Schleier!«, schrie ich. »Mach ihn ab und wirf ihn mir herüber!« Ihre Hände versuchten, an dem Schleier zu zerren, doch in ihrer Angst und unter dem Zeitdruck gelang es ihr nicht, ihn abzuwickeln. Die Moorerde kroch weiter aufwärts, hin zu den entsetzten Augen, und ihr Kopf verschwand im grünlichen Wasser, während ihre Hände voller Entsetzen in der Luft zappelten.

Verzweifelt sah ich mich um und entdeckte einige Meter entfernt einen halbversunkenen Baumstamm aus dem Sumpfwasser ragen. Ungeachtet der möglichen Gefahr, und ohne meinen Weg wirklich zu spüren, warf ich mich zu dem Baumstamm, zerrte daran, riss ihn mit all meiner Kraft heraus. Nach einer Zeit, die mir wie Stunden vorkam, die aber nur wenige Sekunden gedauert haben konnte, gab der Stamm nach, rutschte aus dem Schlamm nach oben. Halb trug ich ihn, halb trieb er dorthin, wo die Tochter des Ubars unter Wasser gesunken war. Ich klammerte mich an den Stamm, ließ ihn im flachen Wasser über den Treibsand gleiten und griff immer wieder in den Morast hinein.

Schließlich griff meine Hand etwas – das Handgelenk des Mädchens –, und ich zog sie langsam aus dem Sand. Mein Herz hüpfte vor Freude, als ich ihr wimmerndes, ersticktes Schluchzen hörte, als ihre Lungen krampfhaft die übel riechende aber lebensspendende Luft einsogen. Ich stieß den Baumstamm weg und trug schließlich den schmutzigen Körper, in seiner absurden eingeweichten Bekleidung in Richtung einer festen Platte grünen, trockenen Landes am Rande des Sumpfes.

Ich legte sie auf einem Lager aus grünem Klee ab. Dahinter, einige hundert Meter entfernt, konnte ich den Rand eines gelben Sa-Tarna-Feldes und ein gelbes Dickicht aus Ka-la-na-Bäumen erkennen. Erschöpft setzte ich mich neben das Mädchen. Ich lächelte innerlich. Die stolze Tochter des Ubars, in all ihrer kaiserlichen Pracht, stank buchstäblich, stank nach den Sümpfen und dem Schlamm, nach dem unter dieser schweren Kleidung vergossenen Schweiß, stank nach Hitze und Angst.

»Du hast schon wieder mein Leben gerettet«, sagte die Tochter des Ubars.

Ich nickte, ich wollte nicht reden.

»Sind wir aus dem Sumpf heraus?«, fragte sie.

Ich bestätigte dies.

Es schien sie zu freuen. Mit einer animalischen Bewegung, die der Formalität ihrer Kleidung widersprach, ließ sie sich rücklings in den Klee fallen, sah zum Himmel auf, zweifellos genauso erschöpft wie ich. Außerdem war sie ein Mädchen. Ich hatte ihr gegenüber ein zärtliches Gefühl. »Ich bitte dich um einen Gefallen«, sagte sie.

»Was möchtest du?«, fragte ich.

»Ich bin hungrig«, sagte sie.

»Ich bin es auch!«, lachte ich, und mir wurde plötzlich bewusst, dass ich seit der vergangenen Nacht nichts mehr gegessen hatte. Ich war ausgehungert. »Dort drüben sind Ka-la-na-Bäume. Warte hier, ich sammle ein paar Früchte.«

»Nein, ich komme mit – wenn du es mir erlaubst«, sagte sie. Ich war über die Fügsamkeit der Ubarstochter überrascht, doch ich erinnerte mich, dass sie sich unterworfen hatte.

»Sicher«, sagte ich. »Deine Begleitung wäre mir ein Vergnügen.«

Ich ergriff ihren Arm, aber sie zog ihn zurück. »Da ich mich unterworfen habe«, erklärte sie, »ist es meine Pflicht, dir zu folgen.«

»Das ist dummes Zeug«, erwiderte ich. »Geh doch lieber an meiner Seite.«

Aber sie ließ ihren Kopf schüchtern hängen, schüttelte ihn. »Ich darf nicht«, sagte sie.

»Mach, was du willst«, lachte ich und ging auf die Ka-la-na-Bäume zu. Sie folgte mir kleinlaut, wie ich dachte.

Wir waren in der Nähe der Ka-la-na-Bäume, als ich hinter mir den Brokat leise rascheln hörte. Ich drehte mich gerade noch rechtzeitig um, sodass ich das Handgelenk der Ubarstochter ergreifen konnte, die mit einem langen schlanken Dolch wild auf meinen Rücken einstechen wollte. Sie heulte vor Wut, als ich ihr die Waffe aus der Hand drehte.

»Du Tier!«, schrie ich, blind vor Wut. »Du schmutziges, schmieriges, stinkendes, undankbares Tier!«

Wild vor Ärger nahm ich den Dolch, und für einen Augenblick fühlte ich mich versucht, ihn in das Herz des hinterhältigen Mädchens zu versenken. Verärgert stieß ich ihn in meinen Gürtel.

»Du hast dich unterworfen«, warf ich ihr vor.

Trotz meines Griffes an ihrem Handgelenk, der fest und schmerzhaft sein musste, streckte sich die Tochter von Marlenus vor mir und sagte arrogant: »Du Tharlarion! Glaubst du, dass sich die Tochter des Ubars von ganz Gor einem wie dir unterwerfen würde?«

Grausam zwang ich sie vor mir auf die Knie, diese schmutzige, stolze Hexe.

»Du hast dich unterworfen«, sagte ich.

Sie verfluchte mich, ihre grünlichen Augen blitzten voller Hass. »So behandelst du also die Tochter eines Ubars?«, schrie sie.

»Ich werde dir zeigen, wie ich das hinterhältigste Mädchen von ganz Gor behandle«, grollte ich und ließ ihr Handgelenk los. Mit beiden Händen zerrte ich ihr den Schleier vom Gesicht, krallte meine Finger in ihr Haar und zog die Tochter des Ubars von ganz Gor in den Schatten der Ka-la-na-Bäume wie ein gewöhnliches Tavernenmädchen oder eine Lagerhure. Auf dem Klee unter den Bäumen warf ich sie vor meine Füße. Verzweifelt versuchte sie, die Falten ihres Schleiers wieder in Ordnung zu bringen, aber ich riss ihn ihr mit beiden Händen vollständig herunter, und nun lag sie vor mir, gesichtsnackt, wie man auf Gor sagt. Eine Flut wunderbarer Haare, schwarz wie die Schwingen meines Tarns, ergoss sich hinter ihr auf den Boden. Ich sah eine wundervolle olivfarbene Haut, wilde grüne Augen und Gesichtszüge von atemberaubender Schönheit. Der Mund, der wunderschön hätte sein können, war voller Wut verzogen.

»Es gefällt mir«, sagte ich, »das Gesicht meines Feindes zu sehen. Zieh den Schleier nicht wieder an.«

Wütend starrte sie mich an, dann beschämt, als meine Augen die Schönheit ihres Gesichtes betrachteten. Sie machte keine Anstalten, den Schleier wieder anzulegen.

Während ich sie anschaute, ungläubig vielleicht, löste sich meine Wut auf und mit ihr meine rachsüchtigen Wünsche, die mich erfüllt hatten. Voller Ärger hatte ich sie in den Schatten der Bäume gezerrt, hilflos – nach allen Regeln von Gor mir gehörend. Und doch sah ich sie jetzt wieder als Mädchen, diesmal als ein wunderschönes Mädchen, das man nicht missbrauchen durfte.

»Du wirst verstehen«, sagte ich, »dass ich dir nicht länger trauen kann.«

»Natürlich nicht«, erwiderte sie. »Ich bin dein Feind.«

»Folglich kann ich mit dir kein Risiko eingehen.«

»Ich habe keine Angst zu sterben«, sagte sie, und ihre Lippe zitterte ganz leicht. »Beeil dich.«

»Zieh dich aus«, sagte ich.

»Nein!«, schrie sie und zuckte zurück. Sie erhob sich vor mir auf die Knie und legte ihren Kopf auf meine Füße. »Aus vollem Herzen, Krieger«, flehte sie, »bittet dich die Tochter eines Ubars auf ihren Knien um eine Gunst. Schenke mir die Klinge und tu es schnell.«

Ich warf den Kopf in den Nacken und lachte. Die Tochter des Ubars hatte Angst, dass ich sie zwingen könnte, meiner Lust zu dienen – ich, ein gewöhnlicher Soldat. Aber dann musste ich voller Scham mir selbst gegenüber zugeben, dass ich vorhatte, sie zu nehmen, als ich sie zu den Bäumen zerrte, und dass es nur der plötzliche Zauber ihrer Schönheit gewesen war, der mir, paradoxerweise Respekt abverlangt hatte. Dadurch war ich gezwungen zu erkennen, wie selbstsüchtig ich dabei war, ein vernunftbegabtes Wesen, wie Nar es genannt hätte, zu verletzen und zu dominieren. Ich schämte mich und beschloss, dass ich nichts tun würde, was diesem Mädchen schaden konnte, obschon sie verdorben und heimtückisch wie ein Tharlarion war.

»Ich habe nicht vor, dich zu zwingen, meiner Lust zu dienen«, sagte ich, »noch will ich dich verletzen.«

Sie hob ihren Kopf und warf mir einen verwunderten Blick zu. Dann stand sie zu meiner Verwunderung auf und sah mich voller Verachtung an. »Wenn du ein echter Krieger wärst«, sagte sie, »hättest du mich schon auf dem Rücken deines Tarns genommen, hoch oben in den Wolken, noch bevor wir die Außenmauern von Ar passiert hätten – und du hättest meine Roben auf die Straßen hinabgeworfen, um meinem Volk zu zeigen, was das Schicksal der Tochter ihres Ubars geworden ist.« Offensichtlich glaubte sie, ich hätte Angst, ihr Schaden zuzufügen, und als Tochter eines Ubars stünde sie über den Nöten und Opfern der gewöhnlichen Gefangenen. Sie sah mich unverschämt an, ärgerlich darüber, dass sie sich so weit erniedrigt hatte, vor einem Feigling zu knien. Sie warf ihren Kopf zurück und schnaubte: »Nun, Krieger, was wirst du mit mir tun?«

»Zieh dich aus«, sagte ich.

Sie sah mich voller Wut an.

»Ich habe dir doch gesagt«, fügte ich hinzu, »dass ich kein Risiko mehr mit dir eingehen werde. Ich muss feststellen, ob du noch weitere Waffen hast.«

»Kein Mann darf die Tochter des Ubars anschauen«, sagte sie.

»Entweder ziehst du dich aus«, erwiderte ich, »oder ich tue es.«

Wütend begannen, ihre Hände an den Haken und Ösen der schweren Roben zu zerren.

Sie hatte kaum eine der umsponnenen Ösen von ihrem Haken gelöst, als ihre Augen plötzlich voller Triumph aufleuchteten und ein Freudenlaut über ihre Lippen kam.

»Beweg dich nicht«, sagte eine Stimme hinter mir. »Eine Armbrust ist auf dich gerichtet!«

»Gut gemacht, Männer aus Ar«, rief die Tochter des Ubars.

Langsam drehte ich mich um, die Hände vom Körper weggestreckt und sah mich zwei Fußsoldaten aus Ar gegenüber; einer davon war ein Offizier, der andere von gemeinem Rang. Letzterer hatte seine Armbrust auf meine Brust gerichtet. Auf diese Distanz konnte er mich nicht verfehlen und hätte er in diesem Abstand geschossen, wäre der Bolzen vermutlich durch meinen Körper hindurchgeflogen und in den Wäldern dahinter verschwunden. Die Abschussgeschwindigkeit eines Bolzens ist höher als ein Pasang pro Sekunde.

Der Offizier, ein herumstolzierender Kerl, dessen Helm, obwohl poliert, doch noch Kampfspuren trug, näherte sich mir und richtete sein Schwert auf mich. Dann nahm er meine Waffe aus der Scheide und auch den Dolch des Mädchens aus meinem Gürtel. Er betrachtete das Siegel auf dem Dolchgriff und wirkte erfreut. Er steckte ihn in seinen eigenen Gürtel und nahm aus einem Beutel an seiner Seite ein Paar Handfesseln, die er um meine Handgelenke einrasten ließ. Dann wandte er sich dem Mädchen zu.

»Du bist Talena«, fragte er und klopfte auf den Dolch, »die Tochter von Marlenus?«

»Du siehst doch, dass ich die Roben der Tochter des Ubars trage«, antwortete das Mädchen, kaum geneigt, die Frage des Offiziers zu beantworten. Sie beachtete ihre Retter nicht weiter, behandelte sie, als wären sie ihrer Dankbarkeit nicht mehr wert als der Staub unter ihren Füßen. Sie schlenderte zu mir herüber, um mich anzusehen; ihr Blick war amüsiert und triumphierend, da sie mich gefesselt und ihr ausgeliefert sah. Sie spuckte mir böse ins Gesicht, eine Beleidigung, die ich hinnahm, ohne mich zu rühren. Dann schlug sie mir mit der rechten Hand mit aller Kraft und Wut ihres Körpers heftig ins Gesicht. Meine Wange fühlte sich an, als wäre sie gebrannt worden.

»Bist du Talena?«, fragte der Offizier noch einmal geduldig, »die Tochter von Marlenus?«

»Ich bin es wirklich, ihr Helden von Ar«, erwiderte das Mädchen stolz und drehte sich zu den Soldaten hin. »Ich bin Talena, die Tochter von Marlenus, des Ubars von ganz Gor.«

»Gut«, sagte der Offizier und nickte seinem Untergebenen zu. »Zieh sie aus und leg ihr Sklavenfesseln an.«

8 Ich besorge mir eine Begleiterin

Ich sprang vor, doch die Schwertspitze des Offiziers hielt mich auf. Der einfache Soldat legte seine Armbrust am Boden ab und ging zur Ubarstochter, die wie erstarrt dastand, leichenblass im Gesicht. Der Soldat begann, angefangen beim hohen verzierten Kragen der Robe des Mädchens, die umsponnenen Ösen aufzubrechen und von den Haken zu reißen. Methodisch zerrte er die Roben auseinander und zog sie ihr über die Schultern herunter. Nach einem halben Dutzend solcher Kleidungsschichten waren die schweren Tücher ihrer Kleidung weggezogen, und sie stand nackt da; ihre Roben, ein schmutziger Haufen, lagen um ihre Füße. Ihr Körper, obwohl vom Schlamm der Sümpfe verschmutzt, war ausnehmend schön.

»Warum tust du das?«, wollte ich wissen.

»Marlenus ist geflohen«, sagte der Offizier. »In der Stadt herrscht Chaos. Die Eingeweihten haben die Befehlsgewalt übernommen und angeordnet, dass Marlenus und alle Mitglieder seines Haushalts und seiner Familie auf den Mauern von Ar öffentlich gepfählt werden sollen.«

Ein Stöhnen entschlüpfte dem Mädchen.

Der Offizier fuhr fort: »Marlenus hat den Heim-Stein verloren, das Glück von Ar. Mit fünfzig gegenüber der Stadt untreuen Tarnreitern hat er so viele Reichtümer, wie sie tragen können, zusammengerafft und ist entkommen. In den Straßen herrscht Bürgerkrieg, verschiedene Gruppen kämpfen um die Vorherrschaft in Ar. Es wird geraubt und geplündert. Die Stadt steht unter Kriegsrecht.«

Ohne Widerstand zu leisten, streckte das Mädchen ihre Handgelenke vor, und der Soldat ließ die Sklavenfesseln darum einrasten – es waren leichte Haltefesseln aus Gold mit blauen Steinen, die man für Schmuck hätte halten können, wenn sie nicht diese spezielle Aufgabe erfüllt hätten. Sie schien unfähig zu sein zu sprechen. In einem Augenblick hatte sich ihre Welt auf den Kopf gestellt. Sie war jetzt nichts anderes als die verachtete Tochter eines Schurken, unter dessen Herrschaft der Heim-Stein, das Glück von Ar, gestohlen worden war. Nun war sie, wie alle Mitglieder des Haushalts von Marlenus, versklavt oder frei, der Rache der aufgebrachten Bürger ausgeliefert – der Bürger, die während der Tage seines Ruhmes dem Ubar in Scharen gefolgt waren, mit Flaschen voll Ka-la-na-Wein und gepressten Sa-Tarna-Laiben, und die dabei auf goreanische Art melodiös Lobeshymnen auf ihren Ubar gesungen hatten.

»Ich war es, der den Heim-Stein gestohlen hat«, sagte ich.

Der Offizier stieß mich mit dem Schwert an. »Das hatten wir schon vermutet, da wir dich in der Begleitung von Marlenus' Brut fanden.« Er kicherte. »Keine Angst – obwohl es in Ar viele gibt, die sich über deine Tat freuen, wird dein Tod weder angenehm noch schnell sein.«

»Lasst das Mädchen frei«, sagte ich. »Sie hat nichts Unrechtes getan. Sie gab ihr Bestes, um den Heim-Stein eurer Stadt zu beschützen.«

Talena schien erschrocken zu sein, dass ich um ihre Freiheit bat.

»Die Eingeweihten haben ihr Urteil gesprochen«, sagte der Offizier. »Sie haben ein Opfer für die Priesterkönige beschlossen, um sie um Gnade und die Rückkehr des Heim-Steins zu bitten.«

In diesem Augenblick verachtete ich die Eingeweihten von Ar, die – wie die anderen Mitglieder ihrer Kaste überall auf Gor– nur zu schnell bereit waren, Teile der politischen Macht an sich zu reißen, auf die sie angeblich verzichtet hatten, als sie die weißen Roben ihrer Berufung anlegten. Die wirkliche Absicht hinter dem Opfer für die Priesterkönige lag vermutlich darin, mögliche Anwärter auf den Thron von Ar zu entfernen und somit ihre eigene politische Position zu stärken.

Die Pupillen des Offiziers verengten sich. Er stieß mich mit dem Schwert.

»Wo ist der Heim-Stein?«, verlangte er zu wissen.

»Ich weiß es nicht!«, sagte ich.

Die Klinge lag an meiner Kehle.

Dann sprach zu meiner Verwunderung die Tochter des Ubars.

»Er sagt die Wahrheit.«

Der Offizier betrachtete sie ruhig, und sie errötete, da ihr bewusst wurde, dass ihr Körper in seinen Augen nicht mehr heilig war, nicht länger durch die Macht des Ubars geschützt wurde.

Sie hob ihren Kopf und sagte leise: »Der Heim-Stein war in der Satteltasche seines Tarns. Der Tarn entkam. Der Stein ist weg.«

Der Offizier fluchte verhalten.

»Bringt mich zurück nach Ar«, sagte Talena. »Ich bin bereit.« Sie trat aus dem Haufen ihrer schmutzigen Kleidung heraus und stand stolz zwischen den Bäumen, während der Wind leicht ihr dunkles langes Haar bewegte.

Der Offizier ließ seine Augen über sie wandern – langsam, sorgfältig, mit leuchtenden Augen. Ohne den einfachen Soldaten anzusehen, befahl er ihm, mich anzuleinen, um meinen Hals die Führkette zu legen, die auf Gor oft für die Sklaven und Gefangenen benutzt wird. Der Vorgesetzte steckte sein Schwert weg, ohne den Blick von Talena zu nehmen, die zurückwich. »Die hier leine ich selbst an«, sagte er, zog eine Führkette aus seinem Beutel und trat näher an das Mädchen heran. Still stand sie da, ohne zu zittern.

»Die Kette ist nicht nötig«, sagte sie stolz.

»Das entscheide ich«, erwiderte der Offizier und ließ lachend die Kette um den Hals des Mädchens einrasten. Mit einem Klicken schloss sie sich. Spielerisch zog er daran. »Ich hätte nie gedacht, dass ich mal meine Kette Talena, der Tochter von Marlenus, anlegen würde«, sagte er.

»Du Ungeheuer!«, zischte sie.

»Ich sehe, dass ich dir erst noch Respekt vor einem Offizier beibringen muss«, sagte er, schob seine Hand zwischen Kette und Hals, zog sie zu sich heran. Wild drückte er seine Lippen auf ihren Hals. Sie schrie und wurde nach hinten gedrückt, hinunter in den Klee. Mit Vergnügen schaute der gemeine Soldat zu; vermutlich glaubte er, dass er auch noch an die Reihe käme. Ich schlug ihm mit dem vollen Gewicht der schweren Fesseln an meinen Handgelenken gegen die Schläfe, und er sank auf die Knie.

Der Offizier ließ von Talena ab, kämpfte sich auf seine Füße und zog schnaubend vor Wut seine Klinge blank. Sie war erst halb aus der Scheide, als ich ihn ansprang und meine gefesselten Hände seine Kehle suchten. Er kämpfte wütend, seine Hände versuchten, meine Finger zu lösen, und sein Schwert rutschte aus der Scheide. Wie die Krallen eines Tarns umklammerten meine Hände seine Kehle. Seine Hand zog Talenas Dolch aus seinem Gürtel, und so gefesselt wie ich war, hätte ich den Angriff nicht abwehren können. Plötzlich riss er wie in einem stummen Schrei die Augen auf, und ich sah, dass sein Arm in einem blutigen Stumpf endete. Talena hatte sein Schwert aufgehoben und ihm die Hand abgeschlagen, die den Dolch hielt. Ich löste meinen Griff. Der Offizier lag konvulsisch zuckend im Gras und starb. Talena hielt noch immer, nackt, wie sie war, das blutige Schwert; ihre Augen waren glasig vor Entsetzen über das, was sie getan hatte.

»Lass das Schwert fallen«, befahl ich ihr schroff, in Sorge, ihr könnte es in den Sinn kommen, nun auch mich damit zu schlagen. Das Mädchen ließ die Waffe fallen, sank auf die Knie und vergrub ihr Gesicht in den Händen. Die Ubarstochter war offensichtlich nicht so unmenschlich, wie ich angenommen hatte.

Ich hob das Schwert auf und näherte mich dem anderen Soldaten. Ich fragte mich, ob ich ihn töten würde, wenn er noch lebte. Ich glaube heute, dass ich ihn geschont hätte, aber dazu hatte ich keine Gelegenheit. Er lag reglos im Gras. Die schweren Fesseln hatten die Seite seines Schädels eingeschlagen. Er hatte nicht sehr geblutet.

Ich durchwühlte den Beutel des Offiziers und fand den Schlüssel zu den Handfesseln. Es war schwierig, den Schlüssel in die Öffnung zu stecken, so gefesselt wie ich war.

»Lass mich mal«, sagte Talena, nahm den Schlüssel und öffnete das Schloss. Ich warf die Handfesseln zu Boden und rieb mir meine Handgelenke.

»Ich bitte dich um deine Gunst«, sagte Talena. Sie stand kleinlaut neben mir, die Hände in der farbenprächtigen Sklavenfessel vor dem Bauch, die Führkette hing noch immer von ihrem Hals herab.

»Natürlich«, sagte ich. »Es tut mir leid.« Ich wühlte im Beutel und fand den zierlichen Schlüssel für die Sklavenfesseln, die ich sofort öffnete. Dann entfernte ich die Kette, und sie nahm mir meine ab.

Ich untersuchte jetzt noch gründlicher die Beutel und die Ausrüstung der Soldaten.

»Was wirst du tun?«, fragte sie.

»Mitnehmen, was ich gebrauchen kann«, sagte ich und sortierte die Gegenstände aus den Beuteln. Als wichtigste Gegenstände fand ich einen Kompass mit Zeitmesser, einige Nahrungsrationen, zwei Wasserflaschen, Bogensehnen, Binderiemen und etwas Öl für die Mechanik der Armbrust. Ich entschloss mich, mein eigenes Schwert und die Armbrust des Soldaten mitzunehmen, die ich entspannte, um den Zug auf dem Metallbogen zu entlasten.

Sein Köcher enthielt etwa zehn Bolzen. Keiner der Soldaten hatte einen Speer oder einen Schild bei sich gehabt. Mit einem Helm wollte ich mich nicht belasten.

Die Führketten, die Hand- und die Sklavenfesseln, die Talena und ich getragen hatten, warf ich zur Seite. Auch von der Sklavenhaube trennte ich mich. Danach trug ich die beiden Körper hinunter in den Sumpf und warf sie in das Moorwasser. Als ich auf die Waldlichtung zurückkehrte, saß Talena im Gras, in der Nähe ihrer Kleidung, die man ihr vom Körper gerissen hatte. Ich war überrascht, dass sie sich noch nicht angezogen hatte. Ihr Kinn lag auf den Knien, und als sie mich sah, fragte sie ziemlich demütig, wie ich fand: »Darf ich mich anziehen?«

»Sicher«, sagte ich.

Sie lächelte. »Wie du siehst, trage ich keine Waffen.«

»Du unterschätzt dich selbst«, sagte ich.

Sie wirkte geschmeichelt, dann bückte sie sich und wühlte in dem Haufen schwerer schmutziger Kleidung. Diese musste auf ihren Geruchssinn genauso abstoßend gewirkt haben wie auf meinen. Schließlich griff sie ein relativ sauberes Stück Unterkleid heraus, etwas aus blauer Seide, schulterfrei, zog es an und band es mit einem Streifen aus ihrem ehemaligen Schleier um die Hüften zusammen. Überraschenderweise schien sie nicht länger besorgt über ihre Sittsamkeit zu sein. Vielleicht fand sie es eher lächerlich, nachdem sie so völlig entblößt gewesen war. Andererseits glaube ich, dass Talena tatsächlich darüber erfreut war, die hinderliche Amtsrobe der Tochter des Ubars los zu sein. Ihr Unterkleid war natürlich zu lang, da es vormals bis zum Boden gereicht und die absurden plattformähnlichen Schuhe verdeckt hatte. Auf ihren Wunsch hin kürzte ich das Kleidungsstück bis es wenige Zoll über ihren Knöcheln endete.

»Danke«, sagte sie.

Ich lächelte sie an. Es passte so gar nicht zu Talena, so etwas wie Dankbarkeit auszudrücken.

Sie lief auf der Lichtung umher, zufrieden mit sich selbst und drehte sich ein- oder zweimal, erfreut über die relative Bewegungsfreiheit, die sie jetzt genoss. Ich sammelte einige Ka-la-na-Früchte und öffnete eine der Nahrungsrationen. Talena kam zu mir zurück, setzte sich neben mich ins Gras, und ich teilte das Essen mit ihr.

»Mir tut es um deinen Vater leid«, sagte ich.

»Er war der Ubar aller Ubars«, sagte sie. Sie zögerte einen Moment. »Das Leben eines Ubars ist ungewiss.« Nachdenklich starrte sie ins Gras. »Er muss gewusst haben, dass eines Tages so etwas passieren würde.«

»Hat er mit dir darüber gesprochen?«, fragte ich.

Sie warf den Kopf zurück und lachte. »Bist du von Gor oder nicht? Ich habe meinen Vater nie gesehen, außer an den Tagen öffentlicher Feierlichkeiten. Die Töchter der hohen Kasten werden in Ar in den Ummauerten Gärten erzogen, wie Blumen, bis irgendein hochwohlgeborener Verehrer, vorzugsweise ein Ubar oder Administrator, den von ihren Vätern festgesetzten Brautpreis bezahlt.«

»Du meinst, du hast deinen Vater gar nicht gekannt?«, fragte ich.

»Ist das in deiner Stadt anders, Krieger?«

»Ja«, sagte ich und erinnerte mich daran, dass in Ko-ro-ba, so primitiv es auch sein mochte, die Familie respektiert und gefördert wurde. Ich fragte mich, ob das wohl auf den Einfluss meines Vaters zurückzuführen war, dessen irdische Vorgehensweisen mitunter anders waren als die rauen Bräuche von Gor.

»Ich glaube, das würde mir gefallen«, sagte sie. Dann sah sie mich genauer an. »Aus welcher Stadt kommst du, Krieger?«

»Nicht aus Ar«, entgegnete ich.

»Darf ich nach deinem Namen fragen?«, erkundigte sie sich taktvoll.

»Ich bin Tarl.«

»Ist das ein Gebrauchsname?«

»Nein«, sagte ich, »es ist mein richtiger Name.«

»Talena ist mein richtiger Name«, sagte sie. Als Angehörige einer hohen Kaste war es für sie ganz natürlich, über dem gewöhnlichen Aberglauben zu stehen, der mit der Enthüllung von Namen einherging. Dann fragte sie mich plötzlich: »Du bist Tarl Cabot von Ko-ro-ba, nicht wahr?«

Es gelang mir nicht, mein Erstaunen zu verbergen, und sie lachte herzlich. »Ich wusste es«, sagte sie.

»Woher?«, fragte ich.

»Der Ring«, entgegnete sie und zeigte auf das rote Metallband, das den zweiten Finger meiner rechten Hand schmückte. »Er trägt das Wappen von Cabot, des Administrators von Ko-ro-ba, und du bist sein Sohn Tarl, den die Krieger von Ko-ro-ba in den Kriegskünsten trainiert haben.«

»Die Spione aus Ar sind sehr effektiv«, sagte ich.

»Sie sind effektiver als die Attentäter von Ar«, sagte sie. »Pa-Kur, der Meisterattentäter aus Ar, wurde ausgeschickt, um dich zu töten, aber er hat versagt.«

Ich erinnerte mich an den Anschlag auf mein Leben im Zylinder meines Vaters; ein Anschlag, der erfolgreich gewesen wäre, wenn der ältere Tarl nicht so aufgepasst hätte.

»Ko-ro-ba ist eine der wenigen Städte, die mein Vater gefürchtet hat«, sagte Talena, »weil ihm klar war, dass sie eines Tages erfolgreich sein könnte, andere Städte gegen ihn zu organisieren. Wir in Ar glaubten, dass sie dich für diese Aufgabe ausbilden ließen, und deswegen entschlossen wir uns, dich zu töten.« Sie hielt inne und sah mich an, so etwas wie Bewunderung in den Augen. »Wir hätten nie gedacht, dass du den Heim-Stein stehlen wolltest.«

»Woher weißt du das alles?«, fragte ich.

»Die Frauen in den Ummauerten Gärten wissen, was auch immer auf Gor geschieht«, entgegnete sie, und ich konnte die Intrigen, die Spionage und den Verrat spüren, die in den Gärten sehr gut gedeihen konnten. »Ich zwang meine Sklavinnen, bei den Soldaten zu liegen, bei den Händlern und Hausbauern, Ärzten und Schriftgelehrten«, sagte sie, »und ich erfuhr sehr viel dadurch.« Ich war entrüstet über dieses kalte, berechnende Ausnutzen der Mädchen durch die Tochter des Ubars, nur um Informationen zu erhalten.

»Was geschah, wenn deine Sklavinnen sich geweigert haben, dies für dich zu tun?«, fragte ich.

»Ich ließ sie peitschen«, antwortete die Tochter des Ubars kalt.

Ich begann, die Nahrungsrationen aufzuteilen, die ich aus den Beuteln der Soldaten genommen hatte.

»Was tust du da?«, fragte Talena.

»Ich gebe dir die Hälfte der Nahrung«, sagte ich.

»Aber warum?«, fragte sie mit besorgtem Blick.

»Weil ich dich verlasse«, erwiderte ich und schob ihr ihren Teil der Vorräte zu, auch eine der Wasserflaschen. Dann warf ich ihren Dolch oben auf den Haufen. »Vielleicht möchtest du ihn haben«, sagte ich. »Du könntest ihn brauchen.«

Zum ersten Mal seit sie von Marlenus' Sturz erfahren hatte, schien die Tochter des Ubars erschrocken zu sein. Ihre Pupillen weiteten sich fragend, doch sie konnte nur Entschlossenheit in meinem Gesicht lesen.

Ich packte meine Ausrüstung zusammen und war bereit, die Lichtung zu verlassen. Das Mädchen erhob sich und schulterte ihren kleinen Beutel mit den Nahrungsrationen. »Ich komme mit dir«, sagte sie. »Und du kannst mich nicht davon abhalten!«

»Angenommen ich kette dich an diesen Baum«, schlug ich vor.

»Und lässt mich hier zurück, damit die Soldaten mich finden?«

»Ja«, sagte ich.

»Das wirst du nicht tun«, sagte sie. »Ich weiß nicht warum, aber du wirst es nicht tun.«

»Vielleicht sollte ich es«, überlegte ich laut.

»Du bist nicht wie die anderen Krieger aus Ar«, sagte sie. »Du bist anders.«

»Folge mir nicht«, sagte ich.

»Alleine«, wandte sie ein, »werde ich von Tieren gefressen oder von Soldaten aufgegriffen.« Sie erschauderte. »Wenn ich Glück hätte, würden mich Sklavenhändler aufgreifen und in der Straße der Brände verkaufen.«

Ich wusste, dass sie die Wahrheit sprach oder ihr zumindest sehr nahe kam. Eine wehrlose Frau auf den Ebenen von Gor hatte nicht viele Chancen.

»Wie kann ich dir trauen?«, fragte ich, während ich begann, weich zu werden.

»Das kannst du nicht«, gab sie zu. »Denn ich bin aus Ar und muss dein Feind bleiben.«

»Dann wäre es für mich am klügsten, dich zu verlassen«, stellte ich fest.

»Ich kann dich zwingen, mich mitzunehmen«, sagte sie.

»Wie?«, fragte ich.

»So«, antwortete sie, kniete vor mir nieder, senkte ihren Kopf und hob mir ihre Arme mit überkreuzten Handgelenken entgegen. Sie lachte. »Nun musst du mich mitnehmen oder töten«, sagte sie, »und ich weiß, dass du mich nicht töten kannst.«

Ich verfluchte sie, denn sie nutzte den Kodex der Krieger von Gor auf unfaire Weise.

»Was ist die Unterwerfung von Talena, der Tochter des Ubars, wert?«, höhnte ich.

»Nichts«, sagte sie. »Aber du musst sie akzeptieren oder mich töten.«

In blinder Wut schaute ich auf die weggeworfenen Sklavenfesseln, die Haube und die Führkette im Gras. Und zu Talenas Entrüstung schloss ich ihr die Sklavenfesseln um die Handgelenke, legte ihr die Haube und die Führkette an.

»Wenn du eine Gefangene sein willst«, sagte ich, »sollst du auch wie eine Gefangene behandelt werden. Ich akzeptiere deine Unterwerfung, und ich habe vor sie auch durchzusetzen.«

Ich zog den Dolch aus ihrer Schärpe und steckte ihn in meinen Gürtel. Ärgerlich warf ich ihr beide Beutel mit den Nahrungsrationen über die Schulter. Dann nahm ich die Armbrust, verließ die Lichtung und zog, nicht zu vorsichtig, die stolpernde Ubarstochter in ihrer Sklavenhaube hinter mir her. Zu meinem Erstaunen hörte ich sie unter der Sklavenhaube lachen.

9 Kazrak von Port Kar

Wir reisten zusammen durch die Nacht, wanderten durch die silbriggelben Sa-Tarna-Felder, Flüchtlinge unter den drei Monden Gors. Zu Talenas Belustigung nahm ich ihr schon bald, nachdem wir die Lichtung verlassen hatten, die Sklavenhaube ab und noch etwas später die Kette und die Sklavenfesseln. Während wir die Getreidefelder durchquerten, erklärte sie mir die Gefahren, denen wir höchstwahrscheinlich begegnen würden: von den wilden Tieren der Ebenen und von den Gefahren umherziehender Fremder. Nebenbei ist es interessant zu erwähnen, dass in der goreanischen Sprache das Wort für Fremde gleich dem Wort Feind ist.

Ihre Befreiung aus den Ummauerten Gärten und ihrer Rolle als Ubarstochter schienen Talena belebt zu haben; sie war unbegreiflich aufgeregt. Sie war jetzt zwar unterworfen, aber im Großen und Ganzen dennoch ein freier Mensch auf den Ebenen des Imperiums. Der Wind zerzauste ihr Haar und zerrte an ihrer Kleidung; sie warf ihren Kopf zurück, bot ihre Kehle und ihre Schultern seiner rauen Liebkosung dar und nahm sie in sich auf, als sei es Ka-la-na-Wein. Ich spürte, dass sie durch mich, obwohl eine Gefangene, viel freier war, als jemals zuvor. Sie war wie ein von Natur aus wilder Vogel, der in einem Käfig aufgezogen worden war und schließlich den einengenden Gitterstäben entkommen konnte. Irgendwie war ihre Freude ansteckend, und wir redeten und scherzten miteinander auf unserem Weg quer über die Ebenen, fast so, als wären wir keine Todfeinde.

Ich versuchte, in die grobe Richtung von Ko-ro-ba zu gehen, so gut, wie ich die Richtung bestimmen konnte. Ganz sicher kam Ar nicht in Frage. Das wäre unser beider Tod. Und ich vermutete, ein ähnliches Schicksal würde uns in den meisten goreanischen Städten erwarten. Das Pfählen von Fremden ist keine unübliche Form der Gastfreundschaft auf Gor. Darüber hinaus, schon allein des fast überall herrschenden Hasses gegenüber Ar in den meisten goreanischen Städten, war es unbedingt notwendig, die Identität meiner zauberhaften Begleiterin geheim zu halten.

Theoretisch, in Anbetracht der Abgeschiedenheit, in der die Frauen aus hoher Kaste in Ar in ihrem goldenen Käfig in den Ummauerten Gärten lebten, sollte es grundsätzlich leicht sein, ihre Identität zu verschleiern.

Doch ich war beunruhigt. Was würde Talena geschehen, wenn wir tatsächlich durch einen ungewöhnlichen Glücksfall Ko-ro-ba erreichen sollten? Würde man sie öffentlich pfählen, zurück in die Gnade der Eingeweihten von Ar geben oder würde sie vielleicht den Rest ihrer Tage in den Verließen unterhalb der Zylinder verbringen? Vielleicht erlaubte man ihr auch, als Sklavin weiterzuleben.

Wenn sich Talena für diese abwegigen Überlegungen interessierte, so zeigte sie nicht ihre Bedenken. Sie erklärte mir, wie ihrer Meinung nach, wir die größten Chancen hätten, sicher die Ebenen Gors zu bereisen.

»Ich werde die Tochter eines reichen Händlers sein, die du gefangen genommen hast«, erklärte sie. »Dein Tarn wurde von den Männern meines Vaters getötet, und du bringst mich nun in deine Stadt als deine Sklavin.«

Widerwillig stimmte ich diesem Lügenmärchen zu oder zumindest einem großen Teil davon. Es war eine plausible Geschichte auf Gor und würde wahrscheinlich nur wenig Zweifel hervorrufen. Ein wenig von diesen Erfindungen schien mir in Ordnung zu sein. Freie Frauen auf Gor reisten nicht freiwillig nur in Begleitung eines einzelnen Kriegers. Wir waren uns einig, dass so nur eine geringe Gefahr bestand, als diejenigen erkannt zu werden, die wir wirklich waren. Man würde allgemein vermuten, dass der geheimnisvolle Tarnreiter, der den Heim-Stein gestohlen hatte und mit der Ubarstochter verschwunden war, längst die unbekannte Stadt wieder erreicht hatte, der er sein Schwert gewidmet hatte.

Gegen Morgen aßen wir einige der Nahrungsrationen und füllten unsere Wasserflaschen an einer abgelegenen Quelle. Ich erlaubte Talena zuerst zu baden, was sie zu überraschen schien. Noch mehr überrascht war sie, als ich sie dabei allein ließ.

»Willst du nicht zusehen?«, fragte sie dreist.

»Nein«, sagte ich.

»Aber ich könnte fliehen«, lachte sie.

»Dann hätte ich wirklich Glück«, bemerkte ich.

Sie lachte wieder und verschwand. Schon bald hörte ich sie fröhlich im Wasser planschen. Einige Minuten später kam sie zurück. Sie hatte ihr Haar gewaschen und auch das blaue Seidenkleid, das sie trug. Ihre Haut war glänzend sauber, der getrocknete Moorschlamm des Sumpfwaldes war endlich abgewaschen. Sie kniete nieder und ließ ihre Haare zum Trocknen über Kopf und Schultern nach vorne fallen.

Auch ich ging in das Wasserloch und erfreute mich an dem belebenden, reinigenden Wasser. Anschließend schliefen wir. Zu ihrem Verdruss – als Sicherheitsmaßnahme, die ich für lebenswichtig hielt – sicherte ich sie einige Fuß neben mir, indem ich ihre Arme mit den Sklavenfesseln um

einen jungen Baum band. Ich hatte keine Lust, durch einen Dolch zu er-
wachen, der in meine Brust gestoßen wurde.

Am Nachmittag zogen wir weiter, und diesmal wagten wir sogar, eine
der großen gepflasterten Straßen zu benutzen, die von Ar wegführten;
Straßen, die wie Wälle in die Erde gebaut sind, aus soliden, eingelassenen
Steinen, dafür gedacht, mindestens tausend Jahre zu überdauern. Trotzdem war die Oberfläche der Straße glatt abgeschliffen, und die Furchen
der Tharlarionwagen waren deutlich sichtbar – Furchen, die über Jahr-
hunderte von Karawanen eingeprägt wurden. Wir trafen kaum jemand
auf der Straße, vielleicht wegen der Anarchie in der Stadt Ar. Wenn es
Flüchtlinge gab, so waren sie sicher hinter uns, und nur wenige Händler
waren nach Ar unterwegs. Wer würde schon seine Waren in einer Situation des Chaos aufs Spiel setzen? Wenn wir gelegentlich einem Reisen-
den begegneten, gingen wir vorsichtig aneinander vorbei. Auf Gor geht
man, wie in meinem Geburtsland England, auf der linken Straßenseite.
Diese Angewohnheit ist, wie einst in England, mehr als eine Überein-
kunft. Wenn man auf der linken Straßenseite geht, ist der eigene
Schwertarm auf der Seite des vorbeigehenden Fremden.

Es schien, als hätten wir wenig zu befürchten, und wir hatten bereits
mehrere der Pasangsteine passiert, welche die Seite der Straße begrenzen,
ohne viel mehr gesehen zu haben, als eine Reihe von Bauern mit Reisig
auf dem Rücken und ein paar dahinhastende Eingeweihte. Einmal jedoch
zog mich Talena an die Seite der Straße, und kaum in der Lage unser
Entsetzen zu verbergen, starrten wir auf einen Kranken, der an der unheilbaren Dar-Kosis litt. Er humpelte vorbei, gebeugt, in gelbe Lumpen
gehüllt und klapperte dabei in regelmäßigen Abständen mit einem hölzernen Gerät, das alle in Hörweite warnen sollte, sich ihm nicht in den
Weg zu stellen. »Ein Geplagter«, sagte Talena mit Grabesstimme und
benutzte dabei den üblichen Ausdruck für die derart gequälten armen
Wesen auf Gor. Der Name der Seuche selbst, Dar-Kosis, wird fast nie er-
wähnt. Ich erhaschte einen Blick auf das Gesicht unter der Kapuze und
mir wurde schlecht. Eines seiner trüben leeren Augen schaute einen
Moment zu uns herüber, dann bewegte sich die Gestalt weiter voran.

Nach und nach bemerkten wir, dass die Straße immer weniger befahren
war. Gräser wuchsen in den Rissen der Steinpflasterung, und die Rillen
der Tharlarionwagen waren alle verschwunden. Wir überquerten mehrere Kreuzungen, doch ich hielt mich weiter in der groben Richtung nach
Ko-ro-ba. Was ich tun würde, wenn ich am Todesstreifen und am breiten
Fluss Vosk ankam, wusste ich nicht. Die Sa-Tarna-Felder wurden spärli-

cher. Spät am Tage entdeckten wir einen einzelnen Tarnreiter hoch über der Straße – ein Bild der Einsamkeit, das sowohl Talena wie auch mich betrübte.

»Wir werden Ko-ro-ba nie erreichen«, sagte sie.

In dieser Nacht aßen wir die letzten Nahrungsrationen auf und leerten eine der Wasserflaschen. Als ich sie für die Nacht fesseln wollte, zeigte Talena noch einmal, wie praktisch veranlagt sie war, da ihr Optimismus und ihre gute Laune offenbar durch die Nahrung neu erwacht waren.

»Wir müssen eine bessere Lösung finden als diese«, sagte sie und schob die Fesseln beiseite. »Das ist unbequem.«

»Was schlägst du vor?«, fragte ich.

Sie sah sich um, und plötzlich lächelte sie breit.

»Hier«, sagte sie, »das ist es!« Sie nahm die Führkette aus meinem Beutel, wickelte sie mehrmals um ihren schlanken Fuß, ließ sie einrasten und legte den Schlüssel in meine Hand. Dann brachte sie die Kette zu einem nahen Baum, bückte sich und legte das lose Ende der Kette um den Stamm. »Gib mir die Sklavenfesseln!«, befahl sie. Ich gab sie ihr, und sie führte die Fesseln durch zwei Glieder der Kette zu dem Teil, der um den Baum lag. Sie ließ auch diese einrasten und gab mir den Schlüssel. Sie stand auf und ruckte mit ihrem Fuß an der Kette, um mir zu zeigen, dass sie perfekt gesichert war. »Schau, kühner Tarnreiter«, spottete sie, »ich will dich lehren, wie man eine Gefangene hält. Schlaf jetzt in Frieden, und ich verspreche dir, dass ich heute Nacht deine Kehle nicht durchschneide.«

Ich lachte und hielt sie kurz in meinen Armen. Plötzlich spürte ich das Aufwallen des Blutes in ihr und auch in mir selbst. Ich wollte sie nie mehr loslassen, wollte sie immer so spüren, in meine Arme geschlossen, mir gehörend, sie halten und sie lieben. Meine ganze Kraft zusammennehmend, riss ich mich von ihr los.

»So«, sagte sie geringschätzig, »behandelt also ein Krieger und Tarnreiter die Tochter eines reichen Händlers!«

Ich drehte mich am Boden auf die andere Seite, weg von ihr, unfähig in den Schlaf zu finden.

Am Morgen verließen wir früh unser Lager. Unsere einzige Nahrung waren kleine, trockene Beeren, die wir in einem Gestrüpp in der Nähe gesammelt hatten und ein Schluck Wasser aus der Flasche. Wir waren noch nicht lange auf der Straße unterwegs, als Talena meinen Arm ergriff. Ich horchte aufmerksam und hörte in der Ferne den Klang eines beschlagenen Tharlarions auf der Straße. »Ein Krieger«, vermutete ich.

»Schnell, setz mir die Haube auf!«, befahl sie.

Ich setzte sie ihr auf und fesselte ihre Handgelenke mit den Sklavenfesseln.

Der Klang der beschlagenen Tharlarionklauen auf der Straße wurde lauter. Innerhalb einer Minute erschien ein Reiter in unserem Blickfeld – ein edler, bärtiger Krieger mit einem goldenen Helm und einer Tharlarionlanze. Er hielt die Reitechse ein paar Schritte vor mir an. Er ritt auf einer Echsenart, die man das Hohe Tharlarion nennt, und die sich auf ihren zwei Hinterläufen in großen hüpfenden Schritten vorwärts bewegt. Ihr zurückliegendes Maul war mit langen glänzenden Zähnen gefüllt. Die beiden kleinen, lächerlich unproportionierten Vorderfüße baumelten absurd vor ihrem Körper.

»Wer bist du?«, wollte der Krieger wissen.

»Ich bin Tarl von Bristol«, erwiderte ich.

»Bristol?«, fragte der Krieger verwirrt.

»Hast du noch nie davon gehört?«, fragte ich herausfordernd, so als wäre ich beleidigt.

»Nein«, gab der Krieger zu. »Ich bin Kazrak von Port Kar«, sagte er, »im Dienst von Mintar aus der Kaste der Händler.«

Ich brauchte nicht nach Port Kar zu fragen. Es ist eine Stadt im Delta des Vosk und vor allen Dingen ein ausgesprochenes Piratennest.

Der Krieger zeigte mit seiner Lanze auf Talena. »Wer ist das?«, fragte er.

»Du brauchst weder ihren Namen noch ihre Abstammung zu wissen«, erwiderte ich.

Der Krieger lachte und schlug sich auf seinen Schenkel. »Du willst mir weismachen, sie sei von hoher Kaste«, sagte er. »Wahrscheinlich ist sie die Tochter eines Ziegenhirten.«

Ich sah, wie sich Talena unter der Haube bewegte, ihre Fäuste in den Sklavenfesseln ballte.

»Was gibt es Neues aus Ar?«, fragte ich.

»Krieg«, sagte der berittene Speerträger mit Genugtuung. »Gerade jetzt, wo die Männer aus Ar miteinander um die Zylinder kämpfen, bildet sich eine Armee aus fünfzig Städten. Sie sammelt sich an den Ufern des Vosk, um Ar zu besetzen. Dort gibt es ein Lager, wie du es noch nie gesehen hast – eine Stadt aus Zelten, Tharlariongehege über mehrere Pasang, und darüber die Schwingen der Tarne, die über den Köpfen wie Donner klingen. Die Kochfeuer der Soldaten sind noch über zwei Tagesritte vom Fluss entfernt zu sehen.«

Talena sprach, ihre Stimme war durch die Sklavenhaube gedämpft: »Aasfresser, die gekommen sind, um sich an den Körpern verwundeter Tarnreiter zu laben.« Es war ein goreanisches Sprichwort, das seltsam unangemessen klang, da es von einer Gefangenen unter einer Sklavenhaube gesprochen wurde.

»Ich habe nicht mit dem Mädchen gesprochen«, sagte der Krieger.

Ich entschuldigte Talena. »Sie trägt die Sklavenfesseln noch nicht sehr lange«, sagte ich.

»Sie hat Temperament«, stellte der Krieger fest.

»Wohin bist du unterwegs?«, fragte ich.

»Zu den Ufern des Vosk, zur Zeltstadt«, antwortete der Krieger.

»Welche Nachrichten gibt es von Marlenus, dem Ubar?«, verlangte Talena zu wissen.

»Du solltest sie schlagen«, sagte der Krieger, doch er antwortete dem Mädchen: »Keine. Er ist geflohen.«

»Was hört man vom Heim-Stein von Ar und der Tochter von Marlenus?«, fragte ich, in dem Gefühl, dass der Krieger annehmen würde, dass es diese Dinge seien, die mich interessieren könnten.

»Den Gerüchten nach ist der Heim-Stein in Hunderten von Städten«, sagte er. »Einige sagen, er wurde zerstört. Nur die Priesterkönige wissen es.«

»Und die Tochter von Marlenus?«, hakte ich nach.

»Sie ist zweifellos in den Vergnügungsgärten des kühnsten Tarnreiters auf Gor«, lachte der Krieger. »Ich hoffe, er hat mit ihr genauso viel Glück wie mit dem Heim-Stein. Ich habe gehört, sie soll das Temperament eines Tharlarions haben und auch ein dazu passendes Gesicht!«

Talena versteifte sich; ihr Stolz war verletzt.

»Ich habe gehört«, sagte sie gebieterisch, »dass die Tochter des Ubars die schönste Frau auf ganz Gor ist.«

»Ich mag das Mädchen«, sagte der Krieger. »Überlass sie mir!«

»Nein«, erwiderte ich.

»Überlass sie mir, oder ich lasse dich von meinem Tharlarion zertrampeln«, schnauzte er. »Oder ziehst du es vor, von meiner Lanze aufgespießt zu werden?«

»Du kennst den Kodex«, sagte ich gelassen. »Wenn du sie willst, musst du mich herausfordern und mit mir kämpfen, mit der Waffe meiner Wahl.«

Für einen Moment umwölkte sich das Gesicht des Kriegers, aber nur kurz. Er warf seinen edlen Kopf in den Nacken und lachte; seine Zähne leuchteten weiß durch seinen buschigen Bart.

»Gemacht!«, rief er, befestigte seine Lanze in der Sattelscheide und glitt vom Rücken des Tharlarions. »Ich fordere dich heraus! Ich will um sie kämpfen!«

»Mit dem Schwert«, sagte ich.

»Einverstanden«, stimmte er zu.

Wir schoben Talena, die jetzt ängstlich war, an die Straßenseite. Sie kauerte dort unter ihrer Sklavenhaube als Siegerpreis, und in ihren Ohren dröhnte das Klirren von Klinge an Klinge, als zwei Krieger um ihren Besitz auf Leben und Tod kämpften. Kazrak von Port Kar war ein ausgezeichneter Schwertkämpfer, doch schon in den ersten Minuten wussten wir beide, dass ich besser war. Sein Gesicht war blass unter seinem Helm, als er versuchte, meine vernichtenden Angriffe zu parieren. Einmal trat ich zurück und gestikulierte mit meinem Schwert in Richtung Boden, das symbolische Gewähren von Schonung, falls diese erwünscht sein sollte. Aber Kazrak legte sein Schwert nicht auf die Steine zu meinen Füßen. Stattdessen griff er wild an und zwang mich, mich mit all meinen Möglichkeiten zu verteidigen. Er schien mit neuer Wut zu kämpfen, vielleicht war er auch darüber erzürnt, dass ihm Schonung angeboten worden war. Schließlich am Ende eines heftigen Schlagabtausches gelang es mir, meine Klinge in seine Schulter zu treiben, und als sein Schwertarm herabsank, trat ich ihm die Waffe aus der Hand. Stolz stand er auf der Straße und wartete darauf, dass ich ihn töten würde.

Ich drehte mich um und wandte mich Talena zu, die mitleiderregend an der Straßenseite stand und darauf wartete, wer ihr die Sklavenhaube abnehmen würde.

Als ich die Haube anhob, stieß sie einen leisen freudigen Ton aus, und ihre grünen Augen leuchteten vor Freude. Dann sah sie den verwundeten Krieger. Sie erschauderte leicht. »Töte ihn!«, befahl sie.

»Nein«, antwortete ich.

Der Krieger, der sich mit blutüberströmter Hand seine Schulter hielt, lächelte bitter. »Sie war es wert«, sagte er, während sein Blick über Talena schweifte. »Ich würde es wieder tun und dich herausfordern.«

Talena griff ihren Dolch aus meinem Gürtel und stürzte auf den Krieger zu. Ich erwischte gerade noch ihre gefesselten Hände, als sie versuchte, den Dolch in seine Brust zu stoßen. Er hatte sich nicht bewegt. »Du musst ihn töten«, sagte Talena mit mir ringend. Ärgerlich löste ich ihre Fesseln und fesselte sie erneut, sodass ihre Handgelenke jetzt hinter ihrem Rücken gebunden waren.

»Du solltest sie die Peitsche spüren lassen«, sagte der Krieger trocken.

Ich riss einige Zoll Stoff von Talenas Kleid ab, um daraus einen Verband für Kazraks Schulter zu machen. Sie ertrug es wütend, ihren Kopf hoch erhoben, ohne mir dabei zuzusehen. Ich hatte den Verband kaum angelegt, als ich den Klang von Metall hörte, und als ich den Kopf hob, stellte ich fest, dass ich von berittenen Speerträgern umzingelt war, die dieselbe Uniform wie Kazrak trugen. Hinter ihnen erstreckte sich bis in die Ferne eine lange Reihe Breit-Tharlarions, die vierbeinigen Lastmonster von Gor. Diese Ungeheuer, in festen Abständen angeschirrt, zogen riesige Wagen, gefüllt mit Waren, die geschützt unter roten Regenplanen lagen.

»Das ist die Karawane von Mintar aus der Kaste der Händler«, sagte Kazrak.

10 Die Karawane

»Tut ihm nichts!«, sagte Kazrak. »Er ist mein Schwertbruder, Tarl von Bristol!« Kazraks Bemerkung stand in Übereinstimmung mit den fremdartigen Kriegerkodizes von Gor; Kodizes, die für ihn genauso natürlich waren wie die Luft, die er atmete. Auch ich hatte im Saal des Rates von Ko-ro-ba geschworen, diese Kodizes zu achten. Jemand, der dein Blut vergossen hat oder dessen Blut du vergossen hast, wird dein Schwertbruder, es sei denn, du weist das Blut auf deiner Waffe formell zurück. Es ist ein Teil der Verbundenheit, die goreanische Krieger füreinander empfinden, unabhängig davon, welcher Stadt sie nun Treue geschworen haben. Es ist eine Angelegenheit, die die Kaste betrifft, ein Ausdruck des Respekts für jene, mit denen man Rang und Beruf teilt, und hat mit Städten oder Heim-Steinen nichts zu tun.

Während ich angespannt dastand, umringt von den Lanzen der Karawanenwachen, teilte sich die Wand der Tharlarions für Mintar aus der Kaste der Händler. Eine geschmückte Plattform, von Vorhängen verschlossen und zwischen den Körpern zweier Breit-Tharlarions hängend, tauchte auf.

Die Bestien wurden von ihren Zügelherren angehalten, und nach einigen Sekunden teilten sich die Vorhänge. Inmitten einiger Seidenkissen mit Quasten saß ein riesenhafter, krötenartiger Mann, dessen Kopf so rund war wie das Ei eines Tarns. Die Augen verschwanden beinahe in den Falten der aufgedunsenen und pockenbesetzten Haut. Eine dünne Haarsträhne fiel träge von seinem fetten Kinn nach unten. Die kleinen Augen des Händlers überschauten die Szene so rasch wie ein Raubvogel und boten damit einen erschreckenden Kontrast zu dem offensichtlichen Gigantismus seiner Gestalt.

»So«, sagte der Händler, »Kazrak von Port Kar hat also seinen Meister gefunden?!«

»Es ist die erste Herausforderung, die ich bislang verloren habe«, antwortete Kazrak stolz.

»Wer bist du«, fragte Mintar, während er sich ein wenig nach vorn beugte und zuerst mich und dann Talena beäugte, die er jedoch nur mit geringem Interesse musterte.

»Tarl von Bristol«, sagte ich. »Und das hier ist meine Frau, die ich nach dem Gesetz des Schwertes für mich beanspruche.«

Mintar schloss seine Augen, öffnete sie dann wieder und zog an seinem Bart. Er hatte natürlich noch nie etwas von Bristol gehört, mochte es aber nicht zugeben, am allerwenigsten vor seinen Männern. Zudem war er viel zu schlau, um vorzugeben, dass er von der Stadt bereits gehört hatte. Was war, wenn es solch eine Stadt nicht gab?

Mintar blickte auf den Ring berittener Speerträger, die mich umzingelten. »Möchte irgendeiner der Männer, die mir dienen, Tarl von Bristol um dieser Frau willen herausfordern?«, fragte er.

Die Krieger bewegten sich nervös. Kazrak entwich ein spöttisches Prusten. Einer der berittenen Krieger sagte: »Kazrak von Port Kar ist das beste Schwert in der Karawane.«

Mintars Gesicht verfinsterte sich. »Tarl von Bristol«, sagte Mintar, »du hast mich um mein bestes Schwert gebracht.«

Ein oder zwei der berittenen Krieger fassten ihre Lanzen fester. Mir wurde die Nähe verschiedener Speerspitzen plötzlich sehr bewusst.

»Du schuldest mir einen Gefallen«, sagte Mintar. »Kannst du den Sold für solch ein Schwert bezahlen?«

»Ich besitze nichts weiter als dieses Mädchen«, sagte ich, »und ich werde sie nicht weggeben.«

Mintar schniefte verdrießlich. »In den Wagen habe ich vierhundert von diesen Schönheiten, die für die Zeltstadt bestimmt sind.« Er betrachtete Talena sorgfältig, doch seine Begutachtung erschien eher beiläufig, abwesend. »Ihr Verkaufspreis brächte nicht einmal die Hälfte des Soldes ein, den ein solches Schwert, wie das von Kazrak von Port Kar verlangt.«

Talena reagierte, als hätte man sie geohrfeigt.

»Dann kann ich dir nicht zahlen, was ich dir schulde«, sagte ich.

»Ich bin ein Händler«, sagte Mintar, »und es entspricht meinem Kodex, dass ich darauf achte, dass man mich bezahlt.«

Ich bereitete mich darauf vor, mein Leben so teuer wie möglich zu verkaufen. Merkwürdigerweise bewegte mich allein nur die Sorge, was wohl mit dem Mädchen geschehen würde.

»Kazrak von Port Kar«, sagte Mintar, »bist du bereit, deinen Sold für die Anstellung an Tarl von Bristol abzutreten, wenn ich ihn an deiner Stelle in meine Dienste nehme?«

»Ja«, antwortete Kazrak. »Er hat mir Ehre erwiesen und ist mein Schwertbruder.«

Mintar schien zufrieden zu sein. Er sah mich an. »Tarl von Bristol«, sagte er, »trittst du in den Dienst von Mintar aus der Kaste der Händler?«

»Was geschieht, wenn ich es nicht tue?«, fragte ich.

»Dann werde ich anordnen, dass meine Männer dich töten«, seufzte Mintar, »und wir beide werden einen Verlust erleiden.«

»Oh, Ubar der Kaufleute«, sagte ich, »ich würde es nicht gerne sehen, dass deine Gewinne geschmälert werden.«

Mintar ließ sich auf die Kissen zurücksinken und schien erfreut zu sein. Zu meinem Vergnügen bemerkte ich, dass er tatsächlich befürchtet hatte, einen Teil seiner Investitionen opfern zu müssen. Er würde lieber einen Mann töten lassen, als auch nur den Verlust des Zehntels einer Tarnscheibe zu riskieren – so gut kannte er die Kodizes seiner Kaste.

»Was ist mit dem Mädchen?«, fragte Mintar.

»Sie muss mich begleiten«, sagte ich.

»Wie du willst«, sagte er. »Ich werde sie kaufen.«

»Sie ist nicht zu verkaufen«, sagte ich.

»Zwanzig Tarnscheiben«, schlug Mintar vor.

Ich lachte.

Auch Mintar lächelte. »Vierzig«, sagte er.

»Nein«, sagte ich.

Nun schien er weniger erfreut zu sein.

»Fünfundvierzig«, sagte er mit flacher Stimme.

»Nein«, sagte ich.

»Stammt sie aus einer hohen Kaste?«, fragte Mintar, anscheinend sehr verwirrt von meinem geringen Interesse an einem Handel. Vielleicht war der Preis für ein Mädchen aus einer hohen Kaste zu gering.

»Ich bin«, verkündete Talena stolz, »die Tochter eines reichen Kaufmanns, des reichsten auf ganz Gor, die ihrem Vater von diesem Tarnreiter geraubt wurde. Sein Tarn ist getötet worden, und er nimmt mich mit nach – nach Bristol –, wo ich seine Sklavin werden soll.«

»Ich bin der reichste Kaufmann auf Gor«, sagte Mintar ruhig.

Talena schluckte.

»Wenn dein Vater ein Kaufmann ist, dann nenne mir seinen Namen«, sagte er. »Ich werde ihn kennen.«

»Großer Mintar«, fuhr ich dazwischen, »vergib diesem Tharlarionweibchen. Ihr Vater war ein Ziegenhirte in den Sumpfwäldern von Ar, und ich stahl sie, aber sie hatte mich zuvor angefleht, sie aus ihrem Dorf fortzubringen. Dummerweise rannte sie mit mir fort, im Glauben, ich nähme sie mit nach Ar, schmückte sie mit Juwelen, kleidete sie in Seide und quartierte sie in den höchsten Zylindern ein. Kaum hatten wir ihr Dorf verlassen, legte ich ihr Handfesseln an. Ich nehme sie mit nach Bristol, wo sie meine Ziegen hüten wird.«

Die Soldaten lachten laut und Kazrak am allerlautesten. Einen Moment fürchtete ich, Talena würde verkünden, dass sie die Tochter des Ubars Marlenus sei und somit ihre Pfählung der Beleidigung vorzog, als Tochter eines Ziegenhirten zu gelten. »Solange du dich in meinen Diensten befindest, darfst du sie an meiner Kette halten, wenn du willst«, sagte er.

»Mintar ist großzügig«, gab ich zu.

»Nein«, sagte Talena. »Ich teile das Zelt meines Kriegers.«

»Wenn du willst«, sagte Mintar, ohne Talena zu beachten, »werde ich in der Zeltstadt ihren Verkauf arrangieren und ihren Preis deinem Lohn zuschlagen.«

»Wenn ich sie verkaufe, verkaufe ich sie selbst«, sagte ich.

»Ich bin ein ehrlicher Kaufmann«, sagte Mintar, »und ich würde dich nicht betrügen, aber du tust gut daran, deine eigenen Angelegenheiten selbst zu regeln.«

Mintar ließ seine große Gestalt noch tiefer in die seidenen Kissen sinken und bedeutete den Zügelherrn seiner Tharlarions, die Vorhänge zu schließen. Bevor sie sich schlossen, sagte er: »Du wirst niemals fünfundvierzig Tarnscheiben bekommen.«

Ich vermutete, dass er recht hatte. Er hatte zweifellos bessere Ware, die preisgünstiger war.

Geführt von Kazrak ging ich mit Talena die lange Reihe der Wagen entlang, um zu sehen, wo sie untergebracht werden würde. Neben einem der vielen langen Wagen, der mit gelber und blauer Seide bedeckt war, löste ich die Handfesseln von ihren Handgelenken und übergab sie einem Wärter.

»Ich habe noch einen freien Knöchelring«, sagte er, nahm Talena am Arm und stieß sie in das Innere des Wagens. Im Wagen befanden sich etwa zwanzig Mädchen, jeweils zehn an jeder Seite, und in die für Gor typischen Sklavengewänder gekleidet. Sie waren an eine Metallstange gekettet, welche die Länge des Wagens durchmaß. Talena würde das sicherlich nicht gefallen. Bevor sie meinem Blick entschwand, rief sie mir frech über die Schulter zu: »So leicht wirst du mich nicht los, Tarl von Bristol.«

»Mal sehen, ob du den Knöchelring loswerden kannst«, rief Kazrak lachend und führte mich entlang der Versorgungswagen zurück.

Wir waren noch keine zehn Schritte gegangen, und Talena konnte kaum schon im Wagen angekettet worden sein, da hörten wir den Schmerzensschrei einer Frau und ein vielstimmiges Heulen und Kreischen. Aus dem Wagen drang das Geräusch rollender Körper, die gegen die Wände stießen, sowie das Rasseln von Ketten, begleitet von schmerzvollem und verärgertem Kreischen. Mit seinem Riemen sprang der Wärter auf den hinteren Teil des Wagens, und seine Flüche und das Knallen seines Riemens verstärkten noch den Lärm. Dann sahen Kazrak und ich, dass der Wärter wütend und aufgeregt wieder aus dem Wagen kam und Talena an den Haaren hinter sich herzog. Während Talena kämpfte und um sich trat und die Mädchen im Wagen dem Wärter Beifall spendeten und Ermunterungsrufe zuwarfen, stieß er sie in meine Arme. Ihr Haar war in wilder Unordnung. Auf ihren Schultern waren Kratzspuren zu sehen, und auf ihrem Rücken prangten vier Striemen eines Riemens. Ihr Arm war voller blauer Flecken. Ihr Gewand war ihr halb vom Leib gerissen.

»Behalte sie in deinem Zelt«, zischte der Wärter.

»Sollen mich doch die Priesterkönige verbrennen, wenn sie es nicht geschafft hat. Das ist wirklich ein echtes Tharlarionweibchen!«, sagte Kazrak voller Bewunderung.

Talena hob ihre blutige Nase und lächelte mich strahlend an.

Die nächsten Tage gehörten zu den glücklichsten meines Lebens. Talena und ich wurden Teil von Mintars langsamer, großer Karawane, wurden Teil einer anmutigen, endlosen, farbigen Prozession. Es schien, als würde die Routine der Reise niemals enden. Die langen Wagenreihen, angefüllt mit den verschiedensten Handelswaren, jenen mysteriösen Metallen und Edelsteinen, Stoffrollen, Nahrungsmitteln, Weinen, Paga, Waffen, Geschirren, Kosmetika, Parfümen, Heilmitteln und Sklavinnen, faszinierten mich.

Wie die meisten Karawanen machte sich auch Mintars Karawane schon lange vor der Morgendämmerung auf den Weg und war so lange unterwegs, bis die Hitze des Tages am stärksten war. Am frühen Nachmittag wurde das Lager aufgeschlagen: Die Tiere wurden getränkt und gefüttert, Wachen aufgestellt, die Wagen wurden gesichert und die Mitglieder der Karawane wandten sich ihren Kochfeuern zu. Am Abend amüsierten sich die Zügelherren und Krieger mit Geschichten und Liedern, zählten ihre Heldentaten auf, mochten sie nun erfunden oder wahr sein, und grölten unter dem Einfluss von Paga ihre rauen Gesänge.

In diesen Tagen lernte ich auch, das Hohe Tharlarion zu beherrschen.

Ein Tier war mir vom Tharlarionmeister der Karawane zugewiesen worden. Diese gigantischen Echsen wurden auf Gor schon seit tausend Generationen gezüchtet, noch ehe der erste Tarn gezähmt wurde. Sie reagieren auf Stimmsignale, die ihnen während ihrer Trainingsjahre in ihr winziges Gehirn einkonditioniert werden. Dennoch war es zuweilen notwendig, mit dem Lanzenschaft auf die Augen- oder Ohröffnungen zu schlagen, auf die einzigen empfindsamen Stellen ihrer geschuppten Haut, um dem Untier den eignen Willen aufzuzwingen.

Das Hohe Tharlarion ist ein Fleischfresser, im Gegensatz zu seinem Namensvetter, dem Breit-Tharlarion, jenem langsamen, vierfüßigen, breiten Zugtier. Doch sein Stoffwechsel ist langsamer als der eines Tarns, dessen Verstand sich immer irgendwie ums Fressen dreht und der, wenn nötig, mehr als die Hälfte seines eigenen Gewichts an einem einzigen Tag zu sich nehmen kann. Zudem benötigen die Tharlarions viel weniger Wasser als die Tarne. Am erstaunlichsten fand ich an den domestizierten Tharlarions – und hierin unterscheiden sie sich von den wilden Tharlarions und den Echsen meines Heimatplaneten – ihr erstaunliches Durchhaltevermögen und ihre Fähigkeit zu fortgesetzter Bewegung. Wenn das Hohe Tharlarion langsam geht, wobei sein Schritt am besten, als eine stolze, staksende Bewegung beschrieben werden kann, trifft jeder der großen, klauenartigen Füße die Erde in einem gemessenen Rhythmus. Wenn es jedoch zu schnellerer Fortbewegung gezwungen ist, springt das Tharlarion in großen, sprunghaften Bewegungen voran, an die zwanzig Schritte auf einmal bewältigend.

Im Gegensatz zum Tarnsattel ist der Tharlarionsattel dazu konstruiert, Stöße aufzufangen. Dies wird vor allem dadurch erreicht, dass der Baum des Sattels so konstruiert ist, dass der Ledersitz auf eine entsprechende hydraulische Vorrichtung gesetzt wird, die in einem dicken Schmiermittel schwimmt. Dieses Schmiermittel absorbiert nicht nur einen großen Teil der auftretenden Stöße, sondern dient auch dazu, es sei denn in sehr außergewöhnlichen Situationen, den Sitz des Sattels parallel zum Boden zu halten. Trotz dieser Erfindung tragen die berittenen Krieger immer als wesentlichen Teil ihrer Ausrüstung einen dicken Ledergürtel, den sie fest um ihren Bauch schnallen. Außerdem haben die berittenen Krieger zusätzlich ein Paar sehr hoher, weicher Stiefel an, die man auch Tharlarionstiefel nennt. Diese schützen ihre Beine vor der Haut ihrer Reittiere. Wenn ein Tharlarion rennt, kann einem ungeschützten Reiter buchstäblich die Haut von seinen Knochen gescheuert werden. Kazrak überließ mir, wie versprochen, seinen Sold, eine sehr respektable

Summe von achtzig Tarnscheiben. Da er mein Schwertbruder war, schlug ich ihm vor, dass ich nur vierzig nahm und überzeugte ihn schließlich, wenigstens die Hälfte seines Lohnes zurückzunehmen. Mit dieser Vereinbarung fühlte ich mich wohler. Auch wollte ich nicht, dass Kazrak gezwungen sein würde, nach Heilung seiner Wunden, für eine Flasche Ka-la-na-Wein irgendwelche glücklose Krieger herausfordern zu müssen. Zusammen mit Talena teilten wir ein Zelt, und zu Kazraks Belustigung trennte ich einen Teil des Zeltes für den privaten Gebrauch des Mädchens mit Seide ab.

Da Talenas einziges Gewand in einem schlechten Zustand war, beschafften wir uns vom Zeugmeister einige Sklavengewänder für sie. Das schien mir der beste Weg zu sein, um mögliche Verdächtigungen bezüglich ihrer wahren Identität zu mindern. Von seinen eigenen Tarnscheiben kaufte Kazrak zudem zwei weitere Gegenstände, die er für wesentlich hielt – einen Halsreif, den er ordentlich gravieren ließ und eine Sklavenpeitsche.

Wir kehrten zum Zelt zurück und gaben Talena die neuen Kleider, die wütend die kurzen, quergestreiften Kleidungsstücke anschaute. Sie biss sich auf die Unterlippe, und wenn Kazrak nicht bei mir gewesen wäre, hätte sie mich zweifellos offen über ihr Missfallen informiert.

»Erwartest du etwa, wie eine freie Frau gekleidet zu werden?«, fragte ich barsch.

Sie sah mich an, wohlwissend, dass sie zumindest in Kazraks Gegenwart ihre Rolle spielen musste. Hochmütig warf sie ihren Kopf zurück. »Natürlich nicht«, sagte sie und fügte ironisch hinzu: »Herr.« Den Rücken so gerade wie ein Tarnstab verschwand sie hinter dem Seidenvorhang. Einen Moment später flog der zerrissene Fetzen aus blauer Seide über die Abtrennung.

Nach einem oder zwei Augenblicken trat Talena trotzig und schamlos hervor, um sich von uns inspizieren zu lassen. Sie trug das diagonal gestreifte Sklavenkleid Gors, wie es auch Sana getragen hatte – jenes kurze, rockartige, einfache, ärmellose Gewand.

Sie drehte sich vor uns.

»Gefalle ich euch?«, fragte sie.

Es war offensichtlich, dass sie es tat. Talena war ein sehr schönes Mädchen.

»Hinknien«, sagte ich und zog den Halsreif hervor.

Talena erbleichte, doch als Kazrak kicherte, kniete sie sich mit geballten Fäusten vor mich hin.

»Lies es vor!«, befahl ich.

Talena sah sich den gravierten Halsreif an und zitterte vor Wut.

»Lies es vor!«, wiederholte ich. »Laut!«

Sie las die einfache Inschrift laut vor: »Ich bin das Eigentum des Tarl von Bristol.«

Ich ließ den schmalen Reif um ihren Hals einrasten und steckte den Schlüssel in meine Tasche.

»Soll ich nach dem Eisen rufen?«, fragte Kazrak.

»Nein«, bat Talena, offenbar nun zum ersten Mal wirklich erschrocken.

»Ich werde sie heute nicht brennen«, sagte ich und behielt dabei mein strenges Gesicht.

»Bei den Priesterkönigen!«, sagte Kazrak. »Ich glaube wirklich, dass du dich um dieses Tharlarionweibchen sorgst!«

»Lass uns allein, Krieger«, sagte ich.

Kazrak lachte wieder, blinzelte mir zu und verließ rückwärts gehend mit einer spöttischen Geste das Zelt. Talena sprang auf, ihre zwei Fäuste flogen in Richtung meines Gesichtes. Ich packte ihre Handgelenke.

»Wie kannst du es wagen?«, ereiferte sie sich. »Nimm dieses Ding ab!«, befahl sie.

Sie kämpfte wild, doch vergeblich. Als sie vor lauter Frustration aufhörte, sich zu winden, ließ ich sie los. Sie zerrte an dem Stahlring um ihren Hals. »Nimm dieses entwürdigende Ding ab«, befahl sie. »Sofort!«

Sie sah mich an. Ihr Mund zitterte vor Erregung. »Die Tochter des Ubars von Ar trägt keines Mannes Halsreif!«

»Die Tochter des Ubars von Ar«, sagte ich, »trägt den Halsreif des Tarl von Bristol.«

Es entstand eine lange Pause.

»Ich vermute«, sagte sie und versuchte, ihr Gesicht zu wahren, »dass es vielleicht angemessen ist, wenn ein Tarnreiter der gefangenen Tochter eines reichen Händlers seinen Halsreif anlegt.«

»Oder der Tochter eines Ziegenhirten«, fügte ich hinzu.

Ihre Augen blinzelten. »Ja, vielleicht«, sagte sie. »Nun gut. Ich räume ein, dass dein Plan durchaus vernünftig ist.« Dann hielt sie mir gebieterisch ihre Hand hin. »Gib mir den Schlüssel«, sagte sie, »damit ich ihn abnehmen kann, wenn ich es möchte!«

»Ich behalte den Schlüssel«, sagte ich. »Und ich werde den Reif erst dann abnehmen, wenn es mir gefällt, wenn überhaupt.«

Sie nahm eine gerade Haltung an und wandte sich ab, wütend, und doch hilflos. »Nun gut«, sagte sie. Dann fiel ihr Auge auf den zweiten

Gegenstand, den Kazrak für das Vorhaben angeschafft hatte, das er die Zähmung des Tharlarionweibchens nannte – die Sklavenpeitsche. »Was soll das da bedeuten?«

»Du bist bestimmt mit einer Sklavenpeitsche vertraut?«, fragte ich, nahm sie mit einer gewissen Belustigung auf und schlug sie ein- oder zweimal in meine Hand.

»Ja«, sagte sie und sah mich gleichmütig an. »Ich habe sie oft bei meinen eigenen Sklaven benutzt. Soll sie nun bei mir angewandt werden?«

»Wenn nötig«, sagte ich.

»Dazu hättest du nicht die Nerven«, sagte sie.

»Wohl aber Lust«, sagte ich.

Sie lächelte.

Ihre nächste Bemerkung erstaunte mich. »Gebrauche sie bei mir, sollte ich dich nicht zufrieden stellen, Tarl von Bristol«, sagte sie. Ich dachte darüber nach, aber sie hatte sich schon weggedreht.

Zu meiner Überraschung war Talena in den nächsten Tagen ausgelassen, fröhlich und aufgeregt. Sie interessierte sich für die Karawane und brachte Stunden damit zu, neben den farbigen Wagen zu gehen, manchmal fuhr sie mit den Zügelherren ein Stück mit und erschmeichelte sich von ihnen eine Frucht oder ein süßes Fleischstück. Sie unterhielt sich sogar unbeschwert mit den Mädchen in den blauen und gelben Wagen, brachte ihnen begehrte Leckerbissen und Lagernachrichten und neckte sie mit Mutmaßungen darüber, wie gut aussehend ihre neuen Herren wohl sein würden. Sie wurde sehr beliebt in der Karawane. Ein- oder zweimal sprachen berittene Krieger des Zuges sie an, doch nachdem sie ihren Halsreif lasen, zogen sie grummelnd davon und ertrugen mit Humor ihre Sticheleien und Neckereien. Wenn am frühen Nachmittag die Karawane anhielt, half sie Kazrak und mir, das Zelt aufzurichten und sammelte dann Holz für das Feuer. Sie kochte für uns, kniete am Feuer, das Haar zurückgebunden, sodass sich in ihm keine Funken fingen, das Gesicht verschwitzt, ihre Aufmerksamkeit auf ein Stück Fleisch gerichtet, das sie dann meistens anbrennen ließ. Nach dem Mahl spülte und polierte sie unser Geschirr und saß dann zwischen uns auf dem Zeltteppich, während sie über die netten, kleinen Belanglosigkeiten ihres Tages plauderte.

»Die Sklaverei bekommt ihr anscheinend gut«, bemerkte ich gegenüber Kazrak.

»Nicht die Sklaverei«, sagte er lächelnd.

Und ich rätselte über die Bedeutung seiner Bemerkung. Talena wurde rot, senkte ihren Kopf und rieb kraftvoll das Leder meiner Tharlarionstiefel.

11 Die Zeltstadt

Einige Tage lang, begleitet vom Klang der Karawanenglocken, reisten wir durch den Ring der Verwüstung, diesen öden, unfruchtbaren Streifen Erde, mit dem das Imperium von Ar seine Grenzen umgeben hatte. Bald konnten wir in einiger Entfernung schon das gedämpfte Rauschen des mächtigen Vosk hören. Als wir über einen Hügel kamen, öffnete sich unter uns, an den Ufern des Vosk, ein unglaublich prächtiger barbarischer Anblick. Pasangweit standen farbenprächtige Zelte aufgereiht, so weit das Auge reichte. Wir überblickten die Zeltbehausungen einer der größten Armeen, die sich jemals auf den Ebenen Gors versammelt hatte. Die Flaggen von mehr als hundert Städten flatterten über den Zelten, und durch das ständige Rauschen des Vosk hindurch drang der Klang großer Tarntrommeln zu uns, jener riesigen Trommeln, deren Signale die komplexen Kriegsformationen der fliegenden Kavallerie von Gor vorgaben. Talena lief zu meinem Tharlarion, und mit meiner Lanze hob ich sie in den Sattel, damit sie alles sehen konnte. Zum ersten Mal seit Tagen war in ihren Augen Ärger zu erkennen. »Aasfresser«, sagte sie, »die kommen, um sich an den Körpern verletzter Tarnreiter gütlich zu tun.«

Ich sagte nichts, wusste aber in meinem Herzen, dass ich durch mein Auftauchen für dieses gewaltige kriegerische Aufgebot an den Ufern des Vosk verantwortlich war. Ich war es gewesen, der den Heim-Stein von Ar gestohlen und den Sturz von Ubar Marlenus herbeigeführt hatte. Ich hatte den Funken entzündet, der Ar in Anarchie gestürzt und die Geier herbeigerufen hatte, die sich am aufgeteilten Kadaver satt fraßen, der einst Gors größte Stadt gewesen war.

Talena lehnte sich zurück in meinen Arm. Ihre Schultern zitterten, und auch ohne dass sie mich ansah, wusste ich, dass sie weinte.

Wenn ich es vermocht hätte, hätte ich in diesem Moment die Vergangenheit neu geschrieben, hätte selbstsüchtig meine Jagd nach dem Heim-Stein aufgegeben – ja, ich hätte willentlich die weit verstreuten, zerstrittenen Städte Gors, eine nach der anderen, den imperialistischen Gelüsten Ars überlassen, als wäre es nur um eins gegangen, um dieses Mädchen, das ich in meinen Armen hielt.

Die Karawane von Mintar schlug das Lager diesmal nicht wie üblich während der Nachmittagshitze auf, sondern zog weiter, um die Zeltstadt noch vor Einbruch der Dunkelheit zu erreichen. So wie die Dinge lagen, verdiente ich mir mit meinen Kameraden unter den Wachen mehr als einmal meinen Lohn auf diesen letzten wenigen Pasang an den Ufern des Vosk: Wir wehrten drei Gruppen von Räubern von unserem Lager am Fluss ab. Zwei davon zählten zu den undisziplinierten Kontingenten berittener Krieger, aber die letzte traf uns wie ein greller Blitz in Form eines Dutzend Tarnmänner, die sich auf die Waffenwagen stürzten. Sie zogen sich wohlgeordnet zurück, vertrieben von unseren Armbrüsten. Sie hatten nicht viel erbeuten können.

Ich sah Mintar wieder, das erste Mal, seit ich mich der Karawane angeschlossen hatte. Seine Sänfte schwankte vorbei. Sein Gesicht schwitzte, und er wühlte in seinem schweren Münzbeutel, um Tarnscheiben herauszunehmen und sie den Kriegern für ihre getane Arbeit zuzuwerfen. Aus der Luft fing ich eine dieser Münzen und steckte sie in meine Tasche.

In dieser Nacht brachten wir die Karawane in die von Palisaden umrahmte Einfriedung, die für Mintar vorbereitet worden war, von Pa-Kur, dem Meisterattentäter, dem Ubar dieser gewaltigen, kaum organisierten Horde von Raubtieren. Die Karawane war nun sicher, und in wenigen Stunden sollte der Handel beginnen. Ihre vielfältigen Waren wurden im Lager dringend gebraucht, und sie würden die höchsten Preise erzielen. Zufrieden bemerkte ich, dass Pa-Kur, der Meisterattentäter, stolzer Anführer der vielleicht größten Horde, die sich je auf den Ebenen von Gor versammelt hatte, auf Mintar angewiesen war, der nur der Händlerkaste entstammte.

Wie ich Talena erklärte, war mein Plan recht einfach. Er bestand eigentlich nur darin, einen Tarn zu kaufen, wenn ich mir einen leisten konnte, oder einen zu stehlen und mich auf den Weg nach Ko-ro-ba zu machen.

Das Vorhaben mochte durchaus riskant sein, besonders wenn ich den Tarn stehlen und mich der Verfolgung entziehen musste, aber wenn man alle Dinge bedachte, erschien mir eine Flucht auf dem Tarnrücken viel sicherer, als der Versuch, den Vosk zu überqueren und zu Fuß oder auf einem Tharlarion über Hügel und durch Wildnis nach Ko-ro-ba zu gelangen.

Talena schien deprimiert zu sein, im merkwürdigen Gegensatz zu ihrer Lebhaftigkeit während unserer Zeit bei der Karawane. »Was wird aus mir in Ko-ro-ba werden?«, fragte sie.

»Ich weiß es nicht«, sagte ich und lächelte. »Vielleicht eine Tavernensklavin.«

Sie lächelte ironisch. »Nein, Tarl von Bristol«, sagte sie. »Wahrscheinlich werde ich gepfählt, denn ich bin immer noch die Tochter von Marlenus.« Ich sagte es ihr nicht, aber dieses Schicksal war ihr zugedacht, und ich konnte es nicht verhindern. Ich wusste, dass man sie dann nicht allein pfählen würde. Es würden zwei Körper auf den Mauern von Ko-ro-ba zu sehen sein. Ich wollte ohne sie nicht weiterleben.

Talena stand auf. »Heute Abend«, sagte sie, »lass uns Wein trinken.« Es war ein goreanischer Ausdruck, eine fatalistische Maxime, nach der die Ereignisse des folgenden Tages in den Schoß der Priesterkönige gelegt werden.

»Lass uns Wein trinken«, stimmte ich zu.

In dieser Nacht nahm ich Talena mit in die Zeltstadt, und im Licht der Fackeln, die auf Lanzen befestigt waren, gingen wir Arm in Arm durch die dicht bevölkerten Straßen, schlenderten zwischen den bunten Zelten und den Marktständen.

Nicht nur Krieger waren zu sehen, sondern auch Händler und Handwerker, Hausierer und Bauern, Lagerfrauen und Sklavinnen. Talena hing an meinem Arm, war fasziniert. Wir beobachteten an einem Stand einen bronzenen Riesen, der Feuerbälle schluckte, am nächsten pries ein Seidenhändler die Herrlichkeit seines Tuches an, und an einem weiteren sahen wir einen fliegenden Pagahändler. An einem anderen Stand beobachteten wir die schwingenden Körper tanzender Sklavenmädchen, während ihr Herr ihren Mietpreis verkündete.

»Ich will den Markt sehen«, sagte Talena eifrig, und ich wusste, welchen Markt sie meinte. In dieser gewaltigen Stadt aus Seide gab es sicherlich eine Straße der Brände. Widerwillig brachte ich Talena zu dem großen Zelt aus blauer und gelber Seide, wo wir uns zwischen den heißen, riechenden Körpern der Käufer hindurchdrängten und uns einen Weg nach vorne bahnten. Dort schaute Talena ganz aufgeregt zu, wie die Mädchen, von denen einige auch zu unserer Karawane gehört hatten, auf einen großen, runden, hölzernen Block gestellt und nacheinander an den höchsten Bieter verkauft wurden.

»Sie ist wunderschön«, sagte Talena bei einem Mädchen, als der Auktionator an der einzigen Schleife der rechten Schulter des Sklavengewandes zog und es zu den Knöcheln des Mädchens herabfallen ließ. Bei einer anderen schniefte Talena höhnisch. Sie freute sich, wenn ihre Freundinnen von einem gut aussehenden Tarnreiter gekauft wurden und lachte schadenfroh, als ein Mädchen, das sie nicht leiden konnte, von einem fetten, widerwärtigen Kerl aus der Kaste der Tarnwächter erworben wurde. Zu meiner Überraschung waren die meisten Mädchen durch ihren Verkauf erregt und zeigten ihre Reize mit schamloser Begeisterung, jede von ihnen schien mit den anderen, um einen höheren Preis zu wetteifern. Natürlich war es weit wünschenswerter, einen hohen Preis zu erzielen, da hierdurch garantiert war, dass der Herr wohlsituiert war. Dementsprechend taten die Mädchen ihr Bestes, um das Interesse der Käufer zu wecken. Ich sah, dass weder Talena noch die anderen im Raum das Geringste an diesem Geschäft mit der Schönheit auszusetzen hatten oder es anstößig oder bedauernswert fanden. Es war ein akzeptierter, alltäglicher Teil des Lebens auf Gor.

Ich fragte mich, ob es auf meinem eigenen Planeten einen ähnlichen Markt gab, unsichtbar, aber existent und genauso akzeptiert, einen Markt, auf welchem Frauen verkauft wurden, jedoch mit der Einschränkung, dass sie sich selbst verkauften, auf dem sie beides waren, sowohl Handelsware als auch Händler. Wie viele der Frauen meines Heimatplaneten, fragte ich mich, nahmen nicht die Finanzen und das Eigentum ihrer zukünftigen Lebensgefährten sorgfältig in Augenschein? Wie viele von ihnen verkauften sich auch praktisch selbst und tauschten dabei ihre Körper gegen die Kostbarkeiten dieser Welt? Hier auf Gor jedoch, bemerkte ich ironisch und bitter, wurde eine klare Aufteilung zwischen Ware und Händler getroffen. Die Mädchen würden ihren eigenen Gewinn nicht selbst einstreichen, nicht hier auf Gor.

Ich bemerkte in der Menge eine große, triste Gestalt, die allein auf einem hohen, hölzernen Thron saß, von Tarnreitern umgeben, und die den schwarzen Helm der Kaste der Attentäter trug. Ich packte Talena am Ellenbogen und schob sie, obgleich sie protestierte, durch die Menge hinaus an die frische Luft.

Wir kauften eine Flasche Ka-la-na-Wein und teilten sie uns, während wir durch die Straßen gingen. Sie bat um das Zehntel einer Tarnscheibe, und ich gab sie ihr. Wie ein Kind ging sie zu ein oder zwei Ständen, während sie mich in eine andere Richtung sehen ließ. Nach einigen Minuten kehrte sie zurück und trug ein kleines Paket. Sie gab mir das Wechselgeld zurück, lehnte sich gegen meine Schulter und behauptete, dass sie müde wäre. Wir kehrten zu unserem Zelt zurück. Kazrak war nicht da, und ich hegte den Verdacht, dass er die ganze Nacht weg sein würde, dass er sich jetzt gerade, in diesem Augenblick, in irgendeiner mit Fackeln erleuchteten Bude der Zeltstadt vergnügte.

Talena zog sich hinter die seidene Abtrennung zurück, und ich entzündete inmitten des Zeltes das Feuer. Ich wollte mich noch nicht zur

Ruhe begeben. Ich konnte nicht die Gestalt auf dem Thron vergessen, den Mann mit dem schwarzen Helm, und ich dachte darüber nach, ob er mich vielleicht bemerkt und dabei eine gewisse Reaktion gezeigt hatte. Vielleicht war es ja auch nur Einbildung gewesen. Ich saß auf dem Zeltteppich und stocherte in dem kleinen Feuer herum, das in der Kochstelle brannte. Von einem nahe gelegenen Zelt her hörte ich den Klang einer Flöte, einige leise Trommeln und das rhythmische Klimpern kleiner Zimbeln.

Während ich so vor mich hingrübelte, trat Talena hinter dem seidenen Vorhang hervor. Ich hatte angenommen, dass sie sich schlafen gelegt hätte. Stattdessen stand sie in einem durchsichtigen Kleid aus roter, goreanischer Tanzseide vor mir. Sie hatte Lippenstift aufgelegt. Mein Kopf schwirrte vom plötzlich berauschenden Duft eines wilden Parfüms. Ihre olivfarbenen Knöchel trugen Tanzreifen mit winzigen Glocken. An Daumen und Zeigefinger jeder Hand waren winzige Fingerzimbeln zu sehen. Sie winkelte ihre Knie leicht an und hob die Arme anmutig über den Kopf. Unvermittelt ertönte der helle Klang zusammentreffender Fingerzimbeln, und dann begann Talena, die Tochter des Ubars von Ar, zu der Musik des nahe gelegenen Zeltes für mich zu tanzen.

Als sie sich langsam vor mir bewegte, fragte sie leise: »Gefalle ich dir, Herr?« Es lag kein Zorn, keine Ironie in ihrer Stimme.

»Ja«, sagte ich und dachte gar nicht daran, den Titel zurückzuweisen, mit dem sie mich angesprochen hatte.

Talena hielt einen Moment inne und ging dann leichtfüßig zur Zeltwand. Sie schien etwas zu zögern, doch dann nahm sie rasch die Sklavenpeitsche auf sowie eine Führkette. Fest legte sie mir die Gegenstände in die Hände und kniete auf dem Teppich vor mir nieder, die Augen funkelten in einem fremdartigen Licht, ihre Knie waren nicht in der Position einer Turmsklavin, sondern in der einer Vergnügungsklavin.

»Wenn du möchtest«, sagte sie, »tanze ich den Peitschentanz für dich oder den Kettentanz.«

Ich warf die Peitsche und die Kette gegen die Zeltwand. »Nein«, sagte ich wütend. Ich würde Talena nicht diese grausamen Tänze von Gor tanzen lassen, die eine Frau so erniedrigten.

»Dann werde ich dir einen Liebestanz zeigen«, sagte sie fröhlich. »Einen Tanz, den ich in den Ummauerten Gärten von Ar gelernt habe.«

»Das mag ich schon eher«, sagte ich und schaute zu, wie Talena Ars befremdlich schönen Tanz der Leidenschaft aufführte.

Sie tanzte einige Minuten vor mir. Ihre rote Tanzseide schimmerte im Licht des Feuers, ihre nackten Füße mit den klingelnden Knöcheln berührten sanft den Teppich. Mit einem letzten hellen Klang der Fingerzimbeln fiel sie auf dem Teppich vor mir zu Boden. Ihr Atem war heiß und schnell, ihre Augen blitzten vor Verlangen. Da lag ich auch schon an ihrer Seite und sie in meinen Armen. Ihr Herz schlug wild gegen meine Brust. Sie schaute in meine Augen, ihre Lippen zitterten. Stockend doch verständlich kamen ihre Worte.

»Ruf nach dem Eisen«, sagte sie. »Brenne mich, Herr.«

»Nein, Talena«, sagte ich und küsste ihren Mund. »Nein.«

»Ich möchte jemandem gehören«, flüsterte sie. »Ich möchte dir gehören, ganz und gar, in jedweder Hinsicht. Ich möchte dein Brandzeichen, Tarl von Bristol, verstehst du das nicht? Ich möchte deine gebrannte Sklavin sein.«

Ich fingerte an dem Reif an ihrem Hals, löste ihn und warf ihn zur Seite.

»Du bist frei, meine Liebe«, flüsterte ich. »Du wirst immer frei sein!«

Sie schluchzte, schüttelte den Kopf, die Wimpern nass von Tränen.

»Nein«, sagte sie weinend. »Ich bin deine Sklavin.« Sie presste ihren Körper gegen mich. Die Schnalle des breiten Tharlariongürtels drückte sich tief in ihren Bauch. »Du besitzt mich«, flüsterte sie. »Benutze mich.«

Plötzlich stürmte eine Gruppe von Männern hinter mir – Tarnreiter – in das Zelt. Ich erinnere mich nur noch, dass ich mich rasch umdrehte und für den Bruchteil einer Sekunde das Ende eines Speerschaftes auf meinen Kopf zusausen sah. Ich hörte Talena schreien. Es gab einen plötzlichen Lichtblitz, dann herrschte Finsternis.

12 Im Nest des Tarns

Meine Hand- und Fußgelenke waren an einen hohlen, schwimmenden Holzrahmen gebunden. Die Seile schnitten in mein Fleisch, während das Gewicht meines Körpers an ihnen zog. Ich drehte meinen Kopf, mir war schlecht, und ich übergab mich in das aufgewühlte Wasser des Vosk. Die heiße Sonne ließ mich blinzeln, und ich versuchte, meine Hand- und Fußgelenke zu bewegen.

Eine Stimme sagte:»Er ist wach.«

Noch halb betäubt, fühlte ich, wie Speerschäfte gegen die Seite des Rahmens gestoßen wurden, bereit, ihn langsam in den Strom hinauszuschieben. Ich versuchte, so schnell wie möglich einen klaren Kopf zu bekommen, und in mein Blickfeld trat ein dunkles Objekt, das sich schließlich als der schwarze Helm eines Mitgliedes der Kaste der Attentäter herausstellte. Langsam wurde der Helm mit einer stilisierten Bewegung hochgehoben, und ich starrte in ein graues, schlankes, grausames Gesicht, in ein Gesicht, das aus Metall hätte sein können. Die Augen waren unergründlich, als seien sie aus Glas oder Stein gefertigt, die man kunstfertig in diese Metallmaske mit ihrem gleichmütigen Ausdruck eingepasst hatte.

»Ich bin Pa-Kur«, sagte der Mann.

Er war es tatsächlich, der Meisterattentäter aus Ar, Anführer der versammelten Horde.

»So begegnen wir uns wieder«, sagte ich.

Die Augen waren wie aus Glas oder Stein. Sie verrieten nichts.

»Der Zylinder von Ko-ro-ba«, sagte ich. »Die Armbrust.«

Er antwortete nicht.

»Du hast damals versagt, als du mich töten wolltest«, spottete ich. »Vielleicht möchtest du jetzt einen weiteren Schuss riskieren. Vielleicht entspricht das Ziel diesmal mehr deinen Fähigkeiten.«

Die Männer hinter Pa-Kur murmelten angesichts meiner Unverschämtheit. Er selbst zeigte keine Reaktion.

»Meine Waffe«, sagte er und streckte dabei seinen Arm aus. Sofort wurde eine Armbrust in seine Hand gelegt. Es war ein großer Stahlbogen, aufgezogen und gespannt, mit einem Bolzen, der in der Führung lag.

Ich bereitete mich darauf vor, den durch meinen Körper rasenden Bolzen willkommen zu heißen. Ich war neugierig darauf, ob ich sein

Eindringen bewusst wahrnehmen würde. Pa-Kur hob mit einer herrischen Geste seine Hand. Von irgendwoher sah ich ein kleines rundes Objekt hoch oben in der Luft über den Fluss segeln. Es war eine Tarnscheibe, die einer von Pa-Kurs Männern geworfen hatte. Gerade, als dieses winzige Objekt, das sich schwarz vom Himmel abhob, seinen Höhepunkt erreichte, hörte ich das Klicken eines Abzuges, die Vibration der Sehne, und das schnelle Zischen des Geschosses. Ehe die Münze ihren Fall beginnen konnte, wurde sie vom Geschoss durchbohrt und, wie ich annahm, etwa zweihundertfünfzig Meter über den Fluss geschleudert. Die Männer von Pa-Kur stampften mit den Füßen im Sand und schlugen mit ihren Speeren auf ihre Schilder.

»Ich habe wie ein Dummkopf gesprochen«, sagte ich zu Pa-Kur.

»Und du wirst auch wie ein Dummkopf sterben«, sagte er. Er sprach ohne eine Spur von Ärger oder irgendeiner anderen Emotion.

Er gab den Männern ein Zeichen, den Rahmen in den Fluss zu stoßen, wo ihn die Strömung erfassen würde.

»Warte«, sagte ich. »Ich erbitte einen letzten Wunsch.« Die Worte kamen mir nur schwer über die Lippen.

Pa-Kur gab den Männern ein Zeichen innezuhalten.

»Was hast du mit dem Mädchen gemacht?«

»Sie ist Talena, die Tochter des Ubars Marlenus«, sagte Pa-Kur. »Sie wird in Ar als meine Königin herrschen.«

»Eher würde sie sterben«, antwortete ich

»Sie hat mich akzeptiert«, erwiderte Pa-Kur, »und sie wird an meiner Seite herrschen.« Die Steinaugen betrachteten mich ausdruckslos.

»Es war ihr Wunsch, dass du den Tod eines Verbrechers stirbst«, sagte er, »auf dem Demütigungsrahmen, unwürdig, unsere Waffen zu beflecken.«

Ich schloss meine Augen.

Ich hätte es wissen müssen, dass die stolze Talena, Tochter eines Ubars, die erstbeste Chance nutzen würde, um in Ar an die Macht zurückzukehren, selbst wenn es an der Spitze einer Meute plündernder Räuber geschah. Und mich, ihren Beschützer, musste sie nun loswerden. In der Tat würde der Demütigungsrahmen sogar für Talena eine mehr als ausreichende Vergeltung darstellen, um sich für all die Demütigungen zu rächen, die sie durch meine Hände erlitten hatte. Diese Vergeltung würde wenn überhaupt für immer die beleidigende Erinnerung daran auslöschen, dass sie einst meine Hilfe benötigt und vorgegeben hatte, mich zu lieben.

Dann spuckte jeder der Männer Pa-Kurs auf meinen Körper, so wie es üblich war, bevor ein Rahmen den Wellen des Vosk übergeben wurde. Zuletzt spuckte Pa-Kur in seine Hand und legte sie dann auf meine Brust. »Wäre es nicht die Tochter von Marlenus«, sagte Pa-Kur, das Gesicht so unbeweglich wie das Quecksilber hinter einem Spiegel, »hätte ich dir einen ehrenvollen Tod gewährt. Das schwöre ich bei dem schwarzen Helm meiner Kaste.«

»Ich glaube dir«, würgte ich hervor. Es kümmerte mich nicht mehr, ob ich leben oder sterben würde.

Die Speerschäfte drückten gegen den Rahmen und schoben ihn vom Ufer. Schon bald hatte ihn der Strom erfasst, und er begann, sich in Kreisen weiter und weiter in die Mitte der gewaltigen Naturkraft zu drehen, die man den Vosk nannte.

Der Tod, der mich erwartete, würde nicht angenehm sein. Hilflos gefesselt, ohne Nahrung und Wasser, nur wenige Zoll über der schlammigen Oberfläche des Flusses aufgehängt, unter einer feurigen Sonne, würde mir mein eigener Körper endlose Qualen bereiten, indem sein Gewicht an den Hand- und Fußfesseln zog. Ich wusste, dass ich innerhalb der nächsten Tage das Delta des Vosk und dessen Städte nur als gefesselte Leiche erreichen würde; verdorrt durch die Kraft der Sonne und dem Mangel an Wasser. Tatsächlich war es sehr unwahrscheinlich, dass mein Körper das Delta überhaupt erreichen würde. Es war viel wahrscheinlicher, dass eine der Wasserechsen oder eine der großen hakenschnabeligen Schildkröten des Flusses meinen Körper packen und ihn mitsamt dem Rahmen unter Wasser ziehen würden, um mir im Schlamm des Grundes ein Ende zu machen. Es bestand auch eine gewisse Chance, dass ein wilder Tarn herabschweben und sich an dem hilflosen, noch lebenden Bissen gütlich tun würde, der an den erniedrigenden Rahmen gefesselt war. Einer Sache war ich mir jedoch sicher – ich war sicher, dass ich nicht auf die Hilfe oder gar das Mitleid anderer Menschen rechnen konnte, denn die armen Wichte in den Holzrahmen waren nichts anderes als Verbrecher, Verräter und Feinde der Priesterkönige, und es galt sogar als gotteslästerliche Tat auch nur daran zu denken, ihre Leiden zu beenden.

Meine Handgelenke und Knöchel waren schon weiß und gefühllos geworden. Das drückende, grelle Licht der Sonne, die ganze Kraft ihrer Hitze, brannte auf mich nieder. Meine Kehle war ausgetrocknet, und nur einen Zoll über dem Vosk hängend, glühte ich vor Durst. Gedanken plagten wie stechende Nadeln mein Gehirn. Das Bild der verräterischen, schönen Talena in ihrer Tanzseide, in meinen Armen liegend, quälte mich – sie, die gern dem kalten Pa-Kur ihre Küsse im Tausch für den Thron von Ar gab, sie, deren unerbittlicher Hass mich diesem schrecklichen Tod überantwortete, der mir nicht einmal das ehrenhafte Ende eines Kriegers ließ. Ich wollte sie hassen – ich wollte sie so sehr hassen, aber ich konnte es nicht. Ich liebte sie. Auf der Lichtung in den Sumpfwäldern, in den Kornfeldern des Imperiums, auf der großen Straße nach Ar, bei der königlichen, exotischen Karawane von Mintar hatte ich die Frau gefunden, die ich liebte, den Spross einer grausamen Rasse auf einer entfernten und unbekannten Welt.

Die Nacht kam mit unendlicher Langsamkeit, doch schließlich war die blendende Sonne untergegangen, und ich begrüßte die kühle, windige Dunkelheit. Das Wasser plätscherte an die Seiten des Holzrahmens; die Sterne funkelten über mir am frostigen Nachthimmel. Zu meinem Entsetzen tauchte einmal unter dem Rahmen ein geschuppter Körper auf. Glänzende Haut rieb an meinem Körper, als der Schwanz der Kreatur ausschlug und sie plötzlich unter Wasser verschwand. Es war anscheinend kein Fleischfresser gewesen. So merkwürdig es auch war, schrie ich den Sternen doch meine Freude entgegen, hing noch immer am Leben, war unwillig, mich über den Umstand zu beklagen, dass mein Elend nun fortdauern würde.

Die Sonne stieg wieder am Himmel auf, und mein zweiter Tag auf dem Vosk begann. Ich erinnere mich, dass ich fürchtete, ich könnte meine Hände und Füße nie wieder gebrauchen, dass sie sich niemals von der grausamen Strafe der Seile erholen würden. Dann, so erinnere ich mich, lachte ich wie ein Verrückter, als ich darüber nachdachte, dass es letztlich völlig gleichgültig war, da ich für sie sowieso keine weitere Verwendung mehr haben würde.

Vielleicht war es mein wildes, beinahe wahnsinniges Gelächter, das den Tarn anlockte. Ich sah ihn kommen, wie er seinen lautlosen Angriff mit der Sonne im Rücken begann; seine Krallen wie Haken ausgestreckt. Mit wilder Kraft umschlossen die Krallen meinen Körper, zwangen den Holzrahmen für einen Augenblick unter Wasser. Dann schlug der Tarn wütend mit seinen Flügeln, während er versuchte, seine Beute anzuheben, und plötzlich wurden sowohl ich als auch der schwere Rahmen aus dem Wasser gezogen. Das Gewicht des Rahmens schwang an meinen Händen und Füßen, während mich die Krallen des Vogels umfangen hielten und meinen Körper beinahe auseinanderrissen. Dann lösten sich gnädigerweise die Bänder, die nicht dafür vorgesehen waren, das schwere Gewicht des Rahmens zu halten, und der Tarn stieg triumphierend zum Himmel auf, mich immer noch mit seinen wilden Krallen umklammernd.

Ich hatte noch einige wenige Momente zu leben, genoss diesen kleinen Aufschub, den die Natur einer Maus gewährt, die von einem Falken zu dessen Nest getragen wird – auf irgendeiner unfruchtbaren Felsspitze würde dann mein Körper von der Bestie, deren Beute ich war, in Stücke gerissen werden. Der Tarn, ein brauner Tarn mit einem schwarzen Kamm wie bei den meisten wilden Tarnen, steuerte einem unbestimmten, entfernten Fleck entgegen, der auf dem Steilhang irgendeiner wilden Berglandschaft lag. Der Vosk war nur noch ein breites schimmerndes Band in der Ferne.

Weit unten konnte ich sehen, dass der verbrannte, tote Ring der Verwüstung hier und dort mit grünen Flecken gesprenkelt war, wo sich eine Handvoll Vegetation behauptet hatte und somit einen Teil des verwüsteten Landes für Leben und Wachstum zurückforderte. Neben einem der grünen Flecken erblickte ich etwas, was ich zuerst für einen Schatten hielt, doch als der Tarn daran vorbeiflog, zerstob dieser Schatten in einen umherhuschenden Schwarm zierlicher Kreaturen. Wahrscheinlich handelte es sich dabei um die kleinen, dreizehigen Säugetiere, die Qualae genannt werden, graubraun mit einer steifen buschigen Mähne schwarzen Haares.

Soweit ich das feststellen konnte, überflogen wir nicht die große Straße, die nach Ar führte. Hätten wir das getan, wäre uns sicherlich die Kriegshorde Pa-Kurs auf ihrem Weg nach Ar ins Blickfeld geraten, mit ihren Marschkolonnen, ihren Reihen von Tharlarionreitern, ihrer plündernden Kavallerie von Tarnreitern, ihren Versorgungswagen und Packtieren. Und irgendwo in diesem gewaltigen Aufgebot, unter all den Flaggen und dumpfen Tarntrommeln, wäre das Mädchen gewesen, das mich verraten hatte.

So gut ich konnte, öffnete und schloss ich meine Hände und bewegte meine Füße und versuchte, in ihnen wenigstens wieder einen Anflug von Gefühl zu erwecken. Der Flug des Tarns war ruhig, und ich fand mich merkwürdigerweise nun, da ich schließlich von dem schmerzhaften Demütigungsrahmen befreit worden war, fast versöhnt mit dem brutalen aber raschen Schicksal, das mich erwartete.

Doch plötzlich wurde der Flug des Tarns schneller, und dann nach einer weiteren Minute fast unregelmäßig und hektisch. Er flüchtete! Ich drehte mich etwas in seinen Klauen, und mir blieb beinahe das Herz stehen. Ein kalter Schauer überlief mich, als ich den schrillen, wütenden Schrei eines anderen Tarns vernahm; es war eine enorme Kreatur, schwarz wie der Helm Pa-Kurs. Seine Flügel erschienen wie schwingende Peitschen, die ihn unerbittlich meinem Tarn entgegentrugen. Mein Vogel schwenkte in einem tollkühnen Manöver ab, und die Krallen des großen Angreifers glitten harmlos vorbei. Dann griff er wieder an, und mein Vogel schwenkte erneut ab, doch der angreifende Tarn hatte das Manöver vorhergesehen und nutzte diesen Augenblick, den mein eigener Vogel brauchte, um zu wenden, mit dem Ergebnis, dass er mit meinem Vogel in einer heftigen Kollision zusammenstieß.

Ich war bei Bewusstsein in jenem wahnsinnigen, schrecklichen Augenblick, als die stahlbeschlagenen Klauen in die Brust meines Vogels schlugen. Mein Tier erzitterte wie bei einem Krampf und öffnete seine Krallen. Ich begann, in Richtung des Ödlandes nach unten zu fallen. In diesem wilden Augenblick sah ich, wie mein Vogel ebenfalls abstürzte und dass sein Angreifer in meine Richtung schwenkte. Fallend wand ich mich wahnsinnig hin und her, hilflos in der Luft, einen wortlosen Schrei der Angst in meiner Kehle, und mit Entsetzen sah ich, wie mir der Boden anscheinend entgegenstürzte. Doch ich sollte ihn nie erreichen, denn der angreifende Vogel war so geschwenkt, dass er mich abfangen konnte, und ergriff mich mit seinem Schnabel, so wie eine Möwe einen fallenden Fisch ergreifen mochte. Der Schnabel, gekrümmt wie ein Instrument des Krieges, aufgeschlitzt durch zwei enge Nasenöffnungen, umschloss meinen Körper, und erneut war ich die Beute eines Tarns.

Schon bald hatte mein flinker Fänger seine Berge erreicht, und der unbestimmte, entfernte Fleck, den ich gesehen hatte, erwies sich als eine einsame, erschreckend unzugängliche Wildnis voller rötlicher Klippen. Hoch oben auf einem sonnigen Bergsims setzte mich der Tarn zwischen den Zweigen und dem Gesträuch seines Nestes ab und stellte einen stahlbeschlagenen, krallenartigen Fuß auf meinen Körper, um mich festzuhalten, damit der große Schnabel sein Werk tun konnte. Als der Schnabel nach mir stieß, gelang es mir, ein Bein zwischen ihn und meinen Körper zu bekommen, und ich trat ihn wild fluchend zurück.

Der Klang meiner Stimme hatte eine merkwürdige Wirkung auf den Vogel. Er legte fragend seinen Kopf zur Seite. Ich schrie ihn wieder und wieder an. Und dann erst erkannte ich, was mich Hunger und Entsetzen und ein halb wahnsinniger Zustand bis dahin nicht hatten erkennen lassen – dass dieser Tarn niemand anderes war, als mein eigener! Ich drückte den stahlbeschlagenen Fuß hoch, der mich in die Zweige des

Nestes drängte, und gab mit unmissverständlicher Schärfe meinen Befehl. Der Vogel hob seinen Fuß und wich zurück, war aber unsicher, was er tun sollte. Ich sprang auf meine Beine, noch immer in Reichweite des Schnabels, und zeigte ihm keinerlei Anzeichen von Furcht. Liebevoll schlug ich seinen Schnabel, als wären wir in einem Tarnkäfig, und schob meine Hände in seine Halsfedern, in jenen Bereich, wo der Tarn sich nicht putzen kann, genauso, wie es die Tarnwächter auf der Suche nach Parasiten tun.

Ich entfernte einige Läuse in der Größe von Murmeln, die oft wilde Tarne befallen, schob sie in den Schnabel des Tarns und wischte sie an seiner Zunge ab. Ich tat das wieder und wieder, und der Tarn streckte seinen Hals vor. Sattel und Zügel waren am Vogel nicht mehr zu entdecken; zweifellos waren sie von seinem Rücken abgefallen, oder er hatte sie abgescheuert, indem er sich gegen den felsigen Steilhang gerieben hatte, der hinter seinem Nest aufragte. Nachdem er einige Minuten lang meine Pflege genossen hatte, breitete der Tarn zufrieden seine Schwingen aus und erhob sich zu einem neuen Flug, um seine unterbrochene Suche nach Nahrung fortzusetzen. Anscheinend rechnete er mich in seiner beschränkten Art nicht mehr der unmittelbaren Kategorie von etwas Essbarem zu. Dass er bald seine Meinung ändern konnte, besonders dann, wenn er unten auf den Ebenen nichts fand, war nur zu offensichtlich. Ich fluchte, weil ich den Tarnstab im Treibsand von Ars Sumpfwäldern verloren hatte. Ich untersuchte den Sims nach irgendeiner Möglichkeit der Flucht, doch sowohl oben als auch unten waren die Klippen fast glatt.

Plötzlich fiel ein großer Schatten auf den Sims. Mein Tarn war zurückgekehrt. Ich sah hinauf, und zu meinem Entsetzen erkannte ich, dass es gar nicht mein Tarn war. Es war ein anderer, ein wilder Tarn. Er landete auf dem Sims und schnappte mit seinem Schnabel. Dieses Mal konnte ich mir nicht die sorgfältige Konditionierung der Tarnwächter zu Nutze machen.

Hektisch sah ich mich nach einer Waffe um, und dabei entdeckte ich – ich glaubte, meinen Augen nicht zu trauen – die Überreste meines Zaumzeugs und meines Sattels, verfangen in den Zweigen des Nestes. Ich zog meinen Speer aus der Sattelscheide und drehte mich um. Die Bestie hatte einen Moment zu lange gewartet; war zu zuversichtlich gewesen, dass es für mich auf diesem ausweglosen Vorsprung kein Entkommen gab. Als der fremde Tarn vorstolzierte, sich der Gefahr durch den Speer nicht bewusst, schleuderte ich die breitspitzige Waffe in seine Brust. Seine Beine gaben nach, und sein Körper sank mit ausgebreiteten Flügeln auf dem Granitboden des Simses zusammen. Mit wackelndem Kopf und glasigen Augen zuckte und zitterte der Vogel unkontrolliert – eine Anhäufung krampfartiger Reflexe. Er war in dem Augenblick gestorben, als der Speer sein Herz durchbohrt hatte. Ich zog die Waffe heraus und benutzte sie als Hebel, um den zuckenden Körper zum Rand des Simses zu schaffen. Dort schickte ich ihn trudelnd in die Tiefe.

Ich kehrte zum Nest zurück und rettete so viel ich konnte von Zaumzeug und Sattel. Die Armbrust und der Langbogen waren mit ihren jeweiligen Geschossen nirgends zu sehen. Auch der Schild war weg. Mit der Speerklinge schnitt ich die verschlossene Satteltasche auf. Sie enthielt, wie ich wusste, den Heim-Stein von Ar. Er war unscheinbar, klein, flach und von stumpfer brauner Farbe. Darauf eingeritzt war ein allein stehender, primitiver Buchstabe in einer archaischen goreanischen Schrift, jener einzelne Buchstabe, der in der alten Schreibweise der Name der Stadt gewesen war. In der Zeit, als der Stein die Kerbung erhalten hatte, war Ar aller Wahrscheinlichkeit nach nur eines von Dutzenden unauffälliger Dörfern auf den Ebenen von Gor gewesen.

Ungeduldig legte ich den Stein beiseite. Die Packtasche enthielt, und das war von meinem Standpunkt aus betrachtet viel wichtiger, die Hälfte meiner Vorräte, die für den Heimflug nach Ko-ro-ba bestimmt gewesen waren. Das Erste, was ich tat, war eine der zwei Wasserflaschen zu öffnen und die getrockneten Rationen zu nehmen. Und dort auf diesem windigen Sims, dem Zuhause eines Tarns, aß ich ein Mahl, das ich so genoss wie keines zuvor in meinem Leben, obwohl es nur aus einigen Schlucken Wasser, alten Keksen und einer Packung getrockneten Fleisches bestand.

Ich durchstöberte den übrigen Inhalt der Satteltasche und war erfreut, meine alten Landkarten zu finden und jenes Gerät, das den Goreanern sowohl als Kompass als auch als Chronometer dient. Soweit ich es nach der Karte, meinen Erinnerungen an die Lage des Vosk und der Himmelsrichtung, in die ich getragen worden war, feststellen konnte, befand ich mich irgendwo im Voltaimassiv, manchmal auch die roten Berge genannt, südlich vom Fluss und östlich von Ar.

Das bedeutete, dass ich unwissentlich die große Straße passiert hatte, aber ob das vor oder hinter Pa-Kurs Horde geschehen war, entzog sich meiner Kenntnis. Meine Berechnungen hinsichtlich meines Aufenthaltsortes wurden von der stumpfen rötlichen Farbe der Klippen bestätigt, was auf das Vorhandensein hoher Konzentration von Eisenoxid hindeutete.

Dann nahm ich Bindeschnur und die Ersatzbogensehnen aus der Packtasche. Ich würde sie zum Reparieren des Sattels und des Zaumzeugs benutzen. Ich verfluchte mich dafür, dass ich keinen zusätzlichen Tarnstab in die Satteltasche gepackt hatte. Auch hätte ich eine zusätzliche Tarnpfeife mitnehmen sollen. Ich hatte meine verloren, als mich Talena, kurz nachdem wir den Mauern Ars entkommen waren, vom Rücken des Tarns stürzte.

Ich war nicht sicher, ob ich den Tarn ohne Tarnstab kontrollieren konnte. Ich hatte ihn bei meinen Flügen mit dem Vogel immer nur sparsam eingesetzt, viel seltener als es empfohlen wird, aber er war immer da gewesen, stets zur Hand, wenn seine Verwendung erforderlich sein sollte. Jetzt war er nicht mehr da. Ob ich den Tarn kontrollieren konnte oder nicht, würde wahrscheinlich zumindest eine Zeitlang davon abhängen, ob er auf seiner Jagd erfolgreich gewesen war und wie erfolgreich die Tarnhüter ihre Arbeit am jungen Vogel ausgeführt hatten. Und würde es nicht auch davon abhängen, wie tief der Vogel den Atem der Freiheit gefühlt hatte; wie bereitwillig er sich noch einmal von einem Menschen beherrschen lassen wollte? Mit meinem Speer konnte ich ihn töten, aber das hätte mich nicht von der Klippe gerettet. Ich hatte nicht den Wunsch, in der einsamen Behausung meines Tarns schließlich an Hunger zu sterben. Ich würde es auf seinem Rücken schaffen oder sterben!

In den Stunden, die mir blieben, bevor der Tarn zu seinem Nest zurückkehrte, verwendete ich die Bindeschnur und die Ersatzbogensehnen dazu, so gut ich konnte, das Zaumzeug und den Sattel zu reparieren. Bis zu dem Zeitpunkt, an dem mein gewaltiges Reittier wieder zu seinem Sims zurückkehrte, hatte ich meine Arbeit beendet und selbst den Schlitz in meiner Satteltasche repariert. Fast beiläufig hatte ich auch den Heim-Stein von Ar eingepackt, jenes einfache, unscheinbare Stück Stein, das mein Schicksal und das eines ganzen Imperiums so sehr verändert hatte.

In den Klauen des Tarns befand sich der tote Körper einer Antilope, einer jener einhörnigen, gelben Antilopen, die Tabuk genannt werden und die sich häufig in den hellen Ka-la-na-Dickichten Gors aufhalten. Anscheinend war der Antilope durch den Angriff des Tarns das Rückgrat gebrochen worden; Hals und Kopf baumelten an einer Seite herab.

Als der Tarn gefressen hatte, ging ich zu ihm hinüber und sprach ganz ungezwungen mit ihm, so als ob es die normalste Sache auf Gor wäre. Ich zeigte ihm das Zaumzeug, befestigte es langsam und mit angemessener Sorgfalt um seinen Hals, warf den Sattel auf den Rücken des Vogels und kroch unter seinen Bauch, um die Bauchriemen zu befestigen. Dann bestieg ich ruhig die frisch reparierte Aufstiegsleiter, zog sie hinauf und befestigte sie an der Seite des Sattels. Einen Moment saß ich still da und zog dann fest am ersten Zügel. Ich stieß einen Seufzer der Erleichterung aus, als sich das schwarze Monster in die Lüfte erhob.

13 Marlenus, Ubar von Ar

Ich flog in Richtung Ko-ro-ba und trug in meiner Satteltasche jene Trophäe, die nun, zumindest für mich, wertlos geworden war. Sie hatte ihren Zweck erfüllt. Ihr Verlust hatte bereits das Imperium von Ar zerspaltet und garantierte wenigstens für einige Zeit die Unabhängigkeit von Ko-ro-ba und ihrer feindlichen Schwesterstädte. Dennoch verschaffte mir mein Sieg, wenn es sich überhaupt um einen Sieg handelte, keine Genugtuung. Meine Mission mochte erfüllt sein, doch freute ich mich nicht darüber. Ich hatte das Mädchen verloren, das ich liebte, so grausam und hinterhältig sie auch gewesen sein mochte.

Ich steuerte den Tarn nach oben, um mir über einen etwa zweihundert Pasang großen Bereich Übersicht zu verschaffen. In der Ferne konnte ich das silberne Band sehen, von dem ich wusste, dass es der große Vosk sein musste, und ich konnte auch das abrupte Abbrechen der Vegetation der grasigen Ebenen am Ring der Verwüstung sehen. Aus dieser Höhe konnte ich einen Teil des Voltaimassivs mit seinen aufragenden rötlichen Erhebungen erkennen, das nach Osten in der Ferne verschwand. Im Südwesten war in der Ferne schwach wahrnehmbar, wie sich das Abendlicht auf den Turmspitzen von Ar widerspiegelte, und im Norden aus der Richtung des Vosk kam ein Schimmern, das Tausenden Kochfeuern entstammte, das Nachtlager Pa-Kurs.

Als ich den zweiten Zügel zog, um den Tarn nach Ko-ro-ba zu lenken, sah ich etwas, das ich nicht erwartet hatte, etwas direkt unter mir, das mich erschreckte. Abgeschirmt von den Felsspitzen des Voltaigebirges, unsichtbar für jeden, der sich nicht direkt darüber befand, sah ich vier oder fünf kleine Kochfeuer, wie sie für die Lager einer Bergstreife oder einer kleinen Jagdtruppe typisch waren. Die Jäger mochten vielleicht der flinken und kampflustigen goreanischen Bergziege nachsetzen, dem langhaarigen, spiralgehörnten Verr, oder was weit gefährlicher war, dem Larl, einer im Voltai und mehreren Gegenden Gors heimischen, gelbbraunen leopardenartigen Bestie mit der unglaublichen Schulterhöhe von sieben Fuß, gefürchtet für ihre gelegentlichen hungermotivierten Besuche in den zivilisierten Ebenen im Tal. Neugierig ließ ich den Tarn tiefer gehen, da ich nicht recht glaubte, dass die Feuer einer Streife oder einer Jagdgesellschaft gehörten. Es schien nicht wahrscheinlich, dass eine von Ars Patrouillen zu diesem Zeitpunkt im Voltai lagerte noch schien es wahrscheinlich, dass die Feuer dort unten von Jägern stammten.

Als ich tiefer kam, wurde mein Verdacht bestätigt. Vielleicht hörten die Männer des mysteriösen Lagers den Flügelschlag meines Tarns, vielleicht hatte ich mich auch für einen Augenblick vor einem der drei Monde Gors abgehoben, jedenfalls verschwanden plötzlich die Feuer, indem man sie in einem Funkenregen auseinandertrat und die glimmende Glut sofort erstickte. Geächtete vermutete ich oder vielleicht Deserteure aus Ar. Es gab sicherlich viele, die die Stadt verließen, um die vergleichsweise große Sicherheit der Berge zu suchen. In dem Gefühl, dass ich meine Neugierde ausreichend befriedigt hatte und das Risiko einer Landung im Dunkeln scheuend, bei der mir aus irgendeinem Schatten ein Speer entgegen geschleudert werden konnte, zog ich den ersten Zügel und war bereit nach Ko-ro-ba zurückzukehren, von wo ich vor einigen Tagen – vor einer Ewigkeit – aufgebrochen war.

Als ich den Tarn nach oben schwenken ließ, hörte ich den wilden, unheimlichen Jagdschrei eines Larls, der von irgendwoher zwischen den Gipfeln unter mir die Abenddämmerung durchdrang. Selbst der Tarn schien in seinem Flug zu erschaudern. Der Jagdschrei wurde von einer anderen Stelle zwischen den Gipfeln beantwortet, und dann wieder von irgendwoher aus noch größerem Abstand. Wenn der Larl allein jagt, dann jagt er leise und gibt kein Geräusch von sich, bis zu jenem plötzlichen Brüllen, das seinem Angriff unmittelbar vorangeht. Das Brüllen ist wohl berechnet und dient dazu, die Beute einen tödlichen Augenblick lang in Starre zu versetzen. Doch heute Nacht jagte ein Larlrudel, und die Schreie der drei Larls waren Treiberschreie, welche die Beute – meistens gleich mehrere Tiere – in die Richtung der Stille treiben sollten, in jene Gegend, aus der keine Schreie kamen, in jene Gegend, wo das übrige Rudel lauerte.

Das Licht der drei Monde war in dieser Nacht hell, und im unter mir gelegenen exotischen Flickwerk aus Schatten erblickte ich einen der leise umherschleichenden Larls. Sein Körper schien fast weiß im fahlen Mondlicht. Er hielt inne, hob seinen breiten, wilden Kopf, der einen Durchmesser von etwa drei Fuß aufwies, und gab einen weiteren Jagdschrei von sich. Augenblicklich wurde er beantwortet, einmal aus etwa zwei Pasang Entfernung in Richtung Westen und einmal aus etwa derselben Entfernung in Richtung Südwesten. Er wollte gerade weitergehen, als er plötzlich stoppte, den Kopf absolut bewegungslos hielt, seine aufgerichteten, spitzen Ohren anspannte. Ich vermutete zunächst, dass er vielleicht den Tarn gehört hätte, doch er schien sich unserer Gegenwart nicht bewusst zu sein.

Ich lenkte den Vogel in langen, langsamen Kreisen etwas tiefer und behielt dabei den Larl im Auge. Der Schwanz des Tieres begann ärgerlich hin und her zu schlagen. Es kauerte sich zusammen und hielt seinen langen, schrecklichen Körper dicht am Boden. Plötzlich bewegte sich der Larl vorwärts, schnell, aber unauffällig, mit vorgezogenen Schultern, die Hinterhand fast am Boden. Die Ohren waren nach hinten, flach an die Seiten des Kopfes gelegt. Trotz seiner Schnelligkeit setzte er jede seiner Pfoten vorsichtig auf den Boden, zuerst die Zehen und dann den Fußballen – mit der Stille, in der der Wind über das Gras streicht und in einer Bewegung, die sowohl schön als auch erschreckend wirkte.

Offensichtlich geschah dort unten etwas Ungewöhnliches. Eines der Tiere schien zu versuchen, den Jagdkreis zu durchbrechen. Man mochte annehmen, dass es einen Larl wenig kümmerte, wenn ein einzelnes Tier seinem Netz aus Lärm und Angst entkam und er eher auf einen einzelnen Jagderfolg verzichtete, um den Jagdkreis geschlossen zu halten, aber das entsprach nicht der Realität. Was auch immer der Grund dafür sein mag, der Larl zieht es lieber vor, eine ganze Jagd zu ruinieren, selbst eine, die eine größere Anzahl von Tieren einschließt, als einem bestimmten Tier zu erlauben, sich an ihm vorbei seinen Weg in die Freiheit zu bahnen. Obwohl ich annehme, dass dies nur instinktiv begründet ist, hat es doch über Generationen hinweg den Effekt, solche Tiere auszusondern, die im Falle ihres Überlebens ihre Intelligenz oder ihre unvorhersehbaren Fluchtmuster an ihre Nachkommenschaft weitervererben können. Wenn also der Larl seine Jagd aufgibt, entkommen nach Lage der Dinge nur jene Tiere, die nicht versucht haben, den Kreis zu durchbrechen, jene, die es zuließen, dass man sie leicht zusammentreiben konnte.

Plötzlich erkannte ich zu meinem Entsetzen die Beute des Larls. Es war ein Mensch, der sich mit überraschender Gewandtheit durch das schwierige Gelände bewegte. Zu meiner Überraschung sah ich, dass er die gelben Gewänder der an Dar-Kosis Erkrankten trug, jener virulenten, unheilbaren Seuche, die auf Gor wütete.

Ohne nachzudenken, ergriff ich meinen Speer, zog harsch am vierten Zügel und brachte den Tarn in einen scharfen, abrupten Sinkflug. Der Vogel landete genau zwischen dem Seuchenopfer und dem sich nähernden Larl.

Anstatt zu riskieren, meinen Speer von dem sicheren, doch unruhigen Tarnsattel aus zu schleudern, sprang ich auf den Boden, gerade in jenem Augenblick, als der Larl, wütend über seine Entdeckung, den paralysierenden Jagdschrei ausstieß und angriff. Einen Moment lang konnte ich mich tatsächlich nicht rühren. Irgendwie hielt mich der Schock über diesen lauten, wilden Schrei mit stählerner Faust des Entsetzens gefangen. Es war eine unkontrollierbare Reaktion, eine Lähmung, die ebenso sehr einen physiologischen Reflex darstellte wie die Bewegungen eines Knies oder das Zwinkern eines Auges.

Doch so schnell wie er gekommen war, verging dieser grauenhafte Augenblick der Starre, und ich richtete meinen Speer, um den Ansturm des angreifenden Larls abzufangen. Vielleicht hatte mein plötzliches Erscheinen die Bestie verwirrt oder seine fabelhaften Instinkte erschüttert, sodass er seinen Tötungsschrei zu früh ausgestoßen hatte; vielleicht gehorchten auch meine Muskeln und Nerven schneller, als er angenommen hatte. Als die zwanzig Fuß entfernte große, springende Bestie mit entblößten Fängen auf ihre Beute zustürzte, begegnete sie nur der schlanken Spitze meines Speeres, den ich wie einen Stab auf den Boden gestellt hatte und den ein halbnackter Krieger aus Ko-ro-ba umklammerte. Die Speerspitze verschwand in der pelzigen Brust des Larls, und auch der Schaft begann, darin zu versinken, als das Gewicht des Tieres ihn immer tiefer in den Körper hineinzwang. Ich sprang unter dem gelbbraunen, monströsen Körper hervor und entkam nur knapp den Hieben seiner klauenbewehrten Vorderfüße. Der Schaft brach ab. Die Bestie fiel zu Boden, rollte sich auf den Rücken, die Klauen in der Luft; sie gab fürchterliche, wütende Schreie von sich und versuchte, mit den Zähnen das zahnstocherähnliche Objekt aus ihrem Körper zu ziehen. Mit einem konvulsivischen Zittern rollte der große Kopf zur Seite, und die halb geschlossenen Augen ließen den milchigen Schlitz des Todes zwischen den Liedern erkennen.

Ich drehte mich um, um denjenigen zu betrachten, dessen Leben ich gerettet hatte. In seiner gelben leichentuchartigen Robe wirkte er gebrochen und gebeugt. Seine Kapuze verdeckte das Gesicht.

»Es streifen hier noch mehr von diesen Wesen herum«, sagte ich. »Du kommst besser mit mir. Hier ist es nicht sicher.«

Die Gestalt schien zurückzuschrecken und in ihren gelben Fetzen noch kleiner zu werden. Auf ihr beschattetes, verborgenes Gesicht zeigend, flüsterte sie: »Die heilige Krankheit.«

Das war die wörtliche Übersetzung von Dar-Kosis – die heilige Krankheit – oder gleichbedeutend, die heilige Plage. Die Krankheit wird so genannt, weil man glaubt, dass sie den Priesterkönigen heilig sei und jene, die an ihr leiden, sieht man als Gesegnete der Priesterkönige an.

Dementsprechend gilt es als Ketzerei, ihr Blut zu vergießen. Auch wenn man davon absieht, hatten die Geplagten, wie sie genannt werden, nur wenig von ihren Mitmenschen zu fürchten. Ihre Krankheit ist so ansteckend, so verheerend in ihrer Kraft und auf dem Planeten so gefürchtet, dass selbst der kühnste Gesetzlose einen weiten Bogen um sie macht. Dementsprechend genießen die Geplagten auch ein großes Maß an Bewegungsfreiheit auf Gor. Man warnt sie zwar, den Behausungen der Menschen nicht zu nahe zu kommen, und wenn sie es doch tun, steinigt man sie manchmal. Doch merkwürdigerweise wird das Steinigen der Geplagten nicht für eine Übertretung des Gebotes der Priesterkönige gehalten, ihr Blut nicht zu vergießen. Als ein Werk der Wohltätigkeit haben die Eingeweihten an verschiedenen Stellen Dar-Kosis-Gruben errichtet, in denen sich die Geplagten in freiwilliger Gefangenschaft aufhalten, und wo sie von der Nahrung leben, die man ihnen vom Rücken darüberfliegender Tarne aus zuwirft. Ist ein Geplagter erst einmal in einer Dar-Kosis-Grube wird es ihm nicht mehr gestattet, sie zu verlassen. Diesen armen Menschen im Voltai weit weg von den üblichen Handelsstraßen und fruchtbaren Gegenden Gors vorzufinden, weckte in mir die Vermutung, dass er, falls das überhaupt möglich sei, aus einer der Gruben entkommen sein musste.

»Wie heißt du?«, fragte ich.

»Ich gehöre zu den Geplagten«, sagte die unheimliche, schauerliche Gestalt. »Die Geplagten sind tot. Die Toten sind namenlos.« Die Stimme war nicht mehr als ein heiseres Flüstern.

Ich war froh, dass es Nacht war und dass der Mann seine Kapuze herabgezogen hatte, da ich nicht gerade den Wunsch verspürte, einen Blick darauf zu werfen, welche Stücke seines Fleisches noch an seinem Schädel hingen.

»Bist du aus einer der Dar-Kosis-Gruben entkommen?«, fragte ich.

Der Mann schien noch mehr zu erschauern.

»In meiner Gegenwart bist du sicher«, sagte ich. Ich machte eine Handbewegung in Richtung des Tarns, der seine Schwingen ungeduldig entfaltete und schloss. »Beeil dich. Hier lungern noch mehrere Larls herum.«

»Die heilige Krankheit«, rief der Mann protestierend und zeigte in die schrecklich dunkle Öffnung seiner heruntergezogenen Kapuze.

»Ich kann dich hier nicht zurücklassen, es wäre dein Tod«, sagte ich. Ich erschauderte bei dem Gedanken diese angsteinflößende Kreatur, diesen flüsternden Torso mit mir zu nehmen. Ich fürchtete die Krankheit mehr, als ich den Larl gefürchtet hatte, aber ich konnte ihn hier nicht in den Bergen zurücklassen, um dieser oder jener Bestie zum Opfer zu fallen.

Der Mann lachte meckernd – es war ein dünnes, blechernes Geräusch. »Ich bin schon tot«, lachte er irrsinnig. »Ich gehöre zu den Geplagten.« Wieder drang das unheimliche lachende Meckern aus den Falten des gelben Leichentuches hervor. »Möchtest du die heilige Krankheit?«, fragte er und streckte in der Dunkelheit eine Hand vor, so als ob er meine Hand ergreifen wollte.

Entsetzt zog ich meine Hand zurück.

Das Ding stolperte vorwärts, griff nach mir und fiel mit einem leisen, jammernden Laut zu Boden. Es saß unter den drei goreanischen Monden auf dem Boden, eingewickelt in sein gelbes Gewand – ein einziges Sinnbild für Zerfall und Verwüstung. Es schaukelte vor und zurück und gab verrückte, kleine Laute von sich, als ob es klagen oder wimmern würde.

Etwa einen Pasang weg hörte ich das frustrierte Brüllen eines Larls, wahrscheinlich einer der Begleiter der Bestie, die ich getötet hatte. Vermutlich rätselte er darüber nach, warum die Jagd fehlgeschlagen war.

»Komm hoch«, sagte ich. »Wir haben nicht viel Zeit.«

»Hilf mir«, stöhnte das gelbe Häuflein Elend.

Ich zitterte immer noch vor Widerwillen und streckte dem Ding meine Hand entgegen.

»Nimm meine Hand«, sagte ich. »Ich werde dir helfen.«

Aus dem Haufen Fetzen, unter dem sich ein Mensch verbarg, streckte sich mir eine Hand entgegen, deren Finger gebogen waren wie die Krallen eines Huhns. Meine üblen Bedenken missachtend, ergriff ich die Hand, um die unglückselige Kreatur auf die Beine zu ziehen.

Zu meinem Erstaunen war die Hand, welche die meine umfasste, so stark und fest wie gehärtetes Sattelleder. Bevor ich überhaupt wusste, was geschah, wurde mein Arm heruntergedrückt und verdreht, und ich fand mich auf dem Rücken liegend zu Füßen des Mannes, der aufsprang und mir seinen Stiefel auf die Kehle setzte. In seiner Hand lag das Schwert eines Kriegers, und seine Spitze deutete auf meine Brust. Aus ihm brach ein starkes, brüllendes Lachen hervor. Er warf seinen Kopf zurück, wobei die Kapuze auf seine Schultern zurückfiel. Ich sah einen massigen, löwenartigen Kopf mit wildem langem Haar und einem Bart, so wild gewachsen und wunderbar wie die Klippen des Voltai selbst. Der Mann, der eine riesenhafte Statur anzunehmen schien, als er sich zu voller Höhe erhob, zog aus seinen gelben Roben eine Tarnpfeife hervor und blies einen langen, schrillen Ton. Fast sofort wurde der Ruf der Pfeife von anderen Pfeifen beantwortet, von ungefähr einem Dutzend Orte in den umliegenden Bergen. Innerhalb einer Minute war die Luft von Flügelschlägen erfüllt, als etwa fünfzig Tarnreiter ihre Vögel um uns landeten.

»Ich bin Marlenus, Ubar von Ar«, sagte der Mann.

14 Der Tarntod

Auf Knien und in Fesseln gelegt, den Rücken blutig von der Peitsche, warf man mich vor den Ubar. Seit neun Tagen war ich nun schon ein Gefangener in seinem Lager, war Folter und Misshandlungen unterworfen. Doch erst jetzt bekam ich ihn zu sehen; das erste Mal seit ich ihm das Leben gerettet hatte. Ich nahm an, dass er es schließlich als angemessen betrachtete, die Leiden des Kriegers zu beenden, der den Heim-Stein seiner Stadt gestohlen hatte.

Einer von Marlenus' Tarnreitern packte mit seiner Hand mein Haar und zwang meine Lippen hinunter zu seiner Sandale. Ich kämpfte meinen Kopf nach oben und hielt meinen Rücken gerade. Mein Blick gewährte meinem Gegner keine Genugtuung. Ich kniete auf dem Granitboden einer flachen Höhle in einem der Berge des Voltai. Je ein Feuer brannte rechts und links neben mir. Vor mir auf einem groben Thron aus aufgeschichteten Steinen saß Marlenus; sein langes Haar fiel ihm über die Schultern, sein großer Bart reichte ihm fast bis zu seinem Schwertgürtel. Er war ein riesenhafter Mann, größer sogar als der ältere Tarl, und in seinen Augen, wild und grün, sah ich die gebieterische Flamme, die auf ihre Weise auch in den Augen von Talena, seiner Tochter, gebrannt hatte. Obwohl ich in den Händen dieses Barbaren nur den Tod zu erwarten hatte, empfand ich ihm gegenüber dennoch keinen Groll. Wenn ich ihn hätte töten müssen, hätte ich es nicht mit Hass oder Boshaftigkeit getan, sondern eher mit Achtung.

Um seinen Hals trug er die goldene Kette des Ubars, an der das Medaillon mit der Nachbildung des Heim-Steins von Ar hing. In seinen Händen hielt er den Stein selbst, diese unscheinbare Ursache von so viel Zwietracht, Blutvergießen und Ehre. Er hielt ihn sanft, fast als ob es ein Kind wäre.

Am Eingang der Höhle hatten zwei seiner Männer eine Tharlarionlanze, von der Art wie sie auch Kazrak trug, in eine Spalte eingesetzt, die offensichtlich geeignet war, sie festzuhalten. Ich nahm an, dass sie dem Zweck meiner Pfählung diente. Es gibt verschiedene Möglichkeiten, auf welche diese grausame Art der Hinrichtung vollzogen werden kann, und es versteht sich von selbst, dass einige davon gnädiger waren als andere. Ich erwartete nicht, dass mir ein schneller Tod gewährt werden würde.

»Du bist der Mann, der den Heim-Stein von Ar gestohlen hat«, sagte Marlenus.

»Ja«, erwiderte ich.

»Das war gut ausgeführt«, sagte Marlenus, den Stein betrachtend und so haltend, dass das Licht unterschiedlich von seiner abgenutzten Oberfläche reflektiert wurde.

Zu seinen Füßen kniend, wartete ich und rätselte über die Tatsache, dass er wie auch die anderen in seinem Lager kein Interesse am Schicksal seiner Tochter an den Tag legte.

»Du verstehst sicher, dass du sterben musst«, sagte Marlenus, ohne mich anzusehen.

»Ja«, antwortete ich.

Den Heim-Stein in seinen Händen haltend, beugte er sich nach vorne.

»Du bist ein junger, tapferer und törichter Krieger«, sagte er. Er schaute mir lange in die Augen und lehnte sich dann wieder in seinen behelfsmäßigen Thron zurück. »Ich war einmal ebenso jung und tapfer wie du«, sagte er, »und vielleicht genauso töricht – ja, vielleicht genauso töricht.« Marlenus starrte über meinen Kopf in die Dunkelheit. »Ich setzte mein Leben tausend Mal aufs Spiel und opferte meine Jugend dem Traum eines Imperiums von Ar, der Vorstellung eines geeinigten Gors, dass es nur eine Sprache, eine einzige Handelszone, nur einen Gesetzeskodex gäbe, dass die Handelsstraßen und Pässe sicher wären, dass die Bauern ihre Felder in Frieden bestellen könnten, dass es nur einen einzigen Rat gäbe, der die Angelegenheiten der Politik regelt, dass es nur eine einzige oberste Stadt gäbe, eine Stadt, um die Zylinder von hundert zerstrittenen, feindlichen Städten zu vereinigen – und all das hast du zerstört.« Marlenus sah auf mich hinab. »Was kannst du schon, ein einfacher Tarnreiter, von all diesen Dingen verstehen?«, fragte er. »Aber ich, Marlenus – obgleich ein Krieger –, ich war mehr als ein Krieger, immer mehr als ein Krieger. Wo andere nicht mehr, als den Kodex ihrer Kasten sahen, keinen Ruf der Pflicht über ihren Heim-Stein hinaus wahrnahmen, wagte ich es, den Traum von Ar zu träumen – dass es ein Ende der bedeutungslosen Kriege, des Blutvergießens und der Schrecken geben könnte, ein Ende der Sorge und Gefahr, der Vergeltung und Grausamkeit, die unser Leben verdüstern –, ich träumte davon, dass sich aus der Asche von Ars Eroberungen eine neue Welt erheben würde, eine Welt der Ehre und des Gesetzes, der Kraft und der Gerechtigkeit.«

»Deiner Gerechtigkeit«, sagte ich.

»Meiner, wenn du so willst«, stimmte er zu.

Marlenus legte den Heim-Stein vor sich auf den Boden und zog sein Schwert, das er über seine Knie legte.

Er sah aus wie ein vergessener und schrecklicher Gott des Krieges.

»Weißt du, Tarnreiter«, sagte er, »dass es ohne das Schwert keine Gerechtigkeit gibt?« Er lächelte grimmig auf mich hinab. »Das ist eine schreckliche Wahrheit«, sagte er, »und denk genau darüber nach.« Er machte eine Pause. »Ohne das hier«, fuhr er fort, die Klinge berührend, »gibt es keine Gerechtigkeit, keine Zivilisation, keine Gesellschaft, keine Gemeinschaft, keinen Frieden. Ohne das Schwert gibt es nichts.«

»Mit welchem Recht«, fragte ich herausfordernd, »ist es ausgerechnet das Schwert des Marlenus, das Gor Gerechtigkeit bringt?«

»Du verstehst nicht«, sagte Marlenus. »Das Recht an sich – jenes Recht, von dem du so ehrfürchtig sprichst – verdankt dem Schwert seine eigentliche Existenz.«

»Ich denke, das ist falsch«, sagte ich. »Ich hoffe, dass es falsch ist.« Ich bewegte mich ein wenig, doch sogar diese kleine Bewegung ärgerte die Peitschenstriemen auf meinem Rücken.

Marlenus war geduldig. »Vor dem Schwert«, sagte er, »gibt es kein richtig oder falsch, nur Fakten – eine Welt, die davon bestimmt ist, was existiert und was nicht und in der es keine Rolle spielt, wie etwas sein sollte und wie nicht. Es gibt keine Gerechtigkeit, solange das Schwert sie nicht schafft, einführt, garantiert und ihr Substanz und Bedeutung verleiht.«

Er hob die Waffe hoch und führte die schwere Metallklinge, als ob es ein Strohhalm wäre. »Erst das Schwert –«, sagte er, »dann die Regierung – dann das Gesetz – dann die Gerechtigkeit.«

»Aber«, fragte ich, »was ist mit dem Traum von Ar, jenem Traum, von dem du gesprochen hast, jenem Traum, von dem du glaubst, dass er Wirklichkeit werden sollte?«

»Ja?«, fragte Marlenus.

»Ist das ein gerechter Traum?«, fragte ich.

»Es ist ein gerechter Traum«, erwiderte er.

»Und doch«, sagte ich, »hat dein Schwert noch nicht die Kraft gefunden, ihn Wirklichkeit werden zu lassen.«

Marlenus sah mich nachdenklich an, dann lachte er. »Bei den Priesterkönigen«, sagte er, »ich denke, dass ich das Streitgespräch verloren habe.«

Ich zuckte mit den Achseln, etwas unpassend in den Ketten, es tat weh.

»Aber«, fuhr Marlenus fort, »wenn es wahr ist, was du sagst, wie sollen wir dann die gerechten Träume von den falschen Träumen trennen?«

Das schien mir eine schwierige Frage zu sein.

»Ich sage es dir«, lachte Marlenus. Er tätschelte die Klinge herzlich. »Hiermit!«

Nun erhob sich der Ubar und steckte sein Schwert in die Scheide. Als ob das ein Zeichen wäre, betraten einige seiner Tarnreiter die Höhle und ergriffen mich.

»Pfählt ihn!«, sagte Marlenus.

Die Tarnreiter begannen, die Fesseln aufzuschließen, damit ich leichter auf der Lanze aufgespießt werden konnte, vielleicht auch, damit mein Widerstand den Zuschauern ein interessanteres Spektakel lieferte.

Ich fühlte mich taub, selbst mein Rücken war gefühllos, der vermutlich ein Tumult an Schmerz gewesen wäre, wenn ich mich nicht dem Tod so nahe gefühlt hätte.

»Deine Tochter Talena lebt«, sagte ich zu Marlenus. Er hatte nicht danach gefragt und schien auch nicht viel Interesse an der Angelegenheit zu haben. Doch sollte er eine Spur Menschlichkeit besitzen, so hielt ich es nicht für abwegig, dass dieser königliche, traumbesessene Mann darüber doch noch etwas erfahren wollte.

»Sie hätte tausend Tarne gebracht«, sagte Marlenus. »Macht mit seiner Pfählung weiter.«

Die Tarnreiter ergriffen meine Arme noch fester. Zwei andere entfernten die Tharlarionlanze aus ihrer Spalte und brachten sie vor. Man würde sie in meinen Körper stoßen und mich dann mit ihr aufrichten.

»Sie ist deine Tochter«, sagte ich zu Marlenus. »Sie lebt.«

»Hat sie sich dir unterworfen?«, fragte Marlenus.

»Ja«, sagte ich.

»Dann war ihr ihr Leben wichtiger als meine Ehre.«

Plötzlich fiel das Gefühl der Taubheit, der Hilflosigkeit von mir ab, als habe es ein greller Blitz der Wut gespalten. »Verdammt sei deine Ehre!«, schrie ich. »Verdammt sei deine wertvolle, stinkende Ehre!«

Ohne zu merken, was ich tat, schüttelte ich die zwei Tarnreiter ab, als ob sie Kinder wären, stürzte mich dann auf Marlenus und schlug ihm mit meiner Faust brutal ins Gesicht, was ihn nach hinten taumeln ließ. Sein Gesicht war vor Überraschung und Schmerz verzerrt. Ich wandte mich gerade noch rechtzeitig zurück, um die Pfählungslanze wegzuschlagen, die mir zwei Männer in den Rücken stoßen wollten. Ich ergriff sie und hob sie mitsamt den zwei Männern in die Luft. Ein Tritt ließ sie zu Boden stürzen. Ich hörte zwei Schmerzesschreie und stellte fest, dass ich allein die Lanze hielt. Etwa fünf oder sechs Tarnreiter liefen in Richtung der breiten Öffnung der flachen Höhle, doch ich eilte nach vorne, die Lanze parallel zu meinem Körper haltend, schlug ich mit fast übermenschlicher Stärke zu und trieb sie über den Sims nahe der Öffnung der Höhle. Ihre Schreie vermischten sich mit wütenden Rufen, als nun die anderen Tarnreiter herbeieilten, um mich gefangen zu nehmen.

Ein Tarnreiter legte seine Armbrust an, aber in diesem Augenblick warf ich die Lanze; er kippte nach hinten, der Stiel der Waffe ragte aus seiner Brust. Der Bolzen aus seiner Armbrust prallte in einem Funkenregen gegen den Felsen über meinem Kopf. Einer der Männer, den ich getreten hatte, krümmte sich zu meinen Füßen. Ich zog sein Schwert aus der Scheide. Ich attackierte und fällte den ersten Tarnreiter, der mich erreichte, und verwundete den zweiten – wurde jedoch in die Höhle zurückgedrängt. Es gab kein Entkommen, doch ich war fest entschlossen, ehrenvoll zu sterben.

Während ich kämpfte, konnte ich hinter mir Marlenus' löwenartiges Lachen hören, und was zunächst wie eine einfache Pfählung erschienen war, hatte sich nun zu einem Kampf entwickelt, der so recht nach seinem Geschmack war. Da ich für den Augenblick frei war, fuhr ich zu ihm herum, in der Hoffnung, die Sache mit dem Ubar selbst auszumachen, doch mitten in der Bewegung trafen mich die Fesseln, die ich getragen hatte, wie eine Bola im Gesicht und am Hals. Marlenus schwang sie mit erschreckender Leichtigkeit. Ich bekam keine Luft mehr und schüttelte den Kopf, um mich von dem Blut in meinen Augen zu befreien. In diesem Augenblick wurde ich von drei oder vier Tarnreitern des Ubars ergriffen.

»Gut gemacht, junger Krieger«, sagte Marlenus anerkennend. »Ich dachte schon, ich hätte mit ansehen müssen, dass du wie ein Sklave stirbst.« Er wandte sich an seine Männer und zeigte dabei auf mich. »Was sagt ihr?«, fragte er lachend. »Hat dieser Krieger sich nicht das Recht auf den Tarntod verdient?«

»Das hat er tatsächlich«, sagte einer der Tarnreiter, der sich den zusammengerafften Fetzen einer Tunika an den aufgeschlitzten Brustkorb drückte.

Ich wurde nach draußen geschleift, und an meinen Hand- und Fußgelenken wurden Binderiemen befestigt. Die losen Enden der Riemen wurden dann mit breiten Lederriemen an zwei Tarnen angebracht, von denen einer mein eigener schwarzer Gigant war.

»Du wirst in Stücke gerissen«, sagte Marlenus. »Nicht angenehm, aber immer noch besser als die Pfählung.«

Ich wurde sicher festgebunden. Ein Tarnreiter bestieg den einen Tarn, ein anderer den zweiten.

»Ich bin noch nicht tot«, sagte ich. Es war eine dumme Bemerkung, aber ich hatte das Gefühl, dass meine Zeit zu sterben noch nicht gekommen war.

Marlenus verhöhnte mich nicht. »Du hast den Heim-Stein von Ar gestohlen«, sagte er. »Du hast Glück.«

»Kein Mann kann dem Tarntod entkommen«, merkte einer der Männer an.

Die Krieger des Ubars traten zurück, um den Tarnen Platz zu machen.

Marlenus selbst kniete in der Dunkelheit nieder, um die Knoten der Binderiemen zu überprüfen und zog sie sorgfältig fest. Während er die Knoten an meinen Handgelenken überprüfte, sprach er mit mir.

»Willst du, dass ich dich jetzt töte?«, fragte er leise. »Der Tarntod ist ein hässlicher Tod.« Seine Hand, vor den Blicken seiner Männer durch seinen breiten Körper abgeschirmt, lag um meine Kehle. Ich fühlte, dass er sie leicht zerquetschen konnte.

»Warum diese Freundlichkeit?«, fragte ich.

»Einem Mädchen zuliebe«, antwortete er.

»Aber warum?«, fragte ich.

»Wegen der Liebe, die sie für dich empfindet«, sagte er.

»Deine Tochter hasst mich«, sagte ich.

»Sie willigte ein, die Gefährtin von Pa-Kur, dem Attentäter, zu werden«, sagte er, »um dir eine kleine Überlebenschance auf dem Demütigungsrahmen zu geben.«

»Woher weißt du das?«, fragte ich.

»Das ist im Lager von Pa-Kur allgemein bekannt«, antwortete Marlenus. Ich konnte beinahe fühlen, wie er in der Dunkelheit lächelte. »Ich selbst habe es als einer der Geplagten von Mintar, dem Händler, erfahren. Händler müssen darauf achten, auf beiden Seiten Freunde zu haben, denn wer weiß, ob nicht Marlenus irgendwann einmal wieder auf dem Thron von Ar sitzt?«

Ich musste wohl einen Ausdruck der Freude von mir gegeben haben, denn Marlenus legt mir rasch seine Hand auf den Mund. Er fragte mich nicht ein weiteres Mal, ob er mich töten sollte, sondern erhob sich und ging unter den wild schlagenden Flügeln der Tarnvögel davon und winkte mir zum Abschied zu. »Auf Wiedersehen, Krieger«, rief er.

Mit einem widerwärtigen Ruck und einem scharfen Schmerzschub brachten die zwei Tarnreiter ihre Vögel in die Luft. Einen Moment schwang ich frei zwischen den Tieren, und dann lenkten sie, etwa hundert Fuß über dem Boden nach einem vereinbarten Signal hin – dem scharfen Pfiff aus einer Tarnpfeife – ihre Vögel in entgegengesetzte Richtungen. Der plötzliche Schmerz schien meinen Körper auseinanderzureißen. Ich glaube, ich muss unfreiwillig geschrien haben. Die Vögel zogen gegeneinander, stabilisierten ihren Flug und versuchten, jeweils von dem anderen wegzukommen. Dann und wann gab es eine Unterbrechung des Schmerzes, wenn einer der beiden Vögel es versäumte, die Seile straff zu halten. Ich hörte die Flüche der Tarnreiter über mir und sah ein- oder zweimal den Blitz eines zuschlagenden Tarnstabs aufblitzen. Dann warfen die Vögel wieder ihr ganzes Gewicht in die Seile und ließen weitere heftige Schmerzstöße durch meinen Körper schießen.

Plötzlich gab es ein reißendes Geräusch, als eines der Handseile nachgab. In einer Woge der Freude ergriff ich, ohne nachzudenken, das andere Handseil und versuchte es, über mein Handgelenk zu zwingen. Als der Vogel wieder daran zog, gab es einen scharfen Schmerz, als Fleisch von meiner Hand gerissen wurde; das Seil fiel in die Dunkelheit hinab, und ich baumelte mit meinen Füßen an den verbleibenden Seilen. Es mochte noch einige Momente dauern, bis die Tarnreiter begriffen, was geschehen war. Sie würden zuerst glauben, dass sie meinen Körper auseinandergerissen hätten, und die Dunkelheit würde die Wahrheit für einen Augenblick verbergen, bis sie an den Seilen ziehen würden, um das Gewicht der Last daran zu testen.

Ich schwang mich hinauf und begann, an einem der beiden Seile hochzuklettern, die zu dem großen Vogel über mir führten. In wenigen verzweifelten Augenblicken hatte ich die Sattelriemen des Vogels erreicht und zog mich zu den Waffenringen hinauf.

Da sah mich der Tarnreiter, schrie vor Wut auf und zog sein Schwert. Er hieb hinab, und ich rutschte auf eine Klaue des Vogels, der nun schrie und unkontrollierbar wurde. Während ich an der Klaue hing, löste ich mit einer Hand den Bauchriemen. Ausgelöst durch die wilde Bewegung des Vogels dauerte es nicht lange, und der gesamte Sattel, an dem sich der Tarnreiter mit dem Sattelriemen festgebunden hatte, glitt vom Rücken des Vogels und stürzte in die Tiefe hinab.

Ich hörte den Schrei des Tarnreiters – dann war plötzlich Stille.

Der andere Tarnreiter musste jetzt gewarnt sein. Jeder Moment war kostbar. Alles auf eine Karte setzend, sprang ich in die Dunkelheit, um die Zügel des Vogels zu erreichen und packte mit einer Hand den

Halsriemen. Der plötzliche Ruck nach unten bewirkte, dass der Vogel so reagierte, wie ich es gehofft hatte, als wäre der vierte Zügel gezogen worden. Er begann sofort den Sinkflug, und eine Minute später landete ich mit ihm auf einer Art Plateau. Ein schmaler Streifen roten Lichts hing über den Bergen, und ich wusste, dass die Morgendämmerung nahte. Meine Fußknöchel waren noch immer an dem Vogel befestigt, und schnell knotete ich die Seile auf.

Im ersten Licht des frühen Tages sah ich einige hundert Meter entfernt, was ich zu finden gehofft hatte – den Sattel und den verdrehten Körper des Tarnreiters. Ich ließ den Vogel frei, lief zum Sattel und nahm die Armbrust heraus, die zu meiner Freude noch intakt war. Keiner der Bolzen war aus dem speziell angefertigten Köcher gefallen. Ich legte einen der Bolzen in die Führung der Armbrust. Über mir hörte ich den Flug eines anderen Tarns. Als er heranfegte, um mich zu töten, sah der Tarnreiter zu spät meine angelegte Armbrust. Das Geschoss ließ ihn im Sattel leblos zusammensacken.

Der Tarn, mein schwarzer Riese aus Ko-ro-ba, landete und stolzierte majestätisch vorwärts. Ich wartete unbehaglich, bis er seinen Kopf über meine Schulter streckte, damit ich seinen Hals pflegen konnte. Gutmütig strich ich durch seine Federn und gab ihm ein oder zwei Handvoll Läuse wie Süßigkeiten auf seine Zunge. Dann tätschelte ich voller Zuneigung sein Bein, stieg zum Sattel hoch, ließ den toten Tarnreiter zu Boden fallen und schnallte mich mit den Sattelriemen fest.

Ich fühlte mich überschwänglich. Ich hatte wieder Waffen und meinen Tarn. Sogar Tarnstab und Sattelzeug standen mir zur Verfügung. Ich stieg in die Lüfte und dachte weder an Ko-ro-ba noch an den Heim-Stein. Vielleicht war es töricht, doch mit unbesiegbarem Optimismus ließ ich den Tarn über den Voltai steigen und lenkte ihn in die Richtung von Ar.

15 In Mintars Lager

Ar, belagert und unbezähmbar, bot einen phantastischen Anblick. Seine hoch aufragenden, herausfordernd schimmernden Zylinder zeichneten sich stolz hinter den schneeweißen Marmorwällen ab. Die Doppelmauern – die erste dreihundert Fuß hoch, die zweite vierhundert Fuß hoch und von der ersten etwa zwanzig Meter entfernt – waren breit genug, dass auf ihnen sechs Tharlarionwagen nebeneinander fahren konnten.

Alle fünfzig Meter erhoben sich Türme aus den Mauern, so weit hervorragend, dass jeder Versuch hochzuklettern dem Feuer aus den zahlreichen Schießscharten der Bogenschützen ausgesetzt sein würde. Über die ganze Stadt hinweg, von den Mauern zu den Zylindern und auch zwischen den Zylindern, sah ich gelegentlich das aufblitzende Sonnenlicht auf den schwingenden Tarndrähten, die sich buchstäblich zu Hunderttausenden in einem Schutznetz aus dünnen, beinahe unsichtbaren Drähten über die Stadt zogen. Einen Tarn durch solch einen Irrgarten von Drähten fliegen zu lassen, war eine fast unmögliche Aufgabe. Die Drähte waren imstande, ihm die schlagenden Flügel vom Körper zu trennen.

Innerhalb der Stadt hatten die Eingeweihten, die nach Marlenus' Flucht die Macht ergriffen hatten, sicher schon die Belagerungsreservoire angezapft und begonnen, die Bestände der riesigen Kornzylinder zu rationieren. Eine Stadt wie Ar, richtig befehligt, konnte einer Belagerung für die Dauer einer Generation standhalten.

Jenseits der Mauern befanden sich Pa-Kurs Linien, angelegt mit der ganzen Fertigkeit von Gors erfahrensten Belagerungsingenieuren. Einige hundert Meter von der Mauer entfernt, außerhalb der Reichweite der Armbrüste, gruben Tausende von Belagerungssklaven und Gefangenen einen riesigen Graben. Fertig gestellt, sollte er fünfzig oder sechzig Fuß breit und siebzig oder achtzig Fuß tief sein. Hinter diesem Graben wurde der Aushub von Sklaven zu einem Wall aufgehäuft und zu einem Bollwerk verdichtet. Auf dem Gipfel des Walls, dort wo er bereits fertig war, standen zahlreiche Bogenschirme, bewegliche Holzschirme, zum Schutz der Bogenschützen und leichten Wurfmaschinen.

Zwischen dem Graben und den Mauern der Stadt waren unter dem Schutz der Dunkelheit Tausende von angespitzten Pfählen gesetzt worden, die sich in Richtung der Mauern neigten. Ich wusste, dass die schlimmsten dieser Vorrichtungen unsichtbar sein würden. Mit Sicherheit waren einige der Zwischenräume zwischen den Pfählen mit abgedeckten Fallgruben ausgestattet, an deren Grund sich weitere, angespitzte Pfähle befanden. Außerdem fand man, halb vergraben im Sand zwischen den Pfählen und eingesetzt in Holzpflöcke, eiserne Widerhaken, die jenen sehr ähnelten, die man in antiken Zeiten auf der Erde benutzt hatte und die Sporn genannt wurden. Hinter dem großen Graben, einige hundert Meter von ihm getrennt, befand sich ein kleinerer Graben, etwa zwanzig Fuß breit und zwanzig Fuß tief, ebenfalls mit einem Wall versehen, der aus der ausgehobenen Erde aufgetürmt wurde. Diesen Wall krönte eine Palisade aus Baumstämmen, die oben angespitzt waren. In der Palisade befand sich etwa alle hundert Meter ein Tor; dahinter standen die zahllosen Zelte der Horde Pa-Kurs.

Hier und dort wurden zwischen den Zelten Belagerungstürme gebaut. Offensichtlich waren neun Türme zu erkennen. Es war undenkbar, dass sie die Mauern von Ar überragten, aber mit ihren Rammböcken konnten sie versuchen, die unteren Mauerbereiche zu durchbrechen. Tarnreiter sollten indessen die Mauern von oben attackieren. Wenn für Pa-Kur der Zeitpunkt zum Angriff kam, sollten Brücken über die Gräben geschlagen werden. Über diese Brücken würde man die Belagerungstürme zu den Mauern von Ar rollen, über sie würde dann Pa-Kurs Tharlarionkavallerie marschieren, über sie würde sich seine Horde ergießen. Leichte Maschinen, hauptsächlich Katapulte und Wurfgeschütze, würden mit angeschirrten Tarngruppen über die Gräben transportiert werden.

Ein Aspekt der Belagerung, von dessen Existenz ich zwar wusste, dessen Zeuge ich aber offensichtlich nicht werden konnte, war die sensible Auseinandersetzung unter der Erde zwischen dem Lager Pa-Kurs und der Stadt Ar. Selbst jetzt in diesem Augenblick wurden zahlreiche Tunnel unter den Mauern von Ar gegraben und von Ar aus Gegentunnel, um ihnen zu begegnen. Einige der schrecklichsten Kämpfe während der Belagerung würden zweifellos weit unter der Erde stattfinden, in der fauligen, fackelbeleuchteten Enge jener sich dahinschlängelnden Durchgänge, von denen einige nicht einmal groß genug waren, dass ein Mann hindurchkriechen konnte. Viele der Tunnel würden einstürzen, viele überflutet werden. Angesichts der Tiefe der Fundamente von Ars mächtigen Mauern und dem Felsen, auf dem sie errichtet waren, war es äußerst unwahrscheinlich, dass deren Mauern in einem solchen Maße erfolgreich unterminiert werden konnten, dass ein wichtiger Mauerabschnitt einstürzen konnte. Aber es war sicher möglich, einen der Tunnel, der unbemerkt unter den Mauern hindurchlief, dazu zu benutzen, eine große Anzahl Soldaten nachts in die Stadt eindringen zu lassen, genug Männer, um eine Tormannschaft zu überwältigen und Ar dem Angriff von Pa-Kurs Hauptstreitmacht schutzlos auszuliefern.

Ich bemerkte etwas, das mir für einen Moment rätselhaft erschien. Pa-Kur hatte seine Rückseite nicht durch den üblichen dritten Graben und einen Wall geschützt. Ich sah, wie sich Fouragiere und Kaufleute ungehindert in das Lager hinein- und hinausbewegten. Ich dachte mir, dass Pa-Kur nichts zu fürchten hatte und seine Belagerungssklaven und Gefangenen folglich nicht mit überflüssigen und zeitraubenden Arbeiten beschäftigen wollte. Doch immer noch schien es mir, dass er einen Fehler beging, wenn auch nur nach den Handbüchern der Belagerungskunst. Wenn ich eine ausreichende Streitmacht zu meiner Verfügung gehabt hätte, hätte ich diesen Fehler ausnutzen können.

Ich brachte den Tarn nahe am äußeren Bereich der Zeltstadt Pa-Kurs herunter, dort wo sein Lager endete, sieben oder acht Meilen von der Stadt entfernt. Ich war nicht allzu überrascht, dass mich niemand angriff. Die Arroganz Pa-Kurs oder einfach seine rationale Siegesgewissheit war so groß, dass keine Wachen, keine Zeichen und Gegenzeichen an der rückwärtigen Seite des Lagers aufgestellt worden waren. Den Tarn führend, betrat ich das Lager so zwanglos wie einen Jahrmarkt oder einen Marktplatz. Ich hatte keinen realistischen oder wohlüberlegten Plan, doch ich war entschlossen, Talena zu finden und zu befreien oder bei dem Versuch zu sterben.

Ich hielt ein vorbeieilendes Sklavenmädchen an und erkundigte mich nach dem Weg zum Lager Mintars aus der Händlerkaste – recht zuversichtlich, dass er die Horde in das Kernland von Ar zurückbegleitet hatte. Das Mädchen war nicht erfreut darüber, auf seinem Botengang aufgehalten zu werden, aber eine Sklavin auf Gor tut nicht gut daran, die Anrede eines freien Mannes zu missachten. Sie spuckte die Münzen, die sie in ihrem Mund trug, in ihre Hand und sagte mir, was ich wissen wollte. Nur wenige goreanische Gewänder werden durch Taschen deformiert. Eine Ausnahme ist die Arbeitsschürze der Handwerker.

Schon bald näherte ich mich mit heftigem Herzklopfen dem Bereich Mintars; mein Gesicht war durch den Helm verborgen, den ich dem Krieger im Voltai abgenommen hatte. Am Eingang zu seinem Lager stand ein riesenhafter provisorischer Drahtkäfig, ein Tarnstall. Ich warf dem Tarnwächter eine silberne Tarnscheibe zu und befahl ihm, auf den Vogel zu achten, ihn zu putzen und zu füttern und dafür zu sorgen, dass er innerhalb kürzester Zeit einsatzbereit wäre.

146

Sein ärgerliches Murmeln brachte ich durch eine weitere Tarnscheibe zum Verstummen.

Ich ging durch die Außenbereiche von Mintars Lager, das, wie viele Händlerlager vom Hauptlager durch einen Zaun aus verflochtenem Strauchwerk abgetrennt war. Über dem Lager erstreckte sich eine Reihe miteinander verwobener Tarndrähte, als ob es eine kleine Stadt unter Belagerung sei. Mintars Lager umfasste mehrere Morgen Boden und war die größte Handelsniederlassung im Lager. Endlich erreichte ich den Bereich der Tharlarionpferche. Ich wartete, bis eine der Karawanenwachen vorüberging. Er erkannte mich nicht.

Ich schaute mich um, ob mich jemand beobachtete, kletterte dann leichtfüßig über den Zaun aus verwobenen Zweigen und ließ mich nach innen zwischen eine Gruppe Breit-Tharlarions fallen. Ich hatte sorgfältig darauf geachtet, dass das Gehege, in das ich sprang, nicht die Sattelechsen oder die Hohen Tharlarions beherbergte; jene Kreaturen, wie sie von Kazrak und seinen Tharlarionlanzenreitern geritten wurden. Solche Echsen sind sowohl äußerst unbeherrscht als auch fleischfressend, und ich hatte nicht die Absicht, die Aufmerksamkeit auf mich zu lenken, indem ich mir mit einem Speerschaft einen Weg durch sie hindurch bahnte.

Ihre behäbigeren Verwandten, die Breit-Tharlarions, hoben kaum ihre Schnauzen von den Futtertrögen. Abgeschirmt durch die beschaulichen, schweren Körper, einige fast so groß wie ein Bus, bahnte ich mir meinen Weg in Richtung der Mitte des Pferches.

Mein Glück hielt an, und ich schwang mich über die innere Gehegewand auf den ausgetretenen Pfad zwischen dem Gehege und den Zelten von Mintars Männern. Ähnlich einem gut organisierten Militärlager, das sich doch beträchtlich von dem wilden Durcheinander von Pa-Kurs Lager unterschied, wird ein Kaufmannslager gewöhnlich geometrisch angelegt, und Nacht für Nacht stellt jeder sein Zelt an der gleichen Stelle auf. Während das Militärlager normalerweise in einer Reihe konzentrischer Quadrate angelegt ist, die das auf Gor übliche Vierfach-Prinzip der militärischen Organisation widerspiegeln, wird das Händlerlager in konzentrischen Kreisen angelegt, wobei die Wachzelte den äußeren Ring einnehmen. Weiter innen liegen die Zelte der Handwerker, Tierhüter, Angestellten und Sklaven – das Zentrum war für den Händler, seine Waren und seine Leibwache reserviert.

Genau an diese Aufteilung hatte ich gedacht, als ich den Zaun an dieser Stelle überstiegen hatte. Ich suchte nach Kazraks Zelt, das im äußeren

Ring nahe dem Tharlarionpferch liegen musste. Meine Überlegungen waren richtig gewesen, und es dauerte nur einen Augenblick, in das kuppelartige Gestell seines Zeltes zu schlüpfen. Ich legte den Ring, den ich trug, mit dem Wappen der Cabots, auf seine Schlafmatte.

Eine schier endlos erscheinende Stunde wartete ich im dunklen Inneren des Zeltes. Schließlich bückte sich Kazraks müde Gestalt, den Helm in der Hand, durch den Zelteingang. Schweigend wartete ich im Schatten verborgen ab. Er legte seinen Helm auf die Schlafmatte und begann, sein Schwert abzulegen. Noch immer sprach ich kein Wort, nicht solange er eine Waffe kontrollierte. Leider besteht die erste Handlung eines goreanischen Kriegers, der einen Fremden in seinem Zelt vorfindet, wahrscheinlich darin, diesen zu töten, erst mit der zweiten wird er feststellen, wer es gewesen ist. Ich sah das Licht von Kazraks Feuerzeug und spürte ein plötzliches Gefühl der Freundschaft in mir, als ich seine Gesichtszüge kurz im Lichtschein sah. Er zündete die kleine hängende Zeltlampe an, ein Docht in einer Kupferschüssel mit Tharlarionöl, und wandte sich in deren flackerndem Licht der Schlafmatte zu. Kaum hatte er dies getan, da fiel er auf der Matte auf die Knie und griff nach dem Ring.

»Bei den Priesterkönigen!«, rief er.

Ich sprang durch das Zelt und legte meine Hand auf seinen Mund. Für einen Moment kämpften wir heftig. »Kazrak!«, sagte ich. Ich nahm meine Hand von seinem Mund. Er nahm mich in seine Arme und drückte mich an seine Brust, seine Augen füllten sich mit Tränen. Ich stieß ihn glücklich zurück.

»Ich habe dich gesucht«, sagte er. »Zwei Tage lang habe ich die Ufer des Vosk abgeritten. Ich hätte dich losgeschnitten.«

»Das wäre Ketzerei«, sagte ich lachend.

»Lass es Ketzerei sein«, entgegnete er. »Ich hätte dich losgeschnitten.«

»Wir sind wieder zusammen«, sagte ich schlicht.

»Ich habe den Holzrahmen gefunden«, sagte Kazrak, »einen halben Pasang vom Vosk entfernt, zerbrochen. Ich dachte, du seist tot.«

Der tapfere Mann weinte, und auch ich fühlte mich vor Freude dem Weinen nahe, weil er mein Freund war. Voller Zuneigung nahm ich ihn bei den Schultern und schüttelte ihn. Ich ging zu seiner Truhe neben der Matte und nahm seine Ka-la-na-Flasche heraus, nahm einen großen Schluck und drückte sie ihm dann in seine Hände. Er lehrte die Flasche in einem Zug und wischte mit seiner Hand über seinen Bart, der mit dem roten Saft des gegorenen Getränks benetzt war.

»Wir sind wieder zusammen«, sagte er. »Wir sind wieder zusammen, Tarl von Bristol, mein Schwertbruder.«

Kazrak und ich saßen in seinem Zelt, und ich erzählte ihm meine Abenteuer. Er hörte mir zu und schüttelte den Kopf. »Du bist ein Mann des Schicksals und des Glücks«, sagte er, »durch die Priesterkönige dazu bestimmt, große Taten zu vollbringen.«

»Das Leben ist kurz«, sagte ich. »Lass uns von Dingen sprechen, mit denen wir uns auskennen.«

»In hundert Generationen, unter den tausend Verkettungen des Schicksals«, sagte Kazrak, »gibt es nur einen Strang wie den deinen.«

Vom Zelteingang her kam ein Geräusch. Rasch verbarg ich mich wieder im Schatten.

Es war einer von Mintars getreuen Riemenmeistern, der Mann, welcher die Bestien führte, die die Sänfte des Kaufmanns trugen.

Ohne sich im Zelt umzuschauen, wandte er sich direkt an Kazrak.

»Würden Kazrak und sein Gast, Tarl von Bristol, mich bitte zum Zelt von Mintar aus der Kaste der Händler begleiten?«, fragte der Mann.

Kazrak und ich waren wie betäubt, standen aber auf und folgten dem Mann. Es war jetzt dunkel, und da ich meinen Helm trug, gab es keine Chance für einen zufälligen Beobachter, meine Identität festzustellen. Bevor ich Kazraks Zelt verließ, steckte ich den Ring aus rotem Metall, der das Wappen der Cabots trug, in meine Tasche. Bislang hatte ich den Ring in beinahe arroganter Art und Weise offen getragen, aber nun schien es mir, dass Vorsicht, um ein Sprichwort zu zitieren, der bessere Teil der Tapferkeit war.

Mintars Zelt war riesig und kuppelförmig, in seiner Form ähnlich der Form anderer Zelte im Lager. Aber nicht nur in der Größe, sondern auch in der Prächtigkeit seiner Ausstattung war es ein Palast aus Seide. Wir gingen an den Wachen am Eingang vorbei. In der Mitte des großen Zeltes saßen zwei Männer auf Kissen vor einem kleinen Feuer mit einem Spielbrett zwischen ihnen.

Der eine war Mintar aus der Kaste der Händler, dessen großer Leib wie ein Mehlsack auf den Kissen ruhte, und der andere, ein riesenhafter Mann, trug die Roben eines Geplagten, doch er trug sie wie ein König. Er saß mit gekreuzten Beinen da, in der Art eines Kriegers, den Rücken gerade, den Kopf erhoben. Ohne mich ihm nähern zu müssen, erkannte ich ihn sofort. Es war Marlenus.

»Unterbrecht das Spiel nicht!«, befahl Marlenus.

Kazrak und ich standen an der Seite des Spielbretts.

Mintar schien in Gedanken versunken zu sein; seine kleinen Augen starrten auf die roten und gelben Quadrate des Bretts. Auch Marlenus wandte seine Aufmerksamkeit wieder dem Spiel zu, nachdem er unsere Anwesenheit bemerkt hatte. Ein kurzes, listiges Flackern ließ für einen Augenblick die kleinen Augen Mintars aufleuchten, und seine rundliche Hand schwebte zögernd über einer der Spielfiguren auf den hundert Quadraten des Spielbretts, einem Tarnreiter in der Mitte. Er berührte ihn und legte sich damit fest, ihn zu bewegen. Ein rascher Abtausch folgte, der wie eine Kettenreaktion ablief. Keiner der Männer schien seine Züge auch nur für einen Moment zu überdenken. Zunächst nahm der erste Tarnreiter den ersten Tarnreiter, der zweite Speerträger reagierte mit der Neutralisierung des ersten Tarnreiters, die Stadt neutralisierte den Speerträger, ein Attentäter nahm die Stadt, der Attentäter fiel dem zweiten Tarnreiter zum Opfer, der Tarnreiter dem Speersklaven, der Speersklave einem anderen Speersklaven.

Mintar ließ sich auf die Kissen zurücksinken. »Du hast die Stadt genommen«, sagte er, »aber nicht den Heim-Stein.« Seine Augen schimmerten vor Vergnügen. »Ich ließ es zu, damit ich deinen Speersklaven schlagen konnte. Lass uns jetzt das Spiel entscheiden. Der Speersklave gibt mir den Vorteil, den ich brauche, nur ein kleiner Vorteil zwar, aber ein entscheidender.«

Marlenus lächelte ziemlich grimmig. »Aber die Position muss bei jeder Beurteilung berücksichtigt werden«, sagte er. Dann ließ er mit einer herrischen Geste seinen Ubar über das Brett eilen, ein Zug, der ihm durch Mintars Wegnahme seines Speersklaven möglich geworden war. Er bedrohte den Heim-Stein.

Mintar beugte seinen Kopf in spöttischer Ehrerbietung, ein schiefes Lächeln auf seinem fetten Gesicht, und mit einem seiner kurzen Finger tippte er gegen seinen eigenen Ubar, was dessen Fall zur Folge hatte.

»Es ist eine Schwäche meines Spiels«, klagte Mintar. »Ich bin immer zu sehr darauf versessen, Profit zu erzielen, und sei er auch noch so klein.«

Marlenus sah Kazrak und mich an. »Mintar«, sagte er, »lehrt mich die Geduld. Er ist normalerweise ein Meister der Verteidigung.«

Mintar lächelte. »Und Marlenus unbestreitbar einer des Angriffs.«

»Ein fesselndes Spiel«, sagte Marlenus fast geistesabwesend. »Einige Männer genießen dieses Spiel wie Musik und Frauen. Es kann ihnen Vergnügen bereiten. Es kann ihnen helfen zu vergessen. Es ist wie Ka-la-na-Wein oder wie die Nacht, in der solch ein Wein getrunken wird.«

Weder Kazrak noch ich selbst sprachen ein Wort.

»Seht«, sagte Marlenus, der das Spielfeld rekonstruierte. »Ich habe den Attentäter eingesetzt, um die Stadt zu nehmen. Dann ist der Attentäter von einem Tarnreiter geschlagen worden ... eine ungewöhnliche, aber interessante Variante ...«

»... und der Tarnreiter wird von einem Speersklaven geschlagen«, bemerkte ich.

»Sicher«, sagte Marlenus, den Kopf schüttelnd, »aber dadurch habe ich gewonnen.«

»Und Pa-Kur«, sagte ich, »ist der Attentäter.«

»Ja«, stimmte Marlenus zu, »und Ar die Stadt.«

»Und ich bin der Tarnreiter?«, fragte ich.

»Ja«, sagte Marlenus.

»Und wer«, fragte ich, »ist der Speersklave?«

»Ist das wichtig?«, fragte Marlenus und ließ dabei mehrere Speersklaven durch seine Finger einzeln auf das Brett fallen. »Jeder von ihnen taugt dazu.«

»Wenn der Attentäter die Stadt nimmt«, sagte ich, »ist die Regierung der Eingeweihten beendet, und die Horde wird sich vielleicht mit ihrer Beute zerstreuen und nur eine Garnison zurücklassen.«

Mintar schob sich wohlig hin und her und drückte seinen großen Körper tiefer in die Kissen. »Dieser junge Tarnreiter hier spielt das Spiel gut«, sagte er.

»Und«, so fuhr ich fort, »wenn Pa-Kur fällt, spaltet sich die Garnison in zwei Lager, und eine Revolution kann stattfinden ...«

»... angeführt von einem Ubar«, sagte Marlenus und starrte dabei auf die Spielfigur in seiner Hand. Es war ein Ubar. Er schleuderte ihn auf das Spielbrett und verstreute damit die anderen Figuren auf den seidenen Kissen. »... von einem Ubar!«, rief er aus.

»Du willst also die Stadt Pa-Kur überlassen?«, fragte ich. »Willst zulassen, dass seine Horde die Zylinder stürmt, die Stadt plündert und niederbrennt, Menschen tötet oder versklavt?« Ich erschauderte unwillkürlich bei dem Gedanken an die zügellosen Horden Pa-Kurs unter den Turmspitzen von Ar, metzelnd, plündernd, brennend, vergewaltigend oder wie die Goreaner es ausdrücken, die Brücken in Blut badend.

Die Augen von Marlenus blitzten auf. »Nein«, sagte er, »aber Ar wird fallen. Die Eingeweihten können nur Gebete an die Priesterkönige murmeln und die Einzelheiten ihrer unzähligen bedeutungslosen Opferungen arrangieren. Sie hungern nach politischer Macht, doch sie können sie weder begreifen noch lenken. Sie werden einer gut geführten Belagerung nicht lange standhalten. Sie können die Stadt niemals halten.«

»Könntest du nicht die Stadt betreten und die Macht übernehmen?«, fragte ich. »Du könntest den Heim-Stein zurückbringen. Du könntest eine Anhängerschaft um dich sammeln.«

»Ja«, sagte Marlenus, »ich könnte den Heim-Stein zurückgeben, und es gibt einige, die mir folgen würden, aber es sind nicht genug, nicht genug. Wie viele würden sich unter dem Banner eines Geächteten scharen? Nein, zuerst muss die Macht der Eingeweihten gebrochen sein.«

»Kennst du einen Weg in die Stadt?«, fragte ich.

Marlenus sah mich misstrauisch an. »Vielleicht«, sagte er.

»Dann hätte ich einen Alternativplan«, sagte ich. »Bring dich in den Besitz der Heim-Steine jener Städte, die Ar tributpflichtig sind und die im Zentralzylinder aufbewahrt werden. Wenn du dich ihrer bemächtigst, kannst du Pa-Kurs Horde spalten, indem du die Heim-Steine den Kontingenten der tributpflichtigen Städte zurückgibst, vorausgesetzt sie ziehen ihre Streitkräfte zurück. Wenn sie es nicht tun, zerstöre die Steine.«

»Die Soldaten der zwölf tributpflichtigen Städte«, sagte er, »wollen Beute, Vergeltung und die Frauen von Ar, nicht nur ihre Steine!«

»Vielleicht kämpfen einige von ihnen für ihre Freiheit und für das Recht, ihren eigenen Heim-Stein zu behalten«, sagte ich. »Bestimmt sind nicht alle in der Horde Pa-Kurs Abenteurer und Söldner.«

Das Interesse des Ubars bemerkend, fuhr ich fort: »Außerdem würden nur wenige der Soldaten Gors, auch wenn sie ansonsten Barbaren sein sollten, die Zerstörung des Heim-Steins ihrer Stadt riskieren – an ihm hängt das Glück ihrer Heimatstadt.«

»Aber«, sagte Marlenus, die Stirn runzelnd, »wenn die Belagerung aufgehoben ist, würden die Eingeweihten an der Macht bleiben.«

»Und Marlenus könnte nicht wieder den Thron von Ar besteigen«, sagte ich, »aber die Stadt wäre gerettet.« Ich sah Marlenus an, prüfte den Mann. »Was ist dir wichtiger, Ubar, deine Stadt oder dein Titel? Suchst du das Wohl von Ar oder deinen privaten Ruhm?«

Marlenus sprang auf die Füße, warf das gelbe Gewand der Geplagten von sich und zog seine metallisch glänzende Klinge aus der Scheide. »Ein Ubar«, schrie er, »beantwortet solch eine Frage nur mit seinem Schwert!« Auch meine Waffe war fast gleichzeitig aus ihrer Scheide gesprungen. Wir sahen uns für einen langen, schrecklichen Moment an; dann warf

Marlenus seinen Kopf zurück, lachte sein lautes Löwenlachen und stieß sein Schwert zurück in seine Scheide. »Dein Plan ist gut«, sagte er. »Meine Männer und ich werden heute Nacht die Stadt betreten!«

»Und ich werde mit dir gehen«, sagte ich.

»Nein«, entgegnete Marlenus. »Die Männer von Ar brauchen nicht die Hilfe eines Kriegers aus Ko-ro-ba.«

»Vielleicht«, schlug Mintar vor, »könnte sich der junge Tarnreiter der Sache um Talena annehmen, der Tochter von Marlenus.«

»Wo ist sie?«, verlangte ich zu wissen.

»Wir sind nicht sicher«, sagte Mintar. »Aber man nimmt an, dass sie in Pa-Kurs Zelten festgehalten wird.«

Zum ersten Mal sprach Kazrak. »An dem Tage, an dem Ar fällt, heiratet sie Pa-Kur und wird neben ihm herrschen. Er hofft, dass dies die Überlebenden von Ar ermutigt, ihn als rechtmäßigen Ubar zu akzeptieren. Er wird sich zu ihrem Befreier erklären, zu ihrem Retter vor der Despotie der Eingeweihten, zum Restaurator der alten Ordnung, des Ruhmes des Imperiums.«

Mintar arrangierte beiläufig die Spielsteine auf dem Spielbrett, zunächst die der einen Farbe und dann die der anderen. »In bedeutenden Angelegenheiten, bei denen jetzt die Spielsteine gesetzt werden«, sagte er, »ist das Mädchen unbedeutend, aber nur die Priesterkönige können alle möglichen Varianten voraussehen. Es könnte sich als recht vorteilhaft erweisen, das Mädchen vom Brett zu nehmen.« Indem er dies sagte, nahm er eine Spielfigur, die Gefährtin des Ubars, auch Ubara genannt, vom Brett und legte sie in den Spielkasten.

Marlenus starrte auf das Brett, die Fäuste geballt. »Ja«, sagte er, »sie muss vom Brett genommen werden, aber nicht nur aus Gründen der Strategie. Sie hat mich entehrt.« Er sah mich mürrisch an. »Sie ist mit einem Krieger allein gewesen – sie hat sich unterworfen – sie hat sogar gelobt, an der Seite eines Attentäters zu sitzen.«

»Sie hat dich nicht entehrt«, sagte ich.

»Sie hat sich unterworfen«, entgegnete Marlenus.

»Nur um ihr Leben zu retten«, sagte ich.

»Und es geht das Gerücht«, sagte Mintar, ohne vom Spielbrett aufzublicken, »dass sie sich Pa-Kar nur deshalb versprochen hat, um einem Tarnreiter, den sie liebt, eine kleine Überlebenschance zu geben.«

»Sie hätte einen Brautpreis von tausend Tarnen gebracht«, sagte Marlenus bitter, »und jetzt ist sie weniger Wert als ein trainiertes Sklavenmädchen.«

»Sie ist deine Tochter«, sagte ich, mich zurückhaltend.

»Wenn sie jetzt hier wäre«, sagte Marlenus, »würde ich sie erwürgen.«

»Und ich würde dich töten«, sagte ich.

»Nun gut«, erwiderte Marlenus lächelnd, »dann würde ich sie vielleicht nur schlagen und meinen Tarnreitern nackt vorwerfen.«

»Und ich würde dich töten«, wiederholte ich.

»In der Tat«, sagte Marlenus, indem er mich genau betrachtete, »einer von uns würde den anderen erschlagen.«

»Empfindest du keine Liebe für sie?«, fragte ich.

Marlenus schien für einen Augenblick verwirrt. »Ich bin ein Ubar«, sagte er. Er zog die Roben der Geplagten noch einmal um seinen riesenhaften Leib und holte seinen knorrigen Stab, den er bei sich hatte. Er ließ die Kapuze der gelben Robe über sein Gesicht fallen. Bereit zu gehen, wandte er sich mir dann noch einmal zu. Mit dem Stab klopfte er mir gutmütig auf die Brust. »Mögen dich die Priesterkönige begünstigen«, sagte er, und obgleich sein Gesicht hinter den Falten der Kapuze verborgen lag, wusste ich doch, dass er kicherte.

Marlenus verließ das Zelt, scheinbar ein Geplagter, das gebeugte Wrack eines Menschen, der mitleiderregend mit dem Stab in der Erde scharrte.

Mintar sah auf, und auch er schien zufrieden. »Du bist der einzige Mann, der dem Tarntod jemals entkommen ist«, sagte er mit etwas Verwunderung in seiner Stimme. »Vielleicht ist es wahr, was sie über dich sagen, dass du der Krieger bist, wie er nur alle tausend Jahre von den Priesterkönigen nach Gor gebracht wird, um die Welt zu verändern.«

»Woher wusstest du, dass ich ins Lager kommen würde?«, fragte ich.

»Wegen des Mädchens«, sagte Mintar. »Und es war logisch, dass du die Hilfe von Kazrak, deinem Schwertbruder, in Anspruch nehmen würdest, oder etwa nicht?«

»Ja«, sagte ich.

Mintar griff in den Beutel an seiner Taille und zog eine goldene Tarnscheibe von doppeltem Gewicht heraus. Er warf sie Kazrak zu.

Kazrak fing sie auf.

»Ich verstehe, dass du meine Dienste verlassen willst«, sagte Mintar.

»Ich muss«, antwortete Kazrak.

»Natürlich«, sagte Mintar.

»Wo sind Pa-Kurs Zelte?«, fragte ich.

»An der höchsten Stelle des Lagers«, sagte Mintar, »nahe dem zweiten Graben und gegenüber dem großen Tor von Ar. Du wirst das schwarze Banner der Attentäterkaste leicht erkennen.«

»Danke«, sagte ich. »Obwohl du der Händlerkaste angehörst, bist du ein tapferer Mann.«

»Es ist durchaus möglich, dass ein Kaufmann ebenso tapfer ist wie ein Krieger, junger Tarnreiter«, sagte Mintar lächelnd. Dann schien er ein wenig verlegen zu sein. »Lass es uns einmal so betrachten. Wenn Marlenus Ar zurückgewinnt – erhält dann Mintar nicht die Monopole, die er sich wünscht?«

»Ja«, sagte ich, »aber Pa-Kur wird solche Monopole genauso freigiebig wie Marlenus gewähren.«

»Sogar noch freigiebiger«, korrigierte mich Mintar, der seine Aufmerksamkeit wieder auf das Brett richtete, »aber weißt du, Pa-Kur spielt das Spiel nicht!«

16 Das Mädchen im Käfig

Kazrak und ich kehrten zu seinem Zelt zurück, und bis zum frühen Morgen diskutierten wir die Möglichkeiten, Talena zu retten. Wir verwarfen eine Reihe von Plänen, von denen keiner große Hoffnungen auf Erfolg versprach. Es wäre vermutlich selbstmörderisch gewesen, einen direkten Versuch zu unternehmen, sich zu ihr durchzuschlagen – und dennoch, wenn es die letzte Möglichkeit sein sollte, wusste ich, dass ich diesen Versuch wagen würde. In der Zwischenzeit war sie vermutlich sicher, bis die Stadt fiel oder Pa-Kur seine Pläne änderte. Es schien unwahrscheinlich, dass Pa-Kur politisch so naiv war, das Mädchen zu benutzen, bevor sie ihn gemäß den Bräuchen auf Gor öffentlich als freien Gefährten akzeptiert hätte. In der Rolle der Vergnügungsslavin wäre ihr politischer Wert zu vernachlässigen. Andererseits erzürnte mich der Gedanke, sie in den Zelten Pa-Kurs zu wissen, und ich wusste, dass ich mich nicht ewig würde zurückhalten können. Im Moment überzeugte mich jedoch Kazraks Rat geduldig zu sein, denn mir war klar, dass jede überstürzte Aktion mit Sicherheit zum Scheitern verdammt wäre.

Folglich verbrachte ich die nächsten Tage mit Kazrak und wartete auf den richtigen Augenblick. Ich färbte mein Haar schwarz und erhielt Helm und Ausrüstung eines Attentäters. An der linken Schläfe des schwarzen Helms befestigte ich das goldene Rangzeichen eines Boten. In dieser Verkleidung konnte ich mich frei im Lager bewegen und die Belagerungsvorbereitungen beobachten, die Zuweisung von Formationen und die Aufstellung der Truppen. Ab und zu kletterte ich bis auf die halbe Höhe der im Bau befindlichen Belagerungstürme und beobachtete die Stadt Ar und die Plänkeleien, die zwischen ihr und dem ersten Stadtgraben ausgetragen wurden.

Immer wieder durchdrangen die schrillen Töne der Alarmhörner die Luft, wenn Kräfte aus Ar ausschwärmten, um auf den Ebenen vor der Stadt zu kämpfen. Wenn dies geschah, war es unvermeidlich, dass sich Pa-Kurs Speer- und Lanzenträger den Männern aus Ar entgegenstellten, indem sie den Belagerungsslaven durch den Irrgarten aus Stangen und Fallen folgten. Manchmal trieben seine Männer die Krieger aus Ar hinter die Mauern der Stadt zurück, zwangen sie wieder hinter die Stadttore. Und manchmal konnten die Soldaten aus Ar die Männer Pa-Kurs hinter die Verteidigungsballustraden zurückdrängen; einmal sogar wieder zurück über die neu gebaute Belagerungsbrücke, die den großen Stadtgraben überspannte. Dennoch gab es kaum Zweifel darüber, dass Pa-Kurs Männer im Vorteil waren. Der Nachschub an Menschen, auf den sich Pa-Kur stützen konnte, schien unerschöpflich zu sein; außerdem befand sich unter seinem Kommando eine beträchtliche Truppe einer Tharlarionkavallerie, eine Waffe, die den Soldaten aus Ar fast völlig fehlte.

Während dieser Kämpfe war der Himmel mit Tarnreitern aus Ar und aus dem Lager übersät, die in die Ansammlungen der Krieger unter ihnen feuerten oder hundert Fuß über der Erde in wilde Zweikämpfe verwickelt waren. Aber nach und nach wurden die Gruppen der Tarnreiter aus Ar ausgedünnt, überwältigt von den überlegenen Kräften, die Pa-Kur mit unbarmherziger Freizügigkeit gegen sie schicken konnte. Am neunten Tag der Belagerung gehörte der Himmel Pa-Kur, und die Truppen aus Ar machten keine Ausfälle mehr aus dem großen Tor. Alle Hoffnung war verloren, die Belagerung durch Kampf abzuwenden. Die Männer aus Ar blieben hinter ihren Mauern und unter ihren Tarndrähten, warteten auf die kommenden Angriffe, während die Eingeweihten der Stadt den Priesterkönigen Opfer darbrachten.

Am zehnten Tag der Belagerung wurden kleine Belagerungsgeräte wie überdachte Katapulte und Wurfgeschütze von Tarnteams über die Gräben geflogen, und schon bald gab es Artillerieduelle mit den Kampfgeräten, die auf den Mauern von Ar befestigt waren. Gleichzeitig versetzten ungeschützte Arbeitsketten von Sklaven die Palisaden weiter nach vorne. Nach etwa vier Tagen des Beschusses, der vermutlich wenig Wirkung zeigte, wurde der erste Sturmangriff durchgeführt.

Er begann mehrere Stunden vor Morgengrauen: gigantische Belagerungstürme rollten langsam über die Brücken der Gräben; sie waren jetzt mit Stahlplatten geschützt, um die Wirkung von Brandpfeilen und brennendem Pech abzuwehren. Gegen Mittag waren sie in Schussweite der Armbrüste auf den Mauern. Nach Einbruch der Dunkelheit erreichte der erste Turm im Licht der Fackeln die Mauern. Innerhalb einer Stunde hatten drei weitere Türme die erste Mauer erreicht. Rings um die Türme, aber auch auf ihnen schwärmten Krieger aus. Über ihnen trafen Tarnreiter auf Tarnreiter zu einem Kampf auf Leben und Tod. Strickleitern aus Ar brachten die Verteidiger zweihundert Fuß tief auf die Höhe der Türme herab. Durch kleine Nebentore drangen andere Verteidiger zu Boden gegen die Türme vor und trafen auf Pa-Kurs massierte Unterstützungstrupps. Von der Spitze der Mauern, etwa zweihundert Fuß über den Türmen, wurden Pfeile abgefeuert und Steine geworfen. Im Inneren der Türme zerrten nackte, schwitzende Belagerungssklaven unter den antreibenden Peitschen der Aufseher an den großen Ketten, die die mächtige Stahlramme in die Mauer hin und wieder zurückschwingen ließen.

Einer von Pa-Kurs Türmen wurde untergraben; er neigte sich gefährlich und krachte in den Staub, mit der gesamten schreienden, verlorenen Besatzung. Ein anderer wurde geentert und verbrannt. Doch fünf weitere Türme rollten langsam auf die Mauern von Ar zu. Diese Türme waren jeder für sich eine eigene Festung, und sie wurden um jeden Preis gehalten – Stunde um Stunde setzten sie ihre Arbeit fort und nagten an den Mauern.

Inzwischen flogen von Pa-Kur ausgewählte Tarnreiter an mehreren Punkten der Stadt und zu beliebigen Zeitpunkten mit ihren Tarnen jeweils zusammengebundene Seilschaften von neun Speerträgern ein, ließen sie über den Tarndrähten und auf die Zylinderdächer fallen und brachten auf diese Weise kleine Sturmtruppen von Angreifern in die Stadt. Diesen Sturmtruppen gelang selten die Rückkehr, doch mitunter waren sie außergewöhnlich erfolgreich.

Am zwanzigsten Tag der Belagerung gab es großen Jubel im Lager Pa-Kurs, denn an einer Stelle war es gelungen, die Tarndrähte zu zerschneiden, und eine Gruppe von Speerträgern hatte die Hauptzisterne für Belagerungen erreicht und ihre Gefäße mit giftigem Kanda dort hinein geleert, einem tödlichen Gift, das aus einem von Gors Wüstensträuchern gewonnen wird. Ab jetzt war die Stadt vor allem auf private Brunnen und die Hoffnung auf Regen angewiesen. Es schien wahrscheinlich, dass Nahrung und Wasser in der Stadt bald knapp würden und dass die Eingeweihten, deren Widerstand einfallslos gewesen war und die offensichtlich nicht fähig waren, die Stadt zu schützen, bald einer hungrigen und verzweifelten Bevölkerung gegenüberstehen würden.

Marlenus' Schicksal in diesen Tagen war zweifelhaft. Ich war sicher, dass er irgendwie die Stadt betreten hatte und nun vermutlich darauf wartete, einen Schlag gegen die Heim-Steine der unterworfenen Städte zu führen, um wenn möglich die Horde Pa-Kurs zu spalten. Dann in der vierten Woche der Belagerung blieb mir beinahe mein Herz stehen. Marlenus war zwar mit mehreren seiner Männer in die Stadt gekommen, doch er war entdeckt worden – er war jetzt im Zylinder der Heim-Steine eingeschlossen, eben in jenem Zylinder, der sein Palast in den Tagen des Ruhmes gewesen war.

Marlenus und seine Leute beherrschten offensichtlich die oberste Etage und das Dach des Zylinders, doch es bestand wenig Hoffnung, dass er die Heim-Steine auch würde benutzen können, die jetzt in seiner Reichweite waren. Weder er noch seine Männer besaßen Tarne, und ihr Fluchtweg war abgeschnitten. Darüber hinaus würde das schwere Netzwerk, der überall vorhandenen Tarndrähte im Bereich des Zentralzylinders jeden Rettungsversuch verhindern, außer vielleicht den einer größeren Truppe.

Pa-Kur war natürlich sehr erfreut darüber, Marlenus dort zu wissen, um ihn von den Männern aus Ar vernichten zu lassen. Er war auch nicht so dumm, die Heim-Steine der unterworfenen Städte in sein Lager zu holen und damit Uneinigkeit in seiner Horde zu riskieren, bevor die Belagerung erfolgreich beendet war. Tatsächlich war es wahrscheinlich, dass Pa-Kur überhaupt nicht die Absicht hatte, die Heim-Steine jemals zurückzugeben, sondern entschlossen war, in Bezug auf das Imperium, selbst in Marlenus' Fußstapfen zu treten. Ich fragte mich, wie lange Marlenus durchhalten konnte. Es würde sicherlich zumindest teilweise von den zur Verfügung stehenden Vorräten an Wasser und Nahrung sowie von der Beharrlichkeit der Eingeweihten abhängen, ob er vertrieben würde. Ich glaubte ganz sicher, dass es Zisternen und Wasserbehälter im Palast geben würde, und ich nahm an, dass Marlenus in weitsichtiger Vorbereitung, angesichts der instabilen Politik Ars, seinen Zylinder zu einer Festung ausgebaut hatte, mit eingelagerten Vorräten an Nahrung und Schusswaffen. Auf jeden Fall war mein Plan zur Aufteilung der Heim-Steine gescheitert, und Marlenus, auf den ich angewiesen war, war, um in der Sprache des Spiels zu bleiben, neutralisiert, wenn nicht sogar vom Brett entfernt worden.

Verzweifelt diskutierten Kazrak und ich all diese Dinge immer wieder. Die Wahrscheinlichkeit, dass Ar der Belagerung würde widerstehen können, war gering.

Aber zumindest eine Sache musste noch getan werden: Es musste der Versuch unternommen werden, Talena zu retten. Ein anderer Plan kam mir in den Sinn, aber ich verwarf ihn als zu weit hergeholt, als zu unsinnig, um weiter darüber nachzudenken. Kazrak bemerkte mein Stirnrunzeln und wollte wissen, was ich gedacht hatte.

»Die Belagerung könnte durchbrochen werden«, sagte ich, »wenn eine Streitmacht Pa-Kur überraschend angreifen würde – eine Streitmacht von einigen tausend Kriegern, und zwar an der ungeschützten Seite des Lagers.«

Kazrak lächelte. »Das stimmt. Doch woher willst du diese Armee nehmen?« Ich zögerte einen Augenblick und sagte dann: »Ko-ro-ba, vielleicht Thentis.«

Kazrak schaute mich ungläubig an. »Hast du den Verstand verloren?«, fragte er. »Der Niedergang von Ar ist Ka-la-na-Wein für die freien Städte auf Gor. Wenn Ar fällt, wird man auf den Straßen frohlocken. Wenn Ar fällt, wird man Girlanden auf den Brücken aufhängen, es wird freien Paga geben, man wird Sklaven freilassen und Feinde werden sich Freundschaft schwören.«

»Wie lange wird das anhalten?«, forschte ich nach, »mit Pa-Kur auf dem Thron von Ar?«

Kazrak schien plötzlich von dunklen Gedanken umwölkt zu sein.

»Pa-Kur wird die Stadt nicht zerstören«, sagte ich, »und er wird so viel von seiner Horde behalten, wie er nur kann.«

»Ja«, sagte Kazrak. »Es wird wenig Grund zum Jubeln geben.«

»Marlenus hatte einen Traum von einem Imperium«, sagte ich, »doch Pa-Kurs Pläne werden nur einen Albtraum von Unterdrückung und Tyrannei hervorbringen.«

»Es ist unwahrscheinlich, dass Marlenus jemals wieder eine Gefahr sein wird«, vermutete Kazrak. »Selbst wenn er überlebt, wird er ein Geächteter in seiner eigenen Stadt sein.«

»Aber Pa-Kur«, wandte ich ein, »als Ubar von Ar wird eine Bedrohung für ganz Gor sein.«

»Das ist wahr«, antwortete Kazrak und sah mich fragend an.

»Warum sollten sich die freien Städte von Gor nicht vereinen, um Pa-Kur zu besiegen?«

»Die Städte vereinen sich niemals«, entgegnete Kazrak.

»Sie haben es noch nie getan«, sagte ich, »aber sicherlich ist jetzt die Zeit gekommen, Pa-Kur zu stoppen, und nicht erst, wenn er Herr in Ar ist.«

»Die Städte vereinen sich niemals«, wiederholte Kazrak kopfschüttelnd.

»Nimm diesen Ring«, sagte ich und gab ihm den Ring mit dem Wappen der Cabots. »Zeig ihn dem Administrator von Ko-ro-ba, dem Administrator von Thentis und den Ubars oder Administratoren aller anderen Städte, die du antreffen kannst. Sag ihnen, sie sollen die Belagerung aufgeben. Sag ihnen, dass sie jetzt zuschlagen müssen, und dass du mit dieser Nachricht von Tarl Cabot kommst, einem Krieger aus Ko-ro-ba.«

»Ich werde vermutlich gepfählt«, sagte Kazrak und erhob sich auf seine Füße, »aber ich werde gehen.«

Mit schwerem Herzen sah ich zu, wie Kazrak sein Schwert um die Schulter schwang und seinen Helm nahm. »Auf Wiedersehen, Schwertbruder«, sagte er, wandte sich um und verließ das Zelt, als würde er nur zu den Tharlarionpferchen gehen oder seinen Wachdienst antreten wie in unseren Tagen bei der Karawane. Ich spürte ein Würgen im Hals und fragte mich, ob ich meinen Freund in den Tod geschickt hatte.

In wenigen Minuten hatte ich meine eigene Ausrüstung zusammenge-packt, setzte den schweren schwarzen Helm des Attentäters auf, verließ das Zelt und lenkte meine Schritte zu Pa-Kurs Lager. Mein Weg führte mich in den inneren Bereich des zweiten Grabens, gegenüber dem gro-ßen Tor von Ar in der Ferne. Dort auf einer kleinen Anhöhe – die Aus-blick über die Palisaden erlaubte, die den Graben säumten – sah ich die Wand aus schwarzer Seide, die Pa-Kurs Bereich umgab. Im Inneren wa-ren Dutzende von Zelten, die das Quartier für sein persönliches Gefolge und seine Leibwache bildeten. Darüber wehte an mehreren Stellen das schwarze Banner der Kaste der Attentäter.

Ich hatte mich diesem Bereich schon hundert Male vorher genähert, doch diesmal war ich entschlossen, auch einzutreten. Ich ging mit schnel-len Schritten, mein Herz begann, stärker zu schlagen, und ich spürte das Hochgefühl der Entscheidung. Ich würde handeln. Es wäre Selbstmord gewesen, den Weg hinein freizukämpfen, aber da Pa-Kur irgendwo in der Nähe von Ar war und die Belagerungsmanöver leitete, konnte ich mit etwas Glück, als sein Bote durchgehen. Wer wäre schon kühn genug, jemandem den Einlass zu verwehren, dessen Helm das goldene Rangzei-chen eines Boten trug?

Ohne zu zögern, erklomm ich die Erhebung und stellte mich den Wa-chen.

»Eine Nachricht von Pa-Kur«, sagte ich, »für die Ohren von Talena, sei-ner zukünftigen Ubara.«

»Ich werde die Nachricht überbringen«, erwiderte eine der Wachen, ein großer Mann, mit misstrauischen Augen. Er betrachtete mich sehr genau. Offensichtlich war ich niemand, den er kannte.

»Die Nachricht ist für die zukünftige Ubara und nur für sie allein«, sag-te ich ärgerlich. »Verwehrst du dem Boten von Pa-Kur den Zutritt?«

»Ich kenne dich nicht«, grollte er.

»Nenn mir deinen Namen«, verlangte ich, »damit ich Pa-Kur berichten kann, wer es war, der verhinderte, dass seine zukünftige Ubara die Nachricht erhielt.«

Es entstand ein quälendes Schweigen, dann trat die Wache zur Seite. Ich betrat den inneren Bereich, ohne einen festen Plan, aber mit dem Gefühl, Talena kontaktieren zu müssen. Vielleicht konnten wir gemeinsam eine Flucht zu einem späteren Zeitpunkt arrangieren. Im Moment wusste ich nicht einmal, wo sie im inneren Bereich gefangen gehalten wurde.

Innerhalb der ersten Wand aus schwarzer Seide war eine zweite Wand, die aus Eisenstangen bestand. Pa-Kur war nicht so leichtfertig in Bezug auf seine Sicherheit, wie ich vermutet hatte. Außerdem konnte ich darüber die Abdrücke von Tarndrähten erkennen. Ich ging um die zweite Wand herum, bis ich an ein Tor kam, wo ich meine Geschichte wiederholte. Hier wurde ich ohne weitere Fragen eingelassen, als wäre mein Helm allein eine ausreichende Garantie für meine Berechtigung, hier sein zu dürfen. Im Inneren der zweiten Wand begleitete mich eine Turmsklavin zwischen den Zelten, ein schwarzes Mädchen, in goldener Uniform, mit goldenem Halsreif und passenden Ohrringen aus Gold. Hinter mir folgten nacheinander zwei Wachen.

Wir hielten vor einem prächtigen gelb-roten Zelt an, das ungefähr vierzig Fuß Durchmesser hatte und an der Spitze zwanzig Fuß hoch war. Ich wandte mich meiner Begleitung und den Wachen zu. »Wartet hier«, sagte ich. »Meine Nachricht ist für die Ohren derjenigen bestimmt, die Pa-Kur versprochen ist und nur für ihre Ohren allein.« Mein Herz schlug so laut, dass ich erstaunt war, dass sie es nicht hören konnten. Ich war überrascht, dass meine Stimme so ruhig klang.

Die Wachen sahen einander an; solch eine Aufforderung hatten sie nicht erwartet. Selbst die Turmsklavin sah mich ernst an, so als hätte ich beschlossen, ein lang vergessenes oder aus der Mode gekommenes Privileg einzufordern.

»Wartet hier!«, befahl ich und trat in das Zelt. Darin stand ein Käfig.

Es war ein Würfel mit etwa zehn Fuß Kantenlänge, vollständig geschlossen. Die schweren Metallstangen waren mit Silber überzogen und mit wertvollen Steinen besetzt. Zu meiner Bestürzung bemerkte ich, dass der Käfig keine Tür hatte. Er war buchstäblich, um die Gefangene herum gebaut worden. Ein Mädchen saß im Käfig, stolz, auf einem Thron. Sie trug die Roben der Verhüllung, Schleier und den vollen Ornat einer Ubara.

Irgendetwas riet mir, vorsichtig zu sein.

Ich weiß nicht, was es war.

Etwas schien falsch zu sein. Ich unterdrückte den Impuls, ihren Namen zu rufen; ich widerstand dem Impuls, an die Gitterstäbe zu springen, sie zu ergreifen und an die Stäbe zu drücken – und an meine Lippen. Dies musste Talena sein, die ich liebte, der mein Leben gehörte. Dennoch näherte ich mich nur langsam, fast vorsichtig.

Vielleicht war etwas in der Haltung der verhüllten Gestalt, etwas in der Art, wie sie ihren Kopf hielt. Sie sah sehr nach Talena aus, aber nicht ganz so, wie sie tatsächlich war. War sie verletzt oder unter Drogen gesetzt? Erkannte sie mich? Ich stand vor dem Käfig und hob den Helm von meinem Kopf. Sie zeigte keine Reaktion des Erkennens. Ich suchte nach einem Schimmer der Bewusstheit in diesen grünen Augen, nach dem kleinsten Zeichen von Gefühl oder Willkommen.

Meine Stimme klang wie aus weiter Ferne: »Ich bin Pa-Kurs Bote«, sagte ich. »Er lässt dir sagen, dass die Stadt bald fallen wird, und dass du dann neben ihm auf dem Thron von Ar sitzen wirst.«

»Pa-Kur ist freundlich«, sagte das Mädchen.

Ich war fassungslos, trotzdem zeigte ich nicht das geringste Zeichen von Überraschung. Ich war wirklich für einen Augenblick überwältigt von der Durchtriebenheit Pa-Kurs, und ich war heilfroh, dass ich einige der Ratschläge Kazraks bezüglich Geduld und Vorsicht befolgt hatte und nicht versucht hatte, mich zu ihr durchzuschlagen und sie mit der Klinge meines Schwertes nach draußen zu bringen. Ja, das wäre ein Fehler gewesen. Die Stimme des Mädchens im Käfig war nicht die Stimme des Mädchens, das ich liebte. Das Mädchen im Käfig war nicht Talena.

17 Goldene Ketten

Ich war von Pa-Kurs Klugheit ausgetrickst worden. Ich verließ den inneren Bereich des Attentäters mit einem Herz voller Bitterkeit und kehrte in Kazraks Zelt zurück. In den nächsten Tagen suchte ich Pagazelte und Märkte auf, versuchte, etwas über Talenas gegenwärtige Lage zu erfahren, indem ich Sklavinnen bedrängte und Schwertkämpfer herausforderte. Doch die Antwort, wenn ich überhaupt eine Antwort erhielt, war immer die gleiche, egal ob durch die Wirkung einer goldenen Tarnscheibe oder durch Todesangst erzielt – nämlich dass sie im Zelt aus rot-gelber Seide gefangen gehalten wurde. Ich hatte keine Zweifel daran, dass die Lakaien Pa-Kurs, die ich entweder beschwatzt oder erpresst hatte, ganz sicher glaubten, das Mädchen im Käfig sei Talena. Von denen, die tatsächlich im inneren Bereich seines Lagers lebten, war er vielleicht der Einzige, der den wahren Aufenthaltsort des Mädchens kannte.

Mit Entsetzen wurde mir klar, dass ich nichts anderes gemacht hatte, als die Tatsache deutlich zu machen, dass irgendjemand verzweifelt, etwas über den Aufenthalt des Mädchens erfahren wollte, und wenn diese Information überhaupt etwas bewirken würde, dann nur, dass Pa-Kur seine Vorsichtsmaßnahmen für ihre Sicherheit verdoppeln und versuchen würde, denjenigen, der für diese Nachforschungen verantwortlich war, festzusetzen. In diesen Tagen trug ich nicht die Kleidung eines Attentäters, sondern war als Tarnreiter mit einem Dutzendgesicht gekleidet, ohne das Abzeichen irgendeiner Stadt. Viermal entwich ich den besonderen Patrouillen Pa-Kurs, die von Männern angeführt wurden, die ich mit vorgehaltenem Schwert verhört hatte.

In Kazraks Zelt wurde mir reumütig klar, dass meine Bemühungen vergeblich gewesen waren, und dass Marlenus' Tarnreiter letztendlich neutralisiert worden waren. Ich überlegte, ob ich Pa-Kur vernichten sollte, aber dabei schien nicht nur der Erfolg sehr unwahrscheinlich, das würde mich auch meinem Ziel der Rettung Talenas nicht näherbringen. Trotzdem hätte nur der Anblick meiner Geliebten mir mehr Befriedigung gebracht, als wenn ich mein Schwert in das Herz des Attentäters gestoßen hätte.

Es waren furchtbare Tage für mich. Neben meinem eigenen Versagen erhielt ich keine Nachricht von Kazrak, und die Berichte aus Ar über die Lage Marlenus' im Zentralzylinder wurden undurchsichtig und widersprüchlich. So weit, wie ich es feststellen konnte, waren er und seine

Männer überwältigt, und die Spitze des Zentralzylinders befand sich wieder in den Händen der Eingeweihten. Und wenn dies noch nicht geschehen war, wurde es zumindest jeden Augenblick erwartet. Die Belagerung ging in den zweiundfünfzigsten Tag, und die Kräfte Pa-Kurs hatten die erste Mauer durchbrochen. Sie wurde an sieben Stellen methodisch geschliffen, um den Belagerungstürmen Zugang zur zweiten Mauer zu geben. Darüber hinaus waren Hunderte von leichten Flugbrücken gebaut worden, die während des letzten Sturmangriffs von der ersten Mauer zur zweiten geworfen werden sollten, sodass Pa-Kurs Männer darauf zum aufragenden Bollwerk, zu Ars letzter Verteidigungsstellung klettern konnten. Gerüchte besagten, dass jetzt Dutzende von Tunneln unter der zweiten Mauer hindurchführten, die innerhalb von Stunden an verschiedenen Orten in der Stadt geöffnet werden konnten. Die Abwehrmaßnahmen der Männer aus Ar waren offenbar planlos und inkompetent gewesen. Es war Ars Unheil, dass in dieser kritischsten Zeit seiner langen Geschichte ihr Schicksal in den Händen der einfältigsten aller Kasten lag, in den Händen der Eingeweihten, erfahren nur in Ritualen, in Mythologie und Aberglauben. Schlimmer noch, aus Berichten von Deserteuren wurde deutlich, dass die Stadt hungerte und die Wasserversorgung versiegt war. Einige Verteidiger öffneten die Adern der überlebenden Tarne und tranken ihr Blut. Das zierliche Urt, ein verbreitetes Nagetier in den goreanischen Städten, brachte auf den Märkten eine silberne Tarnscheibe ein. Krankheiten brachen aus; Gruppen von Plünderern aus Ar selbst lungerten auf den Straßen herum. Im Lager von Pa-Kur erwarteten wir täglich, ja stündlich den Fall der Stadt. Dennoch – unbezwinglich weigerte sich Ar aufzugeben.

Ich glaube wirklich, dass die mutigen Männer Ars in ihrer tapferen, wenn auch blinden Liebe zu ihrer Stadt so lange die Mauern gehalten hätten, bis der letzte erschlagene Krieger von diesen Mauern auf die Straßen geworfen worden wäre, doch die Eingeweihten wollten es anders. In einer überraschenden Wendung, die man vielleicht hätte erahnen können, erschien der hohe Eingeweihte von Ar auf den Mauern. Dieser Mann nahm für sich in Anspruch, der höchste Eingeweihte aller Eingeweihten auf Gor zu sein und seine Anweisungen von den Priesterkönigen selbst zu erhalten. Es ist überflüssig zu erwähnen, dass dieser Anspruch von den führenden Eingeweihten von Gors freien Städten nicht anerkannt wurde, die sich selbst in ihren eigenen Städten als unabhängig ansahen. Der höchste Eingeweihte, wie er sich selbst nannte, hob einen Schild hoch und legte ihn dann vor seinen Füßen ab. Dann hob er einen

Speer an und legte ihn ebenfalls wie den Schild dort ab. Diese Geste entspricht einer militärischen Konvention, die von den Kommandeuren auf Gor angewendet wird, wenn man Friedensverhandlungen oder eine Unterredung einberufen will. Sie eröffnet einen Waffenstillstand, buchstäblich das zeitlich begrenzte Niederlegen der Waffen. Um aufzugeben, andererseits, werden die Griffe des Schildes und der Speerschaft gebrochen, als Symbol, dass der Besiegte sich selbst entwaffnet hat und sich in die Gnade des Eroberers begibt.

Nach kurzer Zeit erschien Pa-Kur gegenüber dem höchsten Eingeweihten auf der ersten Mauer und führte dieselben Gesten aus. An diesem Abend wurden Abgesandte ausgetauscht und durch Schriftstücke und Besprechungen die Kapitulationsbedingungen ausgehandelt. Am Morgen waren die meisten der wichtigsten Bedingungen im Lager bekannt, und Ar war praktisch gefallen.

Die Verhandlungen der Eingeweihten dienten vor allem dazu, ihre eigene Sicherheit zu gewährleisten und, so weit wie möglich, die schlimmsten Plünderungen der Stadt zu verhindern. Die erste Bedingung ihrer Kapitulation war, dass Pa-Kur ihnen eine Generalamnestie für sie selbst und ihre Tempel garantieren sollte. Das war typisch für die Eingeweihten. Obwohl sie als einzige aller Männer auf Gor Unsterblichkeit für sich beanspruchen, gemäß den geheimen Mysterien, die sie ausführen und die den gemeinen Menschen verboten sind, sind sie vermutlich die ängstlichsten Goreaner überhaupt.

Pa-Kur stimmte dieser Bedingung bereitwillig zu. Jedes wahllose Abschlachten der Eingeweihten wäre von seinen Truppen als schlechtes Omen betrachtet worden, und außerdem konnten sie ihm bei der Kontrolle der Bevölkerung von Nutzen sein. Ubars haben schon immer Eingeweihte als Werkzeuge benutzt, und einige der kühnsten haben sogar behauptet, die soziale Funktion der Eingeweihten sei es, die Zufriedenheit der niederen Kasten mit ihrem dienenden Schicksal sicherzustellen. Die zweite Hauptbedingung, die die Eingeweihten stellten, war, dass in der Stadt nur zehntausend bewaffnete Soldaten stationiert werden dürften, während einem Großteil der Horde der Zutritt nur unbewaffnet gestattet werden sollte. Es gab eine Vielzahl von kleineren, mehr speziellen, von den Eingeweihten gewünschten und von Pa-Kur zugesagten Bedingungen, die vor allem mit der Versorgung der Stadt und dem Schutz ihrer Händler und Bauern zu tun hatten.

Pa-Kur seinerseits verlangte und erhielt die üblichen wüsten Reparationen, die von goreanischen Eroberern festgelegt werden. Die Bevölkerung sollte vollständig entwaffnet werden. Der Besitz einer Waffe würde als Schwerverbrechen gelten. Offiziere der Kriegerkaste und ihre Familien würden gepfählt und in der Bevölkerung oft jeder zehnte Mann hingerichtet. Die tausend schönsten Frauen von Ar würden als Vergnügungssklavinnen an Pa-Kur gegeben, der sie unter seinen höchsten Offizieren verteilen würde. Von den anderen freien Frauen sollten dreißig Prozent der gesündesten und attraktivsten in der Straße der Brände an seine Soldaten versteigert werden; der Erlös flösse in die Schatztruhe von Pa-Kur. Eine Abgabe von siebentausend jungen Männern sollte erhoben werden, um die dezimierten Reihen seiner Belagerungssklaven wieder aufzufüllen. Kinder unter zwölf würden in zufälliger Reihenfolge unter den freien Städten von Gor verteilt. Und die Sklaven von Ar sollten dem ersten Mann gehören, der ihren Halsreif austauschte.

Kurz vor der Morgendämmerung zum tapferen Klang der Tarntrommeln verließ eine mächtige Prozession das Lager von Pa-Kur und überquerte die Brücke über den ersten Graben; in der Ferne sah ich das große Tor von Ar langsam aufschwingen. Vielleicht war mir als einzigem in dieser riesigen Horde, möglicherweise mit Ausnahme von Mintar aus der Händlerkaste, zum Weinen zu Mute. Pa-Kur ritt an der Spitze der zehntausend Mann starken Besatzungstruppe. Sie sangen ein Marschlied, als sie ihm folgten; das Sonnenlicht glitzerte auf ihren Speerspitzen. Pa-Kur selbst ritt ein schwarzes Tharlarion, eines der wenigen schwarzen, die ich gesehen habe. Das Tier war mit Juwelen geschmückt und bewegte sich mit ernstem und majestätischem Schritt. Ich war verblüfft, als die Prozession anhielt und acht Mitglieder der Kaste der Attentäter eine Sänfte nach vorne trugen.

Plötzlich war ich in höchster Alarmbereitschaft. Die Sänfte wurde neben Pa-Kurs Tharlarion abgesetzt. Die Gestalt eines Mädchens wurde herausgehoben. Das Mädchen war unverschleiert. Mein Herz machte einen Sprung. Es war Talena. Aber sie trug nicht den Ornat einer Ubara wie das Mädchen im Käfig. Sie war barfuss und in ein einziges Kleidungsstück gehüllt, in eine lange weiße Robe. Zu meinem Erstaunen sah ich, dass ihre Handgelenke mit goldenen Fesseln aneinander gebunden waren. Eine Kette aus Gold wurde zu Pa-Kur hinauf gegeben, die er am Sattel seines Tharlarions befestigte. Das freie Ende der Kette wurde dann mit Talenas Handfessel verbunden. Die Prozession nahm zum Klang der Tarntrommeln den Schritt wieder auf, und Talena, gebunden in goldene Fesseln, schritt langsam und würdevoll neben dem Tharlarion ihres Entführers her, neben Pa-Kur, dem Attentäter.

Meine Verwunderung und mein Entsetzen müssen deutlich sichtbar auf meinem Gesicht geschrieben gewesen sein, denn ein Lanzenträger auf einem Tharlarion neben mir betrachtete mich amüsiert. »Eine der Kapitulationsbedingungen«, sagte er, »ist das Pfählen von Talena, der Tochter von Marlenus, dem verbrecherischen Ubar von Ar.«

»Aber warum?«, wollte ich wissen. »Sie sollte doch die Braut von Pa-Kur werden, die Ubara von Ar.«

»Als Marlenus floh«, antwortete der Mann, »verfügten die Eingeweihten die Pfählung aller Mitglieder seiner Familie.« Er lächelte grimmig. »Um das Gesicht vor den Bürgern von Ar zu wahren, haben sie von Pa-Kur gefordert, ihren Erlass zu respektieren und sie zu pfählen.«

»Und Pa-Kur hat zugestimmt?«

»Natürlich«, sagte der Mann. »Ein Schlüssel, um das Tor von Ar zu öffnen, ist genauso gut wie ein anderer.«

Die Gedanken wirbelten durch meinen Kopf, und ich stolperte durch die Reihen der Soldaten, die die Prozession beobachteten. Ich rannte blindlings durch die jetzt verlassenen Straßen des Lagers und erreichte schließlich Mintars Bereich. Ich taumelte in Kazraks Zelt und fiel auf die Schlafmatte, von Gefühlen erschüttert. Ich schluchzte.

Dann krallten sich meine Hände in die Matte, und ich schüttelte meinen Kopf wie wild, um ihn wieder von dem Tumult unkontrollierter Gefühle zu befreien, die ihn erschütterten. Plötzlich war ich wieder Herr meiner Sinne, wieder rational. Der Schock, sie zu sehen, ihr Schicksal zu kennen, das sie erwartete, war zu viel gewesen. Ich musste versuchen, nicht so weich zu sein bei Dingen, die ich liebte. Es passte nicht zu einem Krieger auf Gor.

Es war ein Krieger von Gor, den ich auferstehen ließ und dem ich den schwarzen Helm und die Kleidung der Kaste der Attentäter anlegte. Ich löste das Schwert in seiner Scheide, legte meinen Schild an den Arm und ergriff meinen Speer. Mein Schritt war fest, als ich das Zelt verließ. Ich schritt bedeutungsvoll aussehend zu den großen Tarnkäfigen am Eingang von Mintars Lager und verlangte meinen Tarn. Der Tarn wurde ins Freie gebracht. Er strahlte vor Gesundheit und Energie. Dennoch, die Tage im Tarnkäfig, so gigantisch dieser auch war, müssen beengend für diesen Ubar des Himmels gewesen sein, meinen Tarn, und ich wusste, dass er den Flug genießen würde, die Möglichkeit seine Schwingen erneut in die wilden Winde Gors zu tauchen. Ich streichelte ihn liebevoll, überrascht von der Zärtlichkeit, die ich für dieses schwarze Monster empfand.

Ich warf dem Tarnhüter eine goldene Tarnscheibe zu. Er hatte seine Arbeit gut gemacht. Er stammelte und hielt sie mir hin, damit ich sie zurücknehmen sollte. Eine goldene Tarnscheibe bedeutete ein kleines Vermögen. Man konnte damit einen der großen Vögel kaufen oder aber fünf Sklavinnen. Ich kletterte die Aufstiegsleiter hoch und schnallte mich im Sattel fest. Ich sagte dem Tarnhüter, dass die Münze ihm gehören würde. Es war eine Geste, nichts weiter als eine Geste, aber so erbärmlich sie auch sein mochte, sie machte mir Freude, und um ehrlich zu sein, erwartete ich nicht, weiterzuleben, um sie selbst auszugeben. »Viel Glück«, sagte ich. Dann, mit dem ersten Freudenschauer, den ich seit Wochen gefühlt hatte, ließ ich den großen Vogel in den Himmel steigen.

18 Im Zentralzylinder

Während der Tarn höher stieg, sah ich Pa-Kurs Lager, die Gräben, die Doppelmauern von Ar mit den Belagerungsgeräten, die wie Blutegel an der inneren Mauer klebten, und auf dem Weg in die Stadt Pa-Kurs lange Reihen an Besatzungstruppen, im Marschschritt der Tarntrommeln, deren Metallausrüstung in der Morgensonne blitzte. Ich dachte an Marlenus, der – wenn er überlebt hatte – wohl so ziemlich den gleichen Anblick aus den Bogenscharten des Zentralzylinders haben würde. Er tat mir leid, denn dieser Anblick, schlimmer als alles andere, musste das Herz des kämpferischen Ubars brechen. Seine Gefühle für Talena konnte ich nicht einschätzen. Vielleicht wusste er gnädigerweise nicht, wie ihr Schicksal aussehen sollte. Ich musste versuchen, sie zu retten. Wie viel hätte ich dafür gegeben, Marlenus und seine Männer an meiner Seite zu haben, so wenige es auch gewesen sein mögen! Dann, als wären die Teile eines Puzzles plötzlich und unerwartet an ihren Platz gesprungen, formte sich ein Plan in meinem Kopf. Marlenus war in die Stadt gelangt. Irgendwie. Ich hatte tagelang über diesem Problem geknobelt, aber jetzt schien es offensichtlich. Die Roben der Geplagten! Die Dar-Kosis-Gruben unter der Stadt! Eine von ihnen, eine dieser Gruben, musste eine Attrappe sein. Eine von ihnen musste den Zugang zur Stadt ermöglichen. Mit Sicherheit war eine dieser Gruben schon vor Jahren von dem trickreichen Ubar als Fluchtweg und Notausgang vorbereitet worden. Ich musste diese Grube und den Tunnel finden, musste mich irgendwie an seine Seite durchschlagen und seine Unterstützung einfordern.

Aber zunächst eilte ich auf meinem Tarn, wie mein Plan es vorsah, direkt auf die Mauern von Ar zu, wobei ich die langsame Prozession auf der Ebene unter mir schnell überholte. Innerhalb von vermutlich weniger als einer Minute schwebte ich über der Spitze der inneren Mauer in der Nähe des großen Tores. Mitten zwischen den überhastet auseinanderstürzenden Soldaten brachte ich den Tarn zu Boden. Niemand unternahm etwas, um mich abzuwehren. Alle waren still. Ich trug die Kleidung der Kaste der Attentäter, und an der linken Schläfe des schwarzen Helms war das goldene Rangzeichen eines Boten befestigt.

Ohne von meinem schwarzen Tarn abzusteigen, verlangte ich den diensthabenden Offizier. Es war ein knorriger, sturer Mann mit kurz geschnittenen weißen Haaren. Er hatte graue Augen, die aussahen, als hätten sie schon viele Kämpfe gesehen, ohne jemals zurückgewichen zu sein. Mürrisch kam er näher. Er war nicht erfreut darüber von einem Feind Ars, und noch dazu von einem Feind, der die Kleidung der verhassten Kaste der Attentäter trug, vorgeführt zu werden.

»Pa-Kur nähert sich der Stadt!«, rief ich. »Ar gehört ihm.«

Die Wachen blieben stumm. Bei einem Wort des Offiziers hätten sich hundert Speere den Weg zu meinem Herzen gesucht.

»Ihr heißt ihn willkommen«, sagte ich voller Verachtung, »indem ihr das große Tor öffnet, aber ihr habt die Tarndrähte nicht heruntergelassen. Warum nicht? Lasst sie herunter, damit seine Tarnreiter ungehindert in der Stadt landen können.«

»Das gehörte nicht zu den Kapitulationsbedingungen«, erwiderte der Offizier.

»Ar ist gefallen!«, stellte ich fest. »Gehorche dem Wort Pa-Kurs!«

»Nun gut«, sagte der Offizier und winkte einem Untergebenen zu. »Senkt die Drähte.«

Der Ruf, die Drähte herabzulassen, klang recht einsam und wurde entlang der Mauern von Turm zu Turm weitergegeben. Schon bald waren die großen Winden in Bewegung, und Fuß für Fuß sank das Furcht einflößende Netzwerk der Tarndrähte. Als es den Boden erreicht hatte, wurde es zerlegt und eingerollt.

Es ging mir natürlich nicht darum, den Einmarsch von Pa-Kurs Tarnreitern zu erleichtern, die, soweit ich wusste, nicht einmal einen Teil der Besatzungsmacht stellten, sondern ich wollte den Himmel über der Stadt für den Fall öffnen, damit ich und andere ihn als Weg in die Freiheit nutzen konnten.

Noch einmal sprach ich in hochmütigem Tonfall: »Pa-Kur möchte wissen, ob der falsche Ubar noch lebt.«

»Ja«, antwortete der Offizier.

»Wo ist er?«, wollte ich wissen.

»Im Zentralzylinder«, grollte der Mann.

»Als Gefangener?«

»So gut wie ein Gefangener.«

»Achtet darauf, dass er nicht entkommt«, sagte ich.

»Er wird nicht entkommen«, versicherte der Mann. »Fünfzig Wachsoldaten sorgen dafür.«

»Was ist mit dem Dach des Zylinders?«, fragte ich, »wenn die Tarndrähte jetzt herabgelassen sind?«

»Marlenus wird nicht entkommen«, wiederholte der Offizier und fügte hinzu, »es sei denn, er kann fliegen.«

»Vielleicht bleibt dir dein Humor erhalten, wenn du dich auf einem Pfählungsspeer windest«, sagte ich. Die Pupillen des Mannes verengten sich, und er sah mich hasserfüllt an, denn er wusste sehr gut, wie das Schicksal der Offiziere aus Ar aussehen sollte.

»Wohin soll Pa-Kur die Tochter des falschen Ubars bringen, damit sie hingerichtet werden kann?«, fragte ich.

Der Offizier deutete auf einen Zylinder in der Ferne. »Zum Justizzylinder«, sagte er. »Die Exekution wird stattfinden, sobald das Mädchen dorthin gebracht werden kann.« Der Zylinder war weiß, eine Farbe, die die Goreaner oft mit Unparteilichkeit assoziierten. Aber noch bezeichnender war, dass die Gerechtigkeit, die in diesem Zylinder ausgeübt wurde, die Gerechtigkeit der Eingeweihten war.

Es gibt zwei Systeme der Rechtsprechung auf Gor – das der Städte, unter der Gerichtsbarkeit eines Administrators oder Ubars und das der Eingeweihten unter der Gerichtsbarkeit des hohen Eingeweihten der jeweiligen Stadt. Diese Teilung entspricht grob der Teilung zwischen Zivilrecht und dem, was man in Ermangelung einer besseren Bezeichnung Kirchenrecht nennen könnte. Die Bereiche dieser zwei Arten von Rechtsprechung waren nicht eindeutig definiert. Die Eingeweihten beanspruchten für sich uneingeschränkte Gerichtsbarkeit in allen Angelegenheiten wegen ihrer angeblichen Verbindung zu den Priesterkönigen. Dieser Anspruch würde jedoch von zivilen Juristen in Frage gestellt werden. Allerdings würde es in den gegenwärtigen Zeiten natürlich keinen Zweifel an der Gerichtsbarkeit der Eingeweihten geben. Voller Abscheu bemerkte ich, dass auf dem Dach des Justizzylinders ein öffentlicher Pfählungsspeer aus poliertem Silber glänzte, etwa fünfzig Fuß hoch, schimmernd, und aus der Ferne einer Nadel ähnelnd.

Ich lenkte den Tarn wieder in den Himmel. Es war mir gelungen, die Tarndrähte von Ar zu entfernen, ich hatte erfahren, dass Marlenus noch immer lebte und einen Teil des Zentralzylinders hielt, und ich hatte herausgefunden, wo die Hinrichtung von Talena stattfinden sollte.

Ich wandte mich wieder von den Mauern Ars ab und war bestürzt, dass die Prozession Pa-Kurs nur noch ein kleines Stück vom großen Tor entfernt war. Ich erkannte das Tharlarion, das er ritt und die zierliche Gestalt eines Mädchens in ihrer weißen Robe, die neben dem Tier herschritt, und obwohl barfuß und am Sattel angekettet, wie eine Ubara ging. Ich fragte mich, ob Pa-Kur wohl neugierig sein würde, wer der einzelne Reiter auf diesem einzigartigen schwarzen Tarn war, der über seinen Kopf dahinraste.

In einer Zeit, die mir wie eine Stunde vorkam, die aber nicht viel mehr als drei oder vier Minuten gedauert haben konnte, war ich endlich hinter Pa-Kurs Lager und suchte nach den gefürchteten Dar-Kosis-Gruben, jenen Gefängnissen, in denen die Geplagten sich zurückziehen konnten, wo sie ernährt wurden und die sie nicht mehr verlassen durften. Es gab mehrere davon – von oben durch ihre breite, runde Form gut sichtbar, fast wie große in die Erde eingelassene Brunnen.

Wenn ich eine von ihnen erreichte, ließ ich den Tarn niedriger fliegen. Als ich meine Suche beendete, hatte ich nur eine verlassene Grube gefunden. Die anderen waren mit Punkten übersät, die aus der Luft wie gelbe Läuse wirkten – die Gestalten der Geplagten. Kühn und ohne einen Gedanken an die mögliche Gefahr einer Infektion zu verschwenden, ließ ich den Tarn in der verlassenen Grube landen.

Der Gigant landete auf dem felsigen Boden der kreisförmigen Grube, und ich schaute hinauf, ließ meinen Blick über die reinen, künstlich geglätteten Seiten der Grube wandern, die sich auf allen Seiten vielleicht tausend Fuß nach oben erstreckten. Trotz der Breite der Grube, etwa zweihundert Fuß, war es kalt, und als ich hinaufschaute, war ich überrascht, am blauen Himmel die Lichtpünktchen zu sehen, die nach Einbruch der Dunkelheit zum glänzenden Sternenhimmel Gors werden würden. In der Mitte der Grube hatte man eine grobe Zisterne in das Felsgestein gehauen, die bis zur Hälfte mit kaltem, aber fauligem Wasser gefüllt war. Soweit ich es beurteilen konnte, gab es keinen Weg hinein oder heraus mit Ausnahme eines Rittes auf dem Rücken eines Tarns. Ich wusste, dass es manchmal den mitleiderregenden Bewohnern der Dar-Kosis-Gruben, die ihre Entscheidung sich zu isolieren bereuten, gelungen war, Treppenstufen in die Wände zu schneiden und zu entkommen – eine Arbeit, für die Jahre nötig waren. Die Todesstrafe bei Entdeckung und die Gefahren des Aufstieges machten solche Versuche allerdings zu seltenen Ereignissen. Wenn es einen geheimen Weg rein oder raus aus dieser speziellen Grube gab, vorausgesetzt, es war die von Marlenus dafür vorbereitete Grube, konnte ich ihn nicht erkennen, und ich hatte nicht die Möglichkeit zu einer sehr gründlichen Untersuchung.

Als ich mich umsah, bemerkte ich mehrere Höhlen, die in die Wände der Grube gehauen waren und in denen, zumindest in den meisten, die Geplagten lebten. In verzweifelter, frustrierter Hast untersuchte ich mehrere von ihnen; einige waren sehr flach, kaum mehr als kleine ausgekratzte Vertiefungen in der Wand, während andere ausgedehnter waren und zwei oder drei Räume umfassten, die mit Durchgängen miteinander

173

verbunden waren. Einige enthielten abgewetzte Schlafmatten aus kaltem modrigem Stroh, andere wiederum einige verrottete Metallutensilien wie Kessel und Eimer, doch die meisten waren völlig leer und zeigten keine Spuren von Leben oder Gebrauch.

Als ich eine dieser Höhlen verließ, schaute ich überrascht zu meinem Tarn, der auf der anderen Seite der Grube stand, den Kopf zur Seite geneigt, so als wäre er verwirrt. Dann stieß er mit seinem Schnabel an eine eigentlich leere Wand und zog ihn wieder zurück, um dies drei- bis viermal zu wiederholen, wobei er ungeduldig mit seinen Schwingen schlug.

Ich rannte quer durch die Grube und begann, mit konzentrierter Genauigkeit die Wand zu untersuchen. Ich untersuchte jeden Zoll und ließ meine Hände über jeden Teil ihrer glatten Oberfläche gleiten. Nichts enthüllte sich meinem Blick oder meiner Berührung, dennoch gab es hier einen fast nicht wahrnehmbaren Geruch nach Tarnstall.

Mehrere Minuten lang untersuchte ich die leere Wand, sicher, dass hier das Geheimnis um Marlenus' Geheimgang in die Stadt verborgen lag. Dann wich ich frustriert ein wenig zurück und hoffte trotzdem, irgendwo einen Hebel oder vielleicht eine verdächtige Spalte etwas höher in der Felswand zu entdecken, etwas, das beim Öffnen des Durchgangs eine Rolle spielen könnte, von dem ich sicher annahm, dass er hinter dieser scheinbar soliden Steinwand zu finden war. Doch es war kein Hebel, kein Griff oder irgendeine Vorrichtung zu entdecken.

Ich weitete meine Suche aus, lief an den Wänden entlang, aber sie schienen glatt zu sein, undurchdringlich. Es schien nirgends einen Ort zu geben, an dem ein Hebel verborgen werden konnte. Dann mit einem wütenden Ausruf meiner Dummheit wegen rannte ich zur flachen Zisterne in der Mitte der Grube und ließ mich vor dem kühlen, fauligen Wasser auf den Bauch gleiten. Ich streckte meine Hand in das schleimige Wasser und tastete verzweifelt den Boden ab.

Meine Hand ertastete ein Ventil, und ich drehte es mit aller Macht so weit ich konnte. Gleichzeitig kam ein weicher, rollender Ton von der Felswand, als irgendwo ein großes Gewicht mühelos ausbalanciert und von einer Hydraulik angehoben wurde. Erstaunt sah ich, dass sich eine riesige Öffnung in der Wand gebildet hatte. Eine sehr große Platte, etwa fünfzig Fuß im Quadrat, war nach oben und nach hinten geschoben worden und hatte einen großen, dunklen, quadratischen Tunnel geöffnet, einen Tunnel, der groß genug für einen fliegenden Tarn war. Ich ergriff die Zügel meines Tarns und zog das Tier durch die Öffnung. Dahinter entdeckte ich ein weiteres Ventil, entsprechend dem Ventil im Wasser der Zisterne. Ich betätigte es, um das große Tor hinter mir zu schließen, da ich es für klug hielt, das Geheimnis des Tunnels so lange wie möglich zu schützen.

Im Inneren des Tunnels war es zwar dämmrig, aber nicht völlig dunkel, denn er wurde von kalottenförmigen, drahtgeschützten Energiekugeln beleuchtet, die in Zweiergruppen etwa alle hundert Meter angebracht waren. Diese Kugeln, vor mehr als einem Jahrhundert von der Kaste der Hausbauer erfunden, gaben jahrelang ein klares weiches Licht ab, ohne ersetzt werden zu müssen. Ich bestieg den Tarn, der in der ungewohnten Umgebung sichtlich beunruhigt war. Ohne allzu viel Erfolg versuchte ich, mit meinen Händen und meiner Stimme die Besorgnis des Tieres zu mildern. Vielleicht redete ich mir genauso gut zu wie dem Vogel. Als ich den ersten Zügel zog, bewegte sich der Vogel nicht, doch beim zweiten Mal erhob er sich zum Flug, wobei er sogleich mit seinen Schwingen an der Tunneldecke entlangschrammte und einen schrillen Protestlaut ausstieß. Mein Helm schützte mich, als mein Kopf hart gegen den Granit der Decke gedrückt wurde. Dann begann der Tarn zu meiner Freude, durch den Tunnel zu fliegen, nachdem er sich, statt zu landen, nur einige Fuß von der Decke absinken ließ; die Energiekugeln flogen an mir vorbei und bildeten hinter mir eine glänzende Lichterkette.

Das Ende des Tunnels öffnete sich zu einer großen Kammer, erleuchtet von Hunderten von Energiekugeln. In ihr befand sich ein monströser Tarnkäfig, indem etwa zwanzig riesige, halb verhungerte Tarne voneinander getrennt auf Sitzstangen hockten. Als sie uns entdeckten, hoben sie die Köpfe, als würden sie aus ihren Schultern wachsen und beobachteten uns mit grimmiger Aufmerksamkeit. Der Boden des Tarnkäfigs war mit den Knochen von vielleicht zwei Dutzend Tarnen übersät. Ich nahm an, dass es sich um die Tarne von Marlenus' Männern handeln musste, die er bei seiner Rückkehr in die Stadt im Tarnkäfig zurückgelassen hatte. Ohne Pflege, für Wochen auf sich allein gestellt, hatten die Tarne nichts zu fressen, sodass sie sich gegenseitig anfielen. Sie waren wild geworden, vor Hunger verrückt gewordene unkontrollierbare Raubtiere.

Vielleicht konnte ich sie mir zu Nutze machen.

Irgendwie musste ich Marlenus befreien. Ich wusste, dass meine Gegenwart den Wachen unerklärlich sein müsste, wenn ich erst den Palast betrat, und dass ich nicht länger in der Lage sein würde, meine Rolle als Pa-Kurs Herold aufrecht zu erhalten, besonders dann, wenn es deutlich werden würde, dass ich vorhatte, mit Marlenus zu verschwinden. Deshalb musste ich, so unmöglich es auch schien, einen Plan entwickeln, seine Belagerer auseinanderzujagen oder zu überwältigen. Während ich nachdachte, formten sich Teile eines Plans in meinem Geist. Sicherlich war ich jetzt unter dem Zentralzylinder, und der umkämpfte Marlenus mit seinen Männern war irgendwo oberhalb von mir, abgeschirmt von den Wachen aus Ar. Am oberen Ende einer breiten Treppenflucht sah ich eine Tür, die in den Zentralzylinder führen musste und bemerkte voller Befriedigung, dass ihre Abmessungen groß genug waren, um einen Tarn durchzulassen. Glücklicherweise war eine der Türen des Tarnkäfigs genau am Fuße dieser Treppe.

Ich nahm meinen Tarnstab und stieg ab. Ich erklomm die Treppenstufen, die zum Tor in den Zylinder hinaufführten, betätigte das Ventil, und sobald das Portal sich zu bewegen begann, rannte ich wieder zum Tarnkäfig hinunter und ließ die verriegelte Tür des Käfigs aufschwingen, die dem Fuß der Treppe am nächsten lag. Ich trat zurück und schirmte mich teilweise mit der Tür ab. In nicht mehr als ein paar Sekunden war der erste der mageren Tarne auf den Boden des Käfigs gehüpft und streckte seinen hässlichen Kopf durch die Tür. Seine Augen leuchteten, als er mich sah. Für ihn war ich Nahrung, etwas, das man töten und essen konnte. Er stelzte auf mich zu, um die Tür herum. Ich schlug mit dem Tarnstab nach ihm, doch das Instrument schien wirkungslos zu sein. Der stochernde Schnabel zielte nach mir, wieder und wieder; die großen Klauen griffen zu. Der Tarnstab wurde mir aus der Hand gerissen.

In diesem Augenblick schoss ein großer schwarzer Schatten ins Kampfgetümmel, und der Tarn hatte sein Schicksal gefunden. Mit seinen stahlbeschlagenen Klauen reißend und mit seinem säbelgleichen Schnabel zustoßend, verwandelte mein rabenschwarzer Kriegstarn den angreifenden Vogel innerhalb von Sekunden in einen Haufen herumfliegender Federn. Mit einer der großen stahlbeschlagenen Klauen auf dem Körper des besiegten Feindes stieß mein Tarn den Kampfruf seiner Art aus. Die anderen Tarne, die aus dem Tarnkäfig lugten, schienen zu zögern und bemerkten dann die offene Tür zum Zylinder.

Genau in diesem Moment entdeckte ein vorbeikommender Wachposten aus Ar zu seinem Unglück die offene Tür, die auf geheimnisvolle Weise in der Wand der ersten Ebene des Zentralzylinders aufgetaucht war. Er stand einen Augenblick im Türrahmen und stieß dann einen Schrei aus, einen Schrei vor Überraschung und Todesangst. Einer der ausgehungerten Tarne raste hinauf – mit einem Sprung und einem Schlag seiner Flügel – ergriff ihn mit seinem Schnabel. Der Mann brüllte entsetzlich. Ein weiterer Tarn erreichte das Portal und versuchte, dem ersten Vogel den Körper aus dem Schnabel zu zerren.

Aus dem Inneren des Zylinders erklangen noch weitere Rufe, und mehrere Wächter eilten zu der Öffnung. Sofort stürzten die vor Hunger wilden Tarne nach oben, gierig nach Fleisch. Die Tarne – alle Vögel – drangen jetzt in den Zylinder ein, in den Palast von Marlenus. Aus der großen Halle konnte ich den furchterregenden Lärm dieses unnatürlichen Blutbades hören, die Schreie der Männer, die Rufe der Tarne, das Zischen der Pfeile und das wilde Schlagen von Flügeln und Klauen. Ich hörte jemanden schreien, einen unnatürlichen, entsetzten Schrei: »Tarne!« Ein Alarmkörper, ein hohler Metallschlauch, der mit Hämmern betätigt wird, begann wie wild zu läuten.

In zwei oder drei Minuten führte ich meinen eigenen Tarn die Stufen hinauf und durch die Öffnung. Mir wurde schlecht bei dem Anblick, der sich mir bot. Ungefähr fünfzehn Tarne verschlangen die Überreste von etwa einem Dutzend Wächtern, trennten Glieder ab und verzehrten sie. Mehrere Tarne waren tot; andere taumelten von Pfeilen durchbohrt auf dem Marmorboden. Lebendige Wachen waren nicht in Sicht. Die Überlebenden waren aus dem Raum geflohen, vielleicht über die lange, breite gebogene Treppe, die im Inneren des Zylinders nach oben führte. Ich ließ meinen Tarn zurück und stieg mit gezogenem Schwert die Treppe hinauf. Als ich den Absatz erreichte, dort wo die Treppe in die oberen Ebenen überging, die dem privaten Bereich des Ubars zugeordnet waren, sah ich etwa zwanzig bis dreißig Wächter vor einer von ihnen errichteten Barrikade aus Ziegeln und Tarndrähten. Es lag nicht allein daran, dass ich mein Schwert gezogen hatte. Für sie war meine Anwesenheit nicht autorisiert, und meine Kleidung als Attentäter, die nicht nur weit davon entfernt war, Sicherheit zu gewährleisten, war für sie eine Aufforderung anzugreifen. Zweifellos hatten einige von ihnen unten mit den Tarnen gekämpft. Sie waren schweißnass, ihre Kleidung war zerrissen, ihre Waffen waren gezogen und rot vor Blut. Sie würden mich mit dem Angriff der Tarne in Verbindung bringen. Ohne darauf zu warten, mich nach meiner Identität zu fragen oder sich um sonst ein Protokoll zu kümmern, sprangen sie auf mich zu. »Stirb, Attentäter!«, schrie einer von ihnen und schlug mit seiner Klinge nach unten.

Ich tauchte unter der Klinge durch und rannte ihn um. Die anderen fielen über mich her. Vieles von dem, was dann geschah, ist in meiner Erinnerung verworren wie Teile eines bizarren, unverständlichen Traums. Ich erinnere mich noch, dass sie nach unten strebten, so viele, und meine

Klinge traf ihren Stahl, furchtbar, wie von einem Gott geführt, schnitt sie sich ihren Weg nach oben. Ein, zwei, drei Männer stürzten nach unten, und dann ein weiterer und noch einer. Ich schlug, parierte und schlug wieder; mein Schwert blitzte auf und trank immer und immer wieder Blut. Ich schien neben mir zu stehen, und ich kämpfte, als wäre ich nicht der, der ich wusste zu sein – Tarl Cabot, ein einfacher Krieger, ein Mann. Der Gedanke brannte sich in mein Hirn in diesem gewalttätigen Delirium des Kampfes, dass ich in diesen Augenblicken eine Vielzahl von Männern wäre, eine Armee. Dass mir kein Mensch widerstehen könnte, dass es nicht meine Klinge oder mein Herz waren, die ihnen entgegenstanden, sondern etwas, das ich selbst nur schemenhaft spüren konnte, etwas Unfassbares, aber Unwiderstehliches, eine Lawine, ein Sturm, eine Naturgewalt, das Schicksal ihrer Welt, etwas, das ich nicht benennen vermochte, aber von dem ich wusste, dass es in diesen Momenten weder verleugnet noch besiegt werden konnte.

Plötzlich stand ich allein auf der Treppe, mit Ausnahme der Toten. Mir wurde schemenhaft bewusst, dass ich aus einem Dutzend kleinerer Wunden blutete.

Langsam kletterte ich die letzten Stufen der Treppe hinauf, bis ich die Barrikade erreichte, die die Wachposten errichtet hatten. Ich rief, so laut ich konnte: »Marlenus, Ubar von Ar!«

Zu meiner Freude hörte ich von irgendwo oben, um die Biegung der Treppe herum, die Stimme des Ubars. »Wer will mit mir sprechen?«

»Tarl von Bristol«, rief ich.

Dann war Stille.

Ich wischte mein Schwert ab, schob es in die Scheide und kletterte auf die Barrikade. Einen Moment lang stand ich oben auf der Krone der Barrikade und ließ mich dann auf der anderen Seite herab. Ich ging langsam die Stufen hinauf, mit geöffneten Händen, ohne Waffen. Ich bog um die Biegung der Treppe und sah mehrere Meter über mir eine breite Tür, verrammelt mit Kisten und Möbeln. Hinter diesem provisorischen Bollwerk, das gegen hundert Männer gehalten werden konnte, erblickte ich die eingefallenen, aber immer noch leuchtenden Augen von Marlenus. Ich nahm meinen Helm ab und legte ihn auf die Stufen. In Sekundenschnelle war er durch die Absperrung gebrochen, als wäre sie aus Anmachholz errichtet worden.

Wortlos umarmten wir uns.

19 Das Duell

Marlenus, seine Männer und ich, wir rannten die lange Treppe zur Haupthalle des Zentralzylinders hinunter, wo wir auf die entsetzlichen Überreste des Festmahls der Tarne stießen. Die großen Vögel, jetzt satt, waren wieder so lenkbar, wie diese Ungeheuer es auch sonst sind, und mit den Tarnstäben hatten Marlenus und seine Männer wieder Kontrolle über sie. Trotz der Wichtigkeit unseres Einsatzes gab es ein Detail, das Marlenus nicht versäumte. Er hob eine Bodenfliese in der großen Halle an und legte ein Ventil frei. Mit diesem Ventil verschloss er die Geheimtür, durch welche die Tarne gekommen waren. Das Geheimnis des Tunnels würde gewahrt bleiben.

Wir lenkten unsere Tarne zu den großen runden Öffnungen des Zylinders. Ich stieg in den Sattel meines eigenen schwarzen Ungeheuers und ließ ihn in den Himmel über dem Zylinder aufsteigen. Marlenus und seine Männer folgten mir. Innerhalb einer Minute hatten wir das Dach des Zentralzylinders erreicht; Ar und Umgebung lagen ausgebreitet unter uns.

Marlenus war allgemein gut über die politische Situation informiert. Um solche Kenntnisse zu haben, war nur der Aussichtspunkt notwendig, den er so kraftvoll über mehrere Tage verteidigt hatte und ein wenig Aufmerksamkeit. Er fluchte heftig, als ich ihm vom vorgesehenen Schicksal Talenas erzählte, weigerte sich aber, mich zu begleiten, als ich ankündigte, den Justizzylinder angreifen zu wollen.

»Sieh!«, rief Marlenus und zeigte nach unten. »Pa-Kurs Besatzungsmacht ist fast schon in der Stadt. Die Männer von Ar legen ihre Waffen nieder!«

»Willst du nicht versuchen, deine Tochter zu retten?«, fragte ich.

»Nimm so viele Männer von mir, wie du willst«, sagte er. »Aber ich muss um meine Stadt kämpfen. Ich bin Ubar von Ar und solange ich lebe, wird meine Stadt nicht untergehen.« Er senkte den Helm auf seinen Kopf und löste Schild und Speer. »Von jetzt an such mich auf den Straßen und auf den Brücken«, sagte er, »auf den Mauern und in den geheimen Räumen der höchsten Zylinder. Wo auch immer die freien Männer von Ar ihre Waffen erheben, wirst du Marlenus finden.«

Ich rief ihm hinterher, doch seine Wahl, so schmerzhaft sie gewesen sein musste, war getroffen. Er erhob seinen Tarn in die Luft und flog hinab in die Straßen, um die entmutigten Bürger von Ar zu sammeln, sie wieder zu den Waffen zu rufen, sie aufzufordern die verräterische Autorität der selbstsüchtigen Eingeweihten abzulehnen, um ihren Befreiungsschlag zu zerschmettern, um eher zu sterben, als die Stadt dem Feind zu übergeben. Einer nach dem anderen folgten ihm seine Männer, Tarnreiter um Tarnreiter. Keiner von ihnen verließ das Dach des Zylinders, um abseits der Stadt Sicherheit zu suchen. Jeder von ihnen war entschlossen, für seinen Ubar zu sterben. Und auch ich hätte mich vermutlich entschlossen, Marlenus, dem unbarmherzigen Ubar dieser riesigen vergewaltigten Stadt, zu folgen, wenn mich nicht eine höhere Pflicht gerufen hätte.

Wieder einmal allein, löste ich mit schwerem Herzen meinen Speer und meinen Schild in ihren Sattelriemen. Ich hatte keine Hoffnung mehr außer der, zusammen mit dem unschuldig verdammten Mädchen auf dem fernen glänzenden Turm zu sterben. Ich ließ den Tarn aufsteigen und lenkte ihn in Richtung Justizzylinder. Voller Grimm sah ich, dass große Teile der Horde von Pa-Kur über die großen Brücken den ersten Graben überquerten und sich in die Stadt bewegten, während sich das Sonnenlicht auf ihren Waffen spiegelte. Es schien, dass die Kapitulationsbedingungen der Horde nicht viel bedeuteten und dass sie entschlossen war, in die Stadt einzubrechen, jetzt und in voller Kriegsausrüstung. Nach Einbruch der Dunkelheit würde Ar in Flammen stehen. Die Kassen würden aufgebrochen sein, das Gold und Silber in den Schlafrollen der Plünderer, die Männer abgeschlachtet, die Frauen ausgezogen und an die Vergnügungsgestelle der Sieger geschnallt sein.

Der Justizzylinder war ein hoch aufragender Zylinder aus reinem weißem Marmor, mit einem flachen Dach von ungefähr hundert Metern Durchmesser. Es standen etwa zweihundert Menschen auf dem Zylinderdach. Ich konnte die weißen Roben der Eingeweihten sehen und die bunten Uniformen der Soldaten sowohl aus Ar wie auch aus Pa-Kurs Horde. Und dunkel zwischen diesen Gestalten, wie Schatten, konnte ich die düsteren schwarzen Mitglieder der Kaste der Attentäter erkennen. Der hohe Pfosten zum Pfählen, der normalerweise auf dem Dach des Zylinders aufragte, war umgelegt worden. Wenn er wieder aufgestellt werden würde, würde er Talenas Körper tragen.

Ich war über dem Zylinder und ließ den Tarn in der Mitte des Daches niedergehen.

Vor Überraschung und Wut schreiend, stoben die Männer unter dem plötzlich auftauchenden schwarzen Schatten auseinander. Ich hatte erwartet, dass man sofort auf mich schießen würde, doch plötzlich erinnerte ich mich, dass ich noch immer die Kleidung eines Boten trug. Kein Attentäter würde auf mich schießen, und auch kein anderer würde es wagen.

Die stahlbewehrten Klauen des Tarns trafen den Marmor des Daches in einem Funkenregen. Die großen Schwingen durchpflügten die Luft zweimal und lösten einen kleinen Wirbelsturm aus, der die erschreckten Beobachter zurückweichen ließ. Am Boden lag Talena, an Händen und Füßen gebunden und noch immer in ihre weiße Robe gehüllt. Die Spitze des scharfen Pfählungspfostens lag neben ihr. Bei der Landung des Tarns waren ihre Scharfrichter, zwei stämmige, verhüllte Magistraten, aufgesprungen und hatten sich in Sicherheit gebracht. Die Eingeweihten selbst exekutieren nicht ihre Opfer, da das Vergießen von Blut durch den Glauben, den sie für heilig halten, verboten ist. Jetzt lag Talena hilflos da, fast unter der Reichweite der Schwingen meines Tarns, so nah und dennoch Welten von mir entfernt.

»Was hat das zu bedeuten?«, schrie eine schneidende Stimme, die Stimme Pa-Kurs.

Ich wandte mich ihm zu, und die Wut, die er in mir auslöste, schoss durch meinen Körper wie die Lavawoge eines Vulkans, fast beherrschte sie mich. Dennoch antwortete ich ihm nicht.

Stattdessen rief ich den Männern Ars auf dem Zylinder zu: »Männer von Ar, seht!« Ich gestikulierte wild in Richtung der großen Felder hinter dem großen Tor. Das sich nähernde Gewimmel von Pa-Kurs Horde war sichtbar, und der Staub erhob sich tausend Fuß hoch in den Himmel. Es gab Wutschreie.

»Wer bist du?«, brüllte Pa-Kur und zog sein Schwert.

Ich zog meinen Helm ab und schleuderte ihn zu Boden. »Ich bin Tarl von Bristol«, sagte ich.

Der Schrei voller Verblüffung und Freude, der sich von Talenas Lippen löste, sagte mir all das, was ich wissen wollte.

»Pfählt sie!«, rief Pa-Kur.

Als die stämmigen Magistraten vorwärts hasteten, ergriff ich meinen Speer und schleuderte ihn mit solcher Wucht, wie ich es nie für möglich gehalten hätte. Der Speer flog wie ein Blitz durch die Luft, traf den heranstürmenden Magistraten in die Brust, durchdrang seinen Körper und grub sich dann in das Herz seines Begleiters.

Eine furchterfüllte Stille entstand, als die Unermesslichkeit dessen, was geschehen war, den Zuschauern bewusst wurde. Ich vernahm aus der Ferne Rufe in den Straßen unter uns. Es hing der Geruch nach Rauch in der Luft. Man hörte aus der Ferne das Klirren von Waffen.

»Männer von Ar«, rief ich, »hört! Selbst jetzt kämpft Marlenus, euer Ubar, in den Straßen unter euch um die Freiheit von Ar!«

Die Männer sahen sich an.

»Wollt ihr eure Stadt aufgeben? Euer Leben und eure Frauen den Attentätern schenken?«, provozierte ich. »Seid ihr wirklich die Männer des unbesiegbaren unvergänglichen Ars? Oder seid ihr nichts als Sklaven, die ihre Freiheit gegen den Halsreif von Pa-Kur tauschen?«

»Nieder mit den Eingeweihten!«, schrie ein Mann und zog sein Schwert.

»Nieder mit dem Attentäter!«, brüllte ein anderer. Die Rufe der Männer aus Ar vermischten sich mit den Entsetzensschreien der Eingeweihten, die sich zu verkriechen suchten oder flohen. Fast wie von Zauberhand trennten sich auf dem Zylinder die Männer aus Ar von den anderen. Schwerter wurden gezogen. Augenblicke später würden sie in die auf den Straßen wütenden Kämpfe eingreifen!

»Halt!«, dröhnte eine starke, pathetische, hohle Stimme.

Alle Aufmerksamkeit richtete sich auf diese Stimme. Der höchste Eingeweihte von Ar selbst stand dort, verächtlich abgerückt von dem kriechenden Haufen weiß gekleideter Gestalten hinter ihm. Majestätisch schritt er über das Dach. Sowohl die Männer aus Ar wie auch die von Pa-Kur wichen zurück. Der höchste Eingeweihte war ein ausgemergelter, unglaublich großer Mann mit glatt rasierten, eingesunkenen bläulichen Wangen und wilden, prophetischen Augen. Er wirkte asketisch, inbrünstig, düster und fanatisch. Eine lange, klauenartige Hand war in großer Geste zum Himmel erhoben. »Wer stellt den Willen der Priesterkönige in Frage?«, verlangte er zu wissen.

Niemand sagte ein Wort. Die Männer beider Seiten wichen höchstens noch weiter zurück. Selbst Pa-Kur schien eingeschüchtert zu sein. Die geistliche Macht des höchsten Eingeweihten war fast spürbar in der Luft. Die religiöse Konditionierung der Männer von Gor, auch wenn sie auf Aberglaube aufgebaut war, war so machtvoll wie ein Satz Ketten – mächtiger als Ketten, denn sie merkten nicht, dass sie vorhanden war. Sie fürchteten das Wort, den Fluch dieses alten unbewaffneten Mannes mehr, als die versammelten Schwerter von tausend Feinden.

»Wenn es der Wille der Priesterkönige ist«, sagte ich, »den Tod eines unschuldigen Mädchens zu veranlassen, dann stelle ich ihren Willen in Frage.«

Solche Worte waren noch nie zuvor auf Gor gesprochen worden. Bis auf den Wind war auf dem großen Zylinder kein Laut zu hören.

Der höchste Eingeweihte wandte sich um und sah mich an.

Dann zeigte er mit einem langen, knochigen Finger auf mich.

»Stirb den Flammentod!«, sagte er.

Ich hatte schon von meinem Vater und dem älteren Tarl vom Flammentod gehört – dem legendären Schicksal derer, die gegen den Willen der Priesterkönige handeln. Ich wusste fast nichts über diese Fabelwesen, die sich Priesterkönige nannten, doch ich wusste, dass etwas in der Art existieren musste, denn ich war von einer sehr fortgeschrittenen Technologie nach Gor gebracht worden, und ich wusste, dass eine unbekannte Kraft oder Macht im geheimnisvollen Sardargebirge verborgen war. Ich glaubte nicht, dass die Priesterkönige göttlich waren, doch ich glaubte daran, dass sie lebten, dass sie wussten, was auf Gor geschah, und dass sie von Zeit zu Zeit ihren Willen deutlich machten. Ich wusste nicht einmal, ob sie humanoid waren oder nicht, aber was auch immer sie sein mochten, sie waren mit ihrer überlegenen Wissenschaft und Technologie in jeder Hinsicht die Götter dieser Welt.

Auf dem Rücken meines Tarns wartete ich, ohne zu wissen, ob ich vom Flammentod ausgewählt werden würde, ohne zu wissen, ob ich wie der geheimnisvolle blaue Umschlag in den Bergen New Hampshires vor so langer Zeit, verdammt sein würde, in einer auflodernden blauen Flamme zu explodieren.

»Stirb den Flammentod!«, wiederholte der alte Mann und reckte noch einmal seinen langen Finger in meine Richtung. Doch diesmal war die Geste weniger großartig. Sie wirkte ein wenig hysterisch; sie schien eher pathetisch zu sein.

»Vielleicht kennt kein Mensch den Willen der Priesterkönige«, sagte ich.

»Ich habe den Tod dieses Mädchens verfügt«, kreischte der alte Mann wild, während ihm seine Robe um die knochigen Knie flatterte. »Tötet sie!«, forderte er die Männer aus Ar auf.

Niemand rührte sich. Bevor irgendjemand ihn aufhalten konnte, riss er das Schwert aus der Scheide eines Attentäters und rannte auf Talena zu, das Schwert mit beiden Händen über dem Kopf haltend. Er taumelte dabei hysterisch, mit irren Augen und geiferndem Mund. Sein Glaube an die Priesterkönige war zerschmettert und mit diesem auch sein Verstand. Er wankte hinüber zu dem Mädchen, bereit, es zu töten.

»Nein!«, rief einer der Eingeweihten. »Es ist verboten!«

Ungeachtet dieses Einwands straffte sich der verrückte alte Mann für den Schlag, der das Leben des Mädchens beenden sollte. Doch im nächsten Augenblick schien er von einem blauen Schimmer eingehüllt zu werden, um dann plötzlich, zum Entsetzen aller, wie eine lebendige Bombe in einem Feuerball zu explodieren. Nicht einmal ein Schrei entwich diesem bösartigen blauen Glutball, der einmal ein lebendiges Wesen gewesen war. Nach einer Minute war die Flamme wieder verschwunden, fast so schnell, wie sie aufgetaucht war, und feiner Aschestaub wurde durch den Wind vom Dach des Zylinders geweht.

Man hörte die Stimme Pa-Kurs, hart, gleichförmig und unnatürlich ruhig.

»Das Schwert soll diese Angelegenheit entscheiden«, sagte er.

Zustimmend glitt ich aus dem Sattel meines Tarns und zog meine Waffe.

Man sagte Pa-Kur nach, der beste Schwertkämpfer auf Gor zu sein.

Von ganz weit unter uns drifteten die undeutlichen Rufe der in den Straßen kämpfenden Krieger zu uns herauf. Die Eingeweihten waren vom Dach des Zylinders verschwunden.

Einer der Männer aus Ar sagte: »Ich wähle Marlenus.« »Und ich auch«, schloss sich ein weiterer an.

Pa-Kur zeigte, ohne seine Augen von mir zu lassen, auf die Männer aus Ar: »Vernichtet das Gesindel!«

Sofort stürzten sich Attentäter und Männer aus seiner Horde auf die Männer aus Ar, die diesem Überfall fest entgegenstanden und ihre Gegner mit der Schwertklinge empfingen. Die Männer aus Ar waren zahlenmäßig etwa drei zu eins unterlegen, aber ich wusste, dass sie sich teuer verkaufen würden.

Pa-Kur näherte sich vorsichtig, im Vertrauen auf seine überlegene Schwertkunst und, wie ich es erwartet hatte, entschlossen, kein Risiko einzugehen.

Wir trafen fast über dem Körper Talenas aufeinander. Die Spitzen unserer Schwerter berührten sich sacht; einmal, zweimal, jede prüfte die andere. Pa-Kur machte eine Finte, ohne sich zu entblößen, und seine Augen schienen meine Schulter zu beobachten, um zu sehen, wie ich den Schlag parierte. Er testete mich ein weiteres Mal und schien zufrieden zu sein. Dann begann er, mich an anderen Stellen zu prüfen, methodisch, indem er sein Schwert fast so einsetzte, wie ein Arzt sein Stethoskop einsetzen würde; setzte es mal in dem einen Bereich an und dann wieder in einem anderen. Ich stieß einmal direkt zu. Pa-Kur lenkte den Hieb leicht zur Seite, fast beiläufig. Während wir die Klingen kreuzten wie in einem bizarren rituellen Tanz wurde das Klirren und Klingen des heftiger werdenden Schwertkampfes um uns herum lauter, als seine Männer die aus Ar angriffen.

Schließlich trat er einen Schritt zurück, aus der Reichweite meiner Klinge heraus. Er wirkte selbstzufrieden. »Ich kann dich töten«, sagte er. Ich nahm an, dass es die Wahrheit war, was er aussprach, aber es konnte auch eine gewünschte Bemerkung sein, um den Feind aus dem Gleichgewicht zu bringen. Wie zum Beispiel die Ankündigung eines nicht erkennbaren Matt beim Schach, um den Gegner zu unnötigen Verteidigungszügen zu provozieren, damit dieser die Initiative verliert. So etwas würde bei jedem beliebigen Spieler nur einmal funktionieren, aber im Schwertkampf könnte einmal schon ausreichend sein.

Ich antwortete freundlich, um ihn zu verspotten: »Wie kommt es, dass du mich töten kannst, wenn ich dir nicht den Rücken zuwende?« Irgendwo in diesem unmenschlich ruhigen Äußeren, musste es eine Eitelkeit geben, die angreifbar sein sollte. Ich erinnerte mich an das Ereignis mit der Armbrust und der Tarnscheibe über dem Vosk. Das war auf seine Art eine rhetorische Geste von Seiten Pa-Kurs gewesen.

Einen Augenblick lang trat Verärgerung in die stählernen Augen Pa-Kurs, bevor ein leicht säuerliches Lächeln auf seinen Lippen auftauchte. Er näherte sich erneut, doch genauso vorsichtig wie zuvor, noch immer ohne ein Risiko einzugehen. Meine List hatte versagt. Seine, wenn es eine List gewesen war, aber auch. Wenn es keine List gewesen sein sollte, würde ich es bald erfahren, wenn auch nur für einen kurzen Augenblick.

Unsere Klingen trafen erneut aufeinander, diesmal mit hellem, klarem Klang. Pa-Kur begann fast so wie zuvor, griff den gleichen Bereich an, jetzt mit mehr Vertrautheit und etwas schneller. Das brachte mich dazu, darüber nachzudenken, ob hier eine schwache Stelle meiner Verteidigung war, und wo sein Angriff wohl ansetzen würde, oder ob es eine Täuschung sein könnte, um mich von einem anderen Bereich abzulenken, bis er plötzlich den Todesstoß ansetzen würde.

Ich schob diese Gedanken aus meinem Hirn, behielt meine Augen auf seiner Klinge. In Sachen des Schwertkampfes gibt es eine Zeit, in der man den Gegner berechnen kann, aber es ist keine Zeit für ängstliche Vermutungen da – sie lähmen und bringen den Kämpfer in die Defensive. Er hatte mit mir gespielt. Jetzt war ich entschlossen, ihm nicht mehr zu gestatten, den Kampf zu kontrollieren. Wenn ich besiegt werden sollte, dann sollte mich ein Mann besiegen und nicht der Ruf eines Mannes.

Ich begann, meine Angriffe vorwärts zu werfen, entblößte mich dabei etwas mehr, schlug aber auch seine Verteidigung durch pure Kraft und die Anzahl meiner Hiebe etwas zurück. Pa-Kur zog sich kaltblütig ein Stückchen zurück, begegnete meinem Angriff mühelos, wartete auf die

Ermüdung meines Schwertarmes. Obwohl ich ihn hasste, bewunderte ich ihn, obwohl ich ihn vernichten wollte, erkannte ich seine Geschicklichkeit an. Als mein Angriff nachließ, führte Pa-Kur seinerseits keinen eigenen durch. Ganz offensichtlich wollte er, dass ich ihn erneut angriff. Noch mehrere solcher Attacken, und mein Arm wäre derart geschwächt gewesen, dass er der Wut seines Angriffs, der auf Gor legendär war, nicht hätte widerstehen können.

Während wir miteinander kämpften, schlugen sich die Männer aus Ar glänzend für ihre Stadt, ihre Ehre und die Menschen, die sie liebten. Sie trieben Pa-Kurs Männer wieder und wieder zurück, doch aus dem Inneren des Zylinders schwärmten immer mehr Männer aus der Kaste der Attentäter heran. Für jeden gefallenen Feind schienen drei neue aufzutauchen, die dessen Platz einnahmen. Es war nur eine Frage der Zeit, bis der letzte Mann aus Ar über den Rand des Zylinders getrieben worden war.

Pa-Kur und ich kämpften Runde um Runde, wobei ich immer wieder angriff und er dagegen hielt und wartete. Während dieser Zeit hatte sich Talena, obwohl sie gefesselt war, auf die Knie gekämpft und beobachtete unseren Kampf. Ihr Haar und die Falten ihrer Robe flatterten im Wind, der über das Dach des Zylinders fegte. Talena und die Angst um mich in ihren Augen zu sehen, schienen mir doppelte Kraft zu vermitteln, und zum ersten Mal bemerkte ich, dass Pa-Kur meinen Angriffen nicht mehr so sicher begegnete wie zuvor.

Plötzlich erfüllte ein donnerndes Geräusch den Himmel, und ein großer Schatten legte sich über das Dach des Zylinders, als wäre die Sonne durch Wolken verdunkelt. Pa-Kur und ich, wir beide wichen voneinander zurück, da jeder von uns herausfinden wollte, was geschah. Während unseres Kampfes hatten wir uns auf andere Dinge konzentriert und die Welt um uns herum nicht mehr wahrgenommen. Ich hörte nun den freudigen Ruf: »Schwertbruder!« Es war die Stimme von Kazrak. »Tarl von Ko-ro-ba!«, brüllte eine andere vertraute Stimme – die meines Vaters.

Ich sah nach oben. Der Himmel war voller Tarne. Tausende von großen Vögeln stießen mit donnerndem Flügelschlag auf die Stadt herab, flogen zu den Brücken und hinunter in die Straßen, kurvten um die Spitzen der Zylinder, die nicht länger durch die furchtbaren Tarndrähte geschützt waren. In der Ferne stand Pa-Kurs Lager in Flammen.

Über die Brücken des großen Grabens bewegten sich Ströme von Kriegern. In Ar hatten Marlenus' Männer offensichtlich das große Tor erreicht, denn es schloss sich langsam, sperrte die Besatzungstruppe in der

Stadt ein und trennte sie von der Horde draußen. Die Horde selbst war überrascht, unorganisiert, nicht formiert zum Kampf. Sie wogte hin und her, von Panik durcheinandergewirbelt. Viele Tarnreiter Pa-Kurs flogen von der Stadt weg, um sich selbst in Sicherheit zu bringen. Zweifellos war Pa-Kurs Horde den Angreifern zahlenmäßig weit überlegen, doch sie konnte nicht begreifen, was geschah. Die Männer wussten nur, dass sie überraschend angegriffen worden waren, in einem ungünstigen Augenblick von einer unbekannten Anzahl disziplinierter Truppen, die über sie herfielen, während feindliche Tarnreiter ungehindert von oben ihre Pfeilköcher in ihre Reihen entleerten. Darüber hinaus gab es durch das Schließen des großen Tores auch in der Stadt keine Rückzugsmöglichkeit. Sie waren an den Mauern gefangen, eingepfercht wie Vieh im Schlachthof, zertrampelten sich gegenseitig, ohne Möglichkeit ihre Waffen einzusetzen.

Kazrak war auf dem Dach des Zylinders von seinem Tarn abgestiegen, einen Augenblick später auch mein Vater und etwa fünfzig weitere Männer. Hinter Kazrak, seinen Sattel teilend, im Leder eines Tarnreiters, saß die wunderschöne Sana aus Thentis. Die Attentäter Pa-Kurs warfen ihre Schwerter zu Boden und nahmen die Helme ab. Während ich zusah, wurden sie von den Tarnreitern meines Vaters aneinandergebunden.

Genau wie ich hatte auch Pa-Kur dies alles gesehen, und noch einmal standen wir uns gegenüber. Ich machte eine Geste mit meinem Schwert in Richtung Boden, bot ihm Schonung an. Doch Pa-Kur knurrte nur und sprang vorwärts.

Ich wehrte den Angriff sauber ab, und nach einer Minute heftigen Getümmels wurde sowohl ihm als auch mir klar, dass ich seinen besten Angriffen standhalten konnte.

Nun ergriff ich die Initiative und begann, ihn zurückzuzwingen. Während wir kämpften und ich ihn Schritt für Schritt zum Rand des hoch aufragenden Zylinders drängte, sagte ich ganz ruhig zu ihm: »Ich kann dich töten.« Ich wusste, dass ich die Wahrheit sprach.

Ich schlug ihm die Klinge aus der Hand. Sie klirrte auf der Oberfläche aus Marmor.

»Gib auf«, sagte ich, »oder nimm wieder dein Schwert.«

Wie eine zubeißende Kobra packte Pa-Kur das Schwert. Wir trafen erneut aufeinander und zweimal verletzte ihn meine Klinge. Beim zweiten Mal hatte ich fast die Blöße, die ich wollte. Es war jetzt nur noch eine Sache von wenigen Schwerthieben, und der Attentäter würde leblos zu meinen Füßen liegen.

Plötzlich schleuderte Pa-Kur, der das auch wusste, sein Schwert nach mir. Es schnitt durch meine Tunika und ritzte meine Haut. Ich spürte das warme nasse Gefühl von Blut. Wir sahen uns an, jetzt ohne Hass. Er stand aufrecht vor mir, unbewaffnet aber mit all der lässigen Arroganz des Alters.

»Du wirst mich nicht als Gefangenen abführen«, sagte er. Dann wandte er sich um und sprang ohne ein weiteres Wort in den Abgrund.

Langsam ging ich bis zum Rand des Zylinders, doch ich sah nur die glatte Wand des Gebäudes, die lediglich von einer Tarnstange, etwa zwanzig Fuß tiefer, unterbrochen war. Von dem Attentäter fehlte jede Spur. Sein zerschmetterter Körper würde von der Straße aufgesammelt und dann öffentlich gepfählt werden. Pa-Kur war tot!

Ich schob mein Schwert in die Scheide und ging zu Talena. Ich band sie los. Zitternd stand sie neben mir, und wir nahmen uns in die Arme, das Blut meiner Wunde beschmutzte ihre Robe.

»Ich liebe dich!«, sagte ich.

Wir hielten einander fest, und ihre Augen hoben sich tränennass nach oben meinen Augen zu. »Ich liebe dich«, sagte sie.

Hinter uns erklang Marlenus' Lachen, welches an das Gebrüll eines Löwen erinnerte. Talena und ich trennten uns. Meine Hand lag auf meinem Schwert. Die Hand des Ubars hielt meine sanft zurück. »Es hat für diesen Tag genug gearbeitet«, lächelte er. »Lass es ausruhen.«

Der Ubar trat zu seiner Tochter und nahm ihren edlen Kopf zwischen seine großen Hände. Er drehte ihren Kopf hin und her und schaute ihr in die Augen. »Ja«, sagte er, als sähe er seine Tochter zum ersten Mal, »sie ist gut genug, die Tochter eines Ubars zu sein.« Dann schlug er mir mit seinen Händen auf die Schultern. »Sorgt dafür, dass ich Enkelsöhne bekomme«, sagte er.

Ich sah mich um. Sana stand Arm in Arm mit Kazrak, und ich wusste, dass die ehemalige Sklavin den Mann gefunden hatte, dem sie sich hingeben konnte, nicht für hundert Tarne, sondern aus Liebe. Mein Vater stand da und sah zu mir mit Anerkennung in seinem Blick. In der Ferne war Pa-Kurs Lager nur noch ein Gitter geschwärzter Stangen. In der Stadt hatte seine Besatzungsmacht kapituliert. Außerhalb der Mauern hatte die Horde die Waffen niedergelegt. Ar war gerettet!

Talena sah mir in die Augen. »Was wirst du mit mir tun?«, fragte sie.

»Ich bringe dich nach Ko-ro-ba«, antwortete ich, »in meine Stadt.«

»Als deine Sklavin?«, fragte sie lächelnd.

»Wenn du mich nimmst«, sagte ich, »als meine freie Gefährtin.«

»Ich nehme dich, Tarl von Ko-ro-ba«, sagte Talena mit Liebe in ihren Augen. »Ich nehme dich als meinen freien Gefährten.«

»Wenn du es nicht getan hättest«, lachte ich, »hätte ich dich über meinen Sattel geworfen und mit Gewalt nach Ko-ro-ba gebracht.«

Talena lachte, als ich sie von ihren Füßen zog und in den Sattel meines gigantischen Tarns hob. Sie legte ihre Arme um meinen Hals, ihre Lippen drückten sich auf die meinen. »Bist du ein echter Krieger?«, fragte sie. Ihre Augen glänzten vor Übermut; sie stellte mich mit atemloser Stimme auf die Probe.

»Wir werden sehen«, lachte ich.

Und dann, in Übereinstimmung mit den rauen Brautsitten von Gor, fesselte ich sie über dem Sattel meines Tarns, während sie wütend, wenn auch spielerisch kämpfte, sich hin und her wand und Widerstand vortäuschte. Ihre Handgelenke und Fußknöchel waren gebunden, und sie lag vor mir, quer über dem Sattel, eine hilflose Gefangene, aber eine der Liebe und aus eigenem freien Willen. Die Krieger lachten, Marlenus am lautesten. »Es sieht so aus, als gehörte ich dir, kühner Tarnreiter«, sagte sie. »Was willst du nun mit mir tun?« Als Antwort zog ich den ersten Zügel, und der große Vogel erhob sich in die Luft, höher und höher, bis in die Wolken, und sie rief mir zu: »Lass es jetzt geschehen, Tarl!« Und noch ehe wir die äußersten Bollwerke von Ar passiert hatten, hatte ich ihre Knöchel losgebunden und ihr einziges Kleidungsstück auf die Straßen hinabgeworfen, um ihren Leuten zu zeigen, welches Schicksal der Tochter ihres Ubars beschieden war.

20 Epilog

Nun wird es Zeit für einen einsamen Mann, seine Erzählung ohne Bitterkeit und ohne Resignation zu beenden. Ich habe die Hoffnung noch nicht aufgegeben, dass ich irgendwann, irgendwie nach Gor, zur Gegenerde zurückkehren darf. Diese letzten Sätze werden in einem kleinen Appartement in Manhattan geschrieben, ungefähr sechs Stockwerke hoch über den Straßen; der Lärm spielender Kinder dringt durchs offene Fenster. Ich habe es abgelehnt, nach England zurückzukehren, und ich werde in diesem Land bleiben, aus dem ich vor Jahren aufgebrochen bin, in ein entferntes Land, wo das beheimatet ist, was ich am meisten liebe. Ich kann die strahlende Sonne an diesem Nachmittag im Juli sehen, und ich weiß, dass dahinter, als Gegenstück zu meinem Heimatplaneten, eine andere Welt liegt. Und ich frage mich, ob auf dieser Welt ein Mädchen, das jetzt eine Frau ist, an mich denkt und vielleicht auch an die Geheimnisse, von denen ich ihr erzählt habe, die hinter ihrer Sonne, Tor-tu-Gor, dem Licht über dem Heim-Stein, liegen.

Mein Schicksal war erfüllt. Ich hatte den Priesterkönigen gedient; die Form einer Welt hatte sich verändert, die Flüsse der Geschichte eines Planeten hatten neue Flussbetten erhalten. Dann, als ich nicht länger gebraucht wurde, hat man mich weggeworfen. Vielleicht haben die Priesterkönige, wer oder was auch immer sie sein mögen, sich überlegt, dass solch ein Mann gefährlich sein könnte, dass solch ein Mann mit der Zeit sein eigenes Banner der Herrschaft erheben könnte, vielleicht wurde ihnen klar, dass ich, von allen Menschen auf Gor, sie nicht verehrte und meinen Kopf nicht in Richtung des Sardargebirges beugen würde, vielleicht beneideten sie mich um die Flamme meiner Liebe zu Talena, vielleicht konnte ihre Intelligenz in den kalten Schluchten des Sardargebirges nicht akzeptieren, dass dieses verletzliche und vergängliche Wesen mehr gesegnet sein könnte, als sie in all ihrer Weisheit und Macht.

Zumindest dank einem Teil meiner Argumente, wie ich glaube, und des Ruhmes dessen, was ich getan hatte, wurde den besiegten Armeen Pa-Kurs eine nie dagewesene Nachsicht gezeigt. Die Heim-Steine der zwölf unterworfenen Städte wurden zurückgegeben und den Männern dieser Städte, die Pa-Kur gedient hatten, erlaubte man, jubelnd nach Hause zurückzukehren. Der größte Teil der Söldner, die sich um sein Banner geschart hatten, behielt man für die Dauer eines Jahres als Arbeitssklaven, um die großen Gräben und Belagerungstunnel aufzufüllen, die ausgedehnten Schäden an Ars Mauern zu reparieren und die Gebäude wieder herzustellen, die bei den Kämpfen beschädigt oder niedergebrannt waren. Nach einem Jahr des Dienens sollten sie ohne ihre Waffen in ihre Heimatstädte zurückgeschickt werden. Die Offiziere Pa-Kurs wurden nicht gepfählt, sondern wie gewöhnliche Soldaten behandelt; ein Skandal, der sie sehr erleichterte. Die Mitglieder der Kaste der Attentäter – der meistgehassten Kaste auf Gor –, die Pa-Kur gedient hatten, wurden in Ketten gelegt und zum Vosk gebracht, um als Galeerensklaven auf den Handelsschiffen, die Gors Ozeane befuhren, zu dienen. Seltsamerweise wurde Pa-Kurs Körper nicht am Fuße des Justizzylinders gefunden. Ich nehme an, dass er von den wütenden Bürgern Ars fortgeschafft worden war.

Marlenus unterwarf sich, trotz seiner heldenhaften Rolle hinsichtlich seines Sieges, dem Urteil des Rates der hohen Kasten von Ar. Das Todesurteil, das über ihn von den Eingeweihten, die die Macht an sich gerissen hatten, verhängt worden war, wurde aufgehoben, doch wegen seiner imperialistischen Pläne, die gefürchtet wurden, wurde er aus seiner geliebten Stadt verbannt. Ein Mann wie Marlenus kann niemals den zweiten Platz in einer Stadt einnehmen, und die Männer von Ar waren entschlossen, dass er nie wieder der Erste sein sollte. Dementsprechend wurde dem Ubar, dem Tränen in den Augen standen, öffentlich Brot und Salz verweigert, und er erhielt unter Androhung der Todesstrafe den Befehl, Ar zum Sonnenuntergang zu verlassen und der Stadt nie wieder näher als zehn Pasang zu kommen.

Mit etwa fünfzig Anhängern, die ihn mehr liebten als die Mauern ihrer Geburtsstadt, floh er auf dem Rücken seines Tarns zum Gebirgszug des Voltai, von dessen Gipfeln er immer auf die entfernten Türme von Ar schauen kann. Ich vermute, dort, in der unwirtlichen Weite der scharlachroten Berge des Voltai, regiert Marlenus wohl noch bis zum heutigen Tag. Ein Larl unter Menschen, ein geächteter König und für seine Gefolgsleute für immer der Ubar aller Ubars.

Die freien Städte von Gor bestimmten Kazrak, meinen Schwertbruder, zum vorläufigen Administrator von Ar, denn er war es, der mit Hilfe meines Vaters und Sanas aus Thentis, die freien Städte von Gor zusammengeführt hatte, um die Belagerung aufzubrechen. Seine Ernennung wurde durch den Rat der hohen Kasten von Ar bestätigt, und seine Beliebtheit in der Stadt war so groß, dass das Amt ihm in Zukunft wohl auch durch freie Wahlen zufallen wird. In Ar ist Demokratie ein lange vergessener Lebensstil, der erst in aller Sorgfalt wieder erinnert werden muss. Als ich mit Talena nach Ko-ro-ba zurückkehrte, fand ein großes Fest statt, und wir feierten unsere freie Gefährtenschaft. Ein Feiertag wurde eingeführt; die Stadt erstrahlte in Festbeleuchtung, und in den Straßen wurde gesungen. Schimmernde Girlanden mit Glöckchen läuteten im Wind, und festliche Laternen in tausend Farben schwangen an den unzähligen mit Blumen bestreuten Brücken. Überall wurde gerufen und gelacht, die ruhmreichen Farben der Kasten von Gor vermischten sich gleichmäßig zwischen den Zylindern. Für diese Nacht war selbst der Unterschied zwischen Herr und Sklave verschwunden, sodass manch armer Kerl in Fesseln der Morgensonne als freier Mann gegenübertrat.

Zu meiner Freude erschien selbst Torm, aus der Kaste der Schreiber, an den Tafeln. Ich fühlte mich geehrt, dass der kleine Schreiber sich für einige Zeit von seinen Schriftrollen losriss, um an meinem Glück teilzuhaben, das nur das Glück eines Kriegers war. Er trug eine neue Robe und neue Sandalen; vielleicht zum ersten Mal seit vielen Jahren. Torm ergriff meine Hände, und ich war erstaunt, den kleinen Schreiber weinen zu sehen. Und schließlich wandte er sich voller Freude an Talena und hob einen symbolischen Kelch Ka-la-na-Wein zu einem anmutigen Salut auf ihre Schönheit.

Talena und ich, wir schworen uns, diesen Tag so lange in Ehren zu halten, wie einer von uns am Leben sein würde. Ich habe versucht, dieses Versprechen zu halten, und ich weiß, dass sie es auch getan hat. Diese Nacht, diese grandiose Nacht war angefüllt mit Blumen, Fackeln und Ka-la-na-Wein. Erst spät, nach süßen Stunden der Liebe, schliefen wir in den Armen des anderen ein.

Ich erwachte, vielleicht Wochen später, steif und verkühlt in den Bergen von New Hampshire, nahe dem flachen Felsen, auf dem das Raumschiff gelandet war. Ich trug die jetzt so unpassend erscheinende Campingbekleidung, die ich damals angehabt hatte. Männer können sterben, aber nicht an gebrochenem Herzen, denn wenn das möglich wäre, dann wäre ich jetzt tot. Ich zweifelte an meinem Verstand. Ich fürchtete, dass das, was geschehen war, nur ein bizarrer Traum gewesen war. Ich saß allein in den Bergen, den Kopf in den Händen. Langsam, voller Schmerz, begann ich zu glauben, dass es tatsächlich nicht mehr als einer der grausamsten Träume gewesen war, und dass ich jetzt langsam wieder zu Sinnen kam. Im Innersten meines Herzens konnte ich es nicht glauben, aber mein Verstand verlangte kühl und kraftvoll eine solche Schlussfolgerung.

Ich kämpfte mich auf die Füße, mein Herz von Gram zerfressen. Aber dann sah ich es am Boden in der Nähe meines Stiefels: etwas Kleines,

Zierliches, Rundes. Ich fiel auf die Knie und riss es mit tränennassen Augen an mich; mein Herz voll der traurigsten Freude, die einen Mann überwältigen kann. In meiner Hand hielt ich den Ring aus rotem Metall, den Ring, der das Wappen der Cabots trug, das Geschenk meines Vaters. Ich schnitt mir mit dem Ring in die Hand, um das Blut fließen zu sehen, und ich lachte vor Glück, als ich den Schmerz spürte und das Blut sah. Der Ring war real, und ich war wach, und es gab die Gegenerde und das Mädchen Talena.

Als ich die Berge wieder verließ, fand ich heraus, dass ich sieben Monate weg gewesen war. Es war einfach, eine Amnesie vorzutäuschen; welche andere Erklärung über den Verbleib dieser sieben Monate würde meine Welt denn sonst auch akzeptieren? Ich verbrachte einige Tage unter Beobachtung in einem öffentlichen Krankenhaus, und danach wurde ich wieder entlassen. Ich entschloss mich, zumindest vorläufig, mein Quartier in New York aufzuschlagen. Mein Job am College war natürlich anderweitig vergeben worden, und ich hatte keine Lust, dorthin zurückzugehen, es wären zu viele Erklärungen notwendig gewesen. Ich schickte meinem Freund im College einen verspäteten Scheck für seine Campingausrüstung, die in den Bergen zusammen mit dem blauen Umschlag zerstört worden war. In ausgesprochen freundlicher Weise sorgte er dafür, dass mir meine Bücher und meine anderen Sachen an meine neue Adresse geschickt wurden. Als ich mich um den Wechsel meiner Bankverbindung kümmern wollte, war ich überrascht, allerdings nicht zu sehr, zu entdecken, dass mein Sparkonto, während meiner Abwesenheit geheimnisvoll aufgestockt worden war und zwar recht ordentlich. Seit meiner Rückkehr von der Gegenerde bin ich nicht mehr gezwungen, zu arbeiten. Sicher habe ich gearbeitet, doch nur wenn ich es wollte und so lange wie ich mochte. Ich verbringe meine Zeit lieber mit Reisen und Lesen und damit, mich fit zu halten. Ich bin sogar einem Fechtclub beigetreten, um mein Auge wach und meinen Arm stark zu halten, auch wenn das mickrige Florett, das wir benutzen eine kümmerliche Waffe im Vergleich zum goreanischen Schwert ist. Obwohl es bereits sechs Jahre her ist, seit ich die Gegenerde verließ, kann ich seltsamerweise keinerlei Anzeichen von Alterung oder körperlicher Veränderung in meiner Erscheinung bemerken. Ich habe darüber nachgegrübelt und versucht, es mit dem geheimnisvollen Brief aus dem siebzehnten Jahrhundert in Verbindung zu bringen, den ich als blauen Umschlag erhalten hatte und der angeblich von meinem Vater stammte. Vielleicht haben auch die Seren der Kaste der so fachkundigen Ärzte von Gor etwas damit zu tun, aber dazu kann ich nichts sagen.

Zwei- oder dreimal im Jahr kehre ich in die Berge von New Hampshire zurück, um den großen flachen Felsen wiederzusehen und die Nacht dort zu verbringen – für den Fall, dass ich vielleicht die Silberscheibe am Himmel sehen werde, für den Fall, dass mich die Priesterkönige vielleicht wieder einmal auf diese andere Welt holen wollen. Doch wenn sie mich noch einmal holen, werden sie es in dem Wissen tun, dass ich mich entschlossen habe, kein hilfloser Spielstein in ihren großen Spielen mehr zu sein. Wer oder was sind die Priesterkönige, dass sie derart über das Leben anderer verfügen können, dass sie einen Planeten regieren, die Städte einer ganzen Welt terrorisieren, Menschen zum Flammentod verdammen und Liebende einander aus den Armen reißen dürfen? Egal wie Furcht einflößend ihre Macht auch sein mag, sie müssen dafür zur Rede gestellt werden. Wenn ich jemals wieder über die grünen Felder von Gor gehen werde, so weiß ich, dass ich versuchen werde, das Rätsel der Priesterkönige zu lösen; ich werde ins Sardargebirge gehen und sie konfrontieren, wer oder was auch immer sie sein mögen.

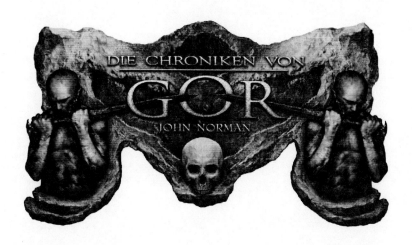

Der Geächtete

Tarl Cabot, einst mächtigster und stolzester Krieger auf Gor, kehrt nach Jahren des Exils auf die Gegenerde zurück. Doch die Dinge haben sich verändert: Seine Heimatstadt Ko-ro-ba ist zerstört, und seine wunderschöne Gefährtin Talena gilt als vermisst. Cabot selbst hat man zum Geächteten erklärt – ein Mann, den jeder töten darf. Seine einzige Chance besteht darin, die seltsamen Priesterkönige zu finden, die Gor regieren und sich ihnen zu unterwerfen. Aber Tarl Cabot ist nicht gekommen, um sich zu unterwerfen ...